EL INGENIOSO HIDALGO Y POETA
FEDERICO GARCÍA
LORCA
ASCIENDE A LOS
INFIERNOS

后浪出版公司

洛尔迦升入地狱

CARLOS ROJAS
[西班牙] 卡洛斯·罗哈斯 著
黄韵颐 译

江苏凤凰文艺出版社
JIANGSU PHOENIX LITERATURE AND ART PUBLISHING

图书在版编目（CIP）数据

洛尔迦升入地狱 /（西）卡洛斯·罗哈斯著；黄韵颐译. -- 南京：江苏凤凰文艺出版社，2025.1.
ISBN 978-7-5594-5356-3

Ⅰ. I551.45

中国国家版本馆CIP数据核字第20253AX207号

El ingenioso hidalgo y poeta Federico García Lorca asciende a los infiernos
Copyright © 1980 by Carlos Rojas
Simplified Chinese edition copyright © 2025 Ginkgo (Beijing) Book Co., Ltd.
All rights reserved.

版权登记号：10-2024-394

洛尔迦升入地狱

［西班牙］卡洛斯·罗哈斯 著　黄韵颐 译

编辑统筹	朱　岳　梅天明
责任编辑	曹　波
特约编辑	石儒婧
装帧设计	墨白空间·曾艺豪
内文排版	郭爱萍
出版发行	江苏凤凰文艺出版社
	南京市中央路165号，邮编：210009
网　　址	http://www.jswenyi.com
印　　刷	河北中科印刷科技发展有限公司
开　　本	787毫米×1092毫米　1/32
印　　张	9
字　　数	159千字
版　　次	2025年1月第1版
印　　次	2025年1月第1次印刷
书　　号	ISBN 978-7-5594-5356-3
定　　价	68.00元

江苏凤凰文艺版图书凡印刷、装订错误，可向出版社调换，联系电话025-83280257

献给玛丽娜和桑德罗·瓦萨里

C.R. 致以谢意

目录

LA ESPIRAL
螺 旋 001

EL PRENDIMIENTO
被 捕 073

EL DESTINO
命 运 127

EL JUICIO
审 判 193

LA ESPIRAL

螺

旋

我以为死者都是眼盲的，像我诗里那个吉卜赛姑娘的鬼魂，挨着花园的水池，却看不见注视她的那些事物。

我错了。在死者看来，一切都齐齐出现在眼前，却永远遥不可及。你们经历过、思索过的一切，所有在人间曾梦想过的幻象，在地狱中都有了实现的可能，但同时也变得难以企及。只需回想一件事，一个梦，它就会立即在这黑暗剧场中分毫不差地上演。也许我会在这剧场里孤零零地受苦，直到永远。

想象一下，在除我之外别无他人的池座里，孤独永无止境。铺着软垫的墙上开着两扇天窗，窗中透进一束冷光，颜色介于琥珀与雪花石膏之间，黯淡地映出灰色天鹅绒的空座椅靠背。时间流逝，我渐渐习惯在近乎封闭的阴影中辨出舞台，舞台台口很宽，台唇幽深。台上的大幕和天幕总是拉开的，也可能根本不存在。只要动念召唤记忆里、书页间、梦境中的幻象，缺席之物就会在舞台——真实的舞台上现身。要是我告诉你们我见到的一切，要是你们能听见我说话，你们大概会觉得我们这些死者都发了疯。

我想看见，因此就见到了伊登梅尔湖[1]上的北极光，点燃遍布白色小蜗牛的灯芯草丛下的红色鱼群，一如我在一九二八年还是一九二九年八月中旬见到的光景。我看见那个画出阿尔塔米拉洞穴[2]野牛的穴居人。儒勒·凡尔纳曾在小说里的地心碰见他，而到了我们的世界里，他又变成了纳粹雕塑家阿尔诺·布雷克尔[3]。极光用最热烈的红色点燃黑夜和鱼群，在它的照耀下，我总是看见尤利乌斯·恺撒（我总把他想成伊格纳西奥·桑切斯·梅希亚斯[4]的模样），高傲有如撒旦，背诵着无韵双行诗："宁做乡下第一／不做罗马第二。"

回忆复活，闪动如洗牌。我别的幻梦出现在湖边，出现在舞台中央。我看见捷足的阿喀琉斯，他爱着帕特洛克罗斯，因此也是个鸡奸者。年少时我曾读到过，当尤利西斯下到冥界，阿喀琉斯对他说："别安慰我说死亡没什么大不了。我宁肯侍奉一个乞丐，也不要统治所有

---

[1] 伊登梅尔湖（Eden Mills）位于美国佛蒙特州，洛尔迦1930年曾在此度夏日，并写下《伊登梅尔湖的诗篇》（*Poemas del Lago Eden Mills*）。——译者（如无特殊说明，本书脚注均为译者所注。）
[2] 阿尔塔米拉洞穴（Cueva de Altamira）是位于西班牙坎塔布里亚自治区的考古遗迹，洞内存有旧石器时代晚期绘画，描绘野牛等多种动物。
[3] 阿尔诺·布雷克尔（Arno Breker，1900—1991），德国雕塑家、建筑师，曾为纳粹德国创作大量雕塑作品。
[4] 伊格纳西奥·桑切斯·梅希亚斯（Ignacio Sánchez Mejías，1891—1934），西班牙著名斗牛士，与西班牙"二七一代"诗人，尤其是洛尔迦私交甚笃。

亡魂。"那时世间还没有恺撒。

如今我已死,身处这剧场之中,方才明白恺撒从哪里抄来那段无韵双行诗,改成与他的傲慢相配的浮夸形式。归根结底,我猜人间的权力总会沦落至此,沦为某种抄袭。或者用卡斯蒂利亚语皇家语言学院那些博学之士的话说,权力不过是强迫自由人做奴隶,或者把别人的仆从据为己有。不多不少,仅此而已。你们得认识到这点。

我身处这个永恒的角落,要用来自呐喊的幽暗根须[1]的声音尖叫着告诉你们,阿喀琉斯在黑暗之国多么绝望。即使你们听不见我的声音,我也要高声对你们说,哪怕是去做最低贱的人,去做乞丐,去做刽子手的学徒,去做仆人,甚至去做无所不能的暴君,都比做死者之王要好。统治我们这儿所有死者的君主,大约比时间、光明、空间和静默本身都诞生得更早。他是绝对而永恒的统治者,一如虚无。他是地狱的主人和创造者。虽然我们不知道他的姓名,也不认识他的面孔。

我易逝而匆促的一生里的瞬间,那些不可能的瞬间,正在大厅舞台上演。它们之中的任何一个都比地狱里的永生要来得更好。尽管我们这些死者无足轻重也一无所有,但我仍愿意付出一切,只为真真切切再经历一回逝

---

[1] "呐喊的幽暗根须"出自《血婚》里的台词:"那里被缠着颤抖的是/呐喊的幽暗的根"(donde tiembla enmarañada/la oscura raíz del grito)。

去的时光,哪怕是最单纯、最可怕的一刻,哪怕是我死在同胞手中的那一刻。再一次迈步(脚步是我自由的尺度,我可以选择迈出或不迈出)踩过曼哈顿沥青路上的彩虹,夏季最末几场雨已经下过,大道闪着一条条长长的光,在暮光中如玛瑙一般。失业的工人们在圣帕特里克大教堂的餐室旁排队领取阿尔·卡彭[1]的救济粥,脚下淌过令人目眩的小溪。再一次回到阿拉梅达咖啡馆[2],我还活着的时候,就是在那儿第一次见到伊格纳西奥·桑切斯·梅希亚斯,彼时人群和骄傲还没有分开我们。再一次听伊格纳西奥说:"佩佩-伊略[3]上了年纪,发了福,还得了痛风,有人劝他放弃斗牛,你知道他说什么吗?**我会从这儿走着走出去,走大门,手里捧着我自己的内脏。**"

在地狱舞台上,自由意志的魔法为回忆赋形。然而,过去的闪光并无生命,仅仅是绘出的假象。许多次我被逼真的表象迷惑,登上舞台,但一上台,光芒就立刻在我脚下消失。像海市蜃楼在你踏足前消隐,像吸血鬼在黎明时分化为灰烬。舞台台口帘幕高悬,下方的台唇和表演区空空荡荡。天窗透进亮光,色如琥珀或雪花石膏,在舞台上只照亮了我的影子。死者无用的影子,在永恒

---

[1] 阿尔·卡彭(Al Capone,1899—1947)美国芝加哥黑帮首领。
[2] 阿拉梅达咖啡馆(Café Alameda),格拉纳达的一间咖啡馆。20世纪20年代初,格拉纳达一批知识分子常在此聚会,组成文学社团"小角落"(el Rinconcillo)。
[3] 何塞·德尔加多·格拉(José Delgado Guerra,1754—1801),人称佩佩-伊略(Pepe-Hillo),西班牙斗牛士,被认为奠定了西班牙斗牛的规则与风格。

里和记忆的幻景孤单做伴。

其实,尤利西斯和阿喀琉斯也不曾在冥界相会。这场景不过是一个盲人为我们奉上的梦。死亡是孤独的幽禁,在地狱螺旋中,每个死者都被幽禁在自己空空的剧场大厅。在过往人生的演出对面,是永生不死的悲剧:永远不能与他人共享这悲剧,仿佛只有我徒劳地行过大地。或者反过来说,仿佛只有我是世上唯一的死者。诸位想象一下,鲁滨逊正身处他的小岛,不,最好还是想象鲁滨逊身处一枚大头针的顶端。他突然意识到,他在黑夜里,在宇宙中,永远孑然一人,仿佛他是世上一切造物负罪的良心。这就是我们每个人的命运。

你们这些活着的人,还能抚摸一只猫、一个女人的脊背,还能注视自己掌纹的闪光。你们认为死亡意味着失去自我意识,因此害怕死亡。在非理性天空的这片虚无里,这种想法恐怕是对人类理性最大的讽刺!你们绝对想象不出,永远清醒地生活是怎样的折磨。现在我只想放弃永生。只想终于睡去,永远睡去,摆脱词语,摆脱记忆,甚至连梦也摆脱。"现在我要睡了。"拜伦临终时说。在迈索隆吉翁[1]的陋床上,他转过有如罗马钱币肖像的面孔,为一个民族的自由白白死去。**睡吧**[2],某块集体坟墓的墓碑上写着,墓中埋葬以理性和人权之名被送上

---

[1] 迈索隆吉翁(Messolonghi),希腊城市,拜伦在此病逝。
[2] 原文为法语。

断头台的死者。

虚空的虚空啊！这物种过去并非一直是人类，未来也注定要摆脱人身，早在一切时间开始以前就被选中，到了后天就会变成鱼群，在佛蒙特夜间极光点燃的伊登梅尔湖中游动！你们注定要永生不死。注定要永远清醒无眠，孑然一身，因为让你们融为一体，走向终结的虚无是不存在的。我们命运里最大的讽刺，就是虚无从来都不存在！醒醒吧！

"我觉得死很恐怖。"有一次，我曾这么对拉法埃尔·阿尔贝蒂[1]和玛丽亚·特蕾莎·莱昂[2]说。不知道是几年前，还是几世纪以前的事情。我们三个站在马克达城堡[3]前一丛开花的起绒草里。他俩风华正茂，给星期日灿烂的阳光照着，像是从佛罗伦萨祭坛画里走出的一对璧人。阿尔贝蒂摇摇头，侧影同拜伦那古罗马银币肖像式的面孔一般无二。他反驳我道，这两者他说不好究竟哪个更恐怖，是我们死后命运的不确定，还是死亡本身的永恒无尽。我打断他，说我压根不在意死后降临在我身上的命运，是虚无也好，是路易斯·德·莱昂修士[4]祈望

---

[1] 拉法埃尔·阿尔贝蒂（Rafael Alberti, 1902—1999），西班牙"二七一代"诗人、作家。
[2] 玛丽亚·特蕾莎·莱昂（María Teresa León, 1903—1988），西班牙"二七一代"作家，拉法埃尔·阿尔贝蒂的第一任妻子。
[3] 马克达城堡（Castillo de Maqueda）为西班牙托莱多省的一座古堡，历史已逾千年。
[4] 路易斯·德·莱昂修士（Fray Luis de León, 1527/1528—1591），西班牙文艺复兴时期神学家、诗人、天文学家、人文主义者，奥斯定会修士。

的光辉幸福也罢，是中世纪人们的地狱也无所谓。我的恐慌，我最深的怖惧，只关乎自我的丧失：只关乎注定要舍弃我曾是的一切。那时我还无法想象，这世上大概也没有人明白，死亡反倒是罚我们永远做过去的自己，永远意识清晰，一直到时日终结、世纪落幕也不能摆脱。

那天晚上，我想着起绒草丛里的拉法埃尔和玛丽亚·特蕾莎，写下一首黑暗爱情的十四行诗。我知道未来人们会以为它是一首写给男人的情诗，毕竟在这片土地上，人们从来没法正确判断任何人、任何事。实际上，这首诗表达的是我固有的恐惧，我在马克达城堡前一度吐露的恐惧。那时我深信，有朝一日我将不再是我在人间曾是的那个人，对此我感到绝望。真要说起来，这首诗确实谈的是无法转圜的爱，但被爱者却是我本人：一个可怜的存在，神志燃烧如世界中央一根点着的蜡烛，注定要消失、要遭否认。那时我这样笃信，到地狱里再想起来，却只有发笑。

我也笑我的那首诗，为它害臊。我仍能背出那首诗，就像背出我其他的诗一样。我在诗里写，如果说常春藤和丝线的清凉制定了我短命肉身的法则（那肉身将连同生命一起被夺走），那么我的侧影则会在永恒之沙中变为鳄鱼无愧于心的漫长静默。只有这种非理性的表达才能描述我在人间遭受的荒唐命运。到了最后六行，诗歌的表达渐趋平缓，愈发浅白。我用火焰和金雀花[1]押韵，说我死后冻僵的吻不会是烈火之吻，而是枯冷的金雀花之吻。我（以违心的宽忍）挣脱尺度与单元的束缚，预言自己将在僵硬的树枝和疼痛的大丽花之间遁形分裂。

地狱其实是一片沙漠，与那首十四行诗中描绘的景色截然不同。它是一道螺旋，也许永无尽头。在螺旋里，每个死者各有一间帘幕高悬的空剧场。我的剧场大厅尽头的木板门一推就开，我想出去时就能从那儿离开。外边是条斜向上的过道，大约十来步宽，有时我会沿着它一直走，走到累了为止。这条过道是长弧上的一段，但我并不清楚整条弧线的半径有多长，因为地面尽管是个斜坡，坡度却小得难以察觉。我根据斜坡的曲率推测，这儿大概有一连串数不尽的弯道，一个接一个，环绕着同一个圆心。走道墙上的天窗和大厅天窗相同，窗与窗隔得很远，但距离总是相等。同样的金绿光线不知从何而来，将池座和过道笼罩在一模一样的幽暗里。

有时我会停下来思索地狱到底有多大。它会无限地扩张，拐弯处越来越宽，为每个新来的人增添新的大厅。要等最后一个人到来以后，地狱才会封闭，那时整个螺旋将庞大如宇宙。别问我为何，又是如何算出这个结果。我从没掰着手指做加法，也没用乘号跟横线做竖式计算，但我

---

[1] 火焰和金雀花在西班牙语中分别为"llama"和"retama"，押全谐音"ama"韵。

敢说我猜得没错。等到地狱完全落成的那一天，它将如天穹一般高远辽阔。甚至可以说，到了那时，地狱将成为另一重无形天穹，和我们空无一人的天穹与星座彼此平行。

像过道里的天窗一样，螺旋中的剧院也彼此等距。沿着走廊向上，离我的池座大约几百步远的地方，有一片一模一样的池座，连后方的开放式舞台也全然一致。我去过那儿好几回，但从没在大厅里见过半个人影。后来我才明白，在地狱里，每个死者都没法被其他死者看见。我能预感到，是有那么个人在剧场里服刑，但无论他是谁，恐怕都不常想起自己生前或梦中的事情，因为在台唇之后，乐池之上，那片舞台永远空空如也。我们看不见对方，这或许是种故意的设计，好让我们感到孤独。但台上演出的那些真实或想象的回忆，我们却能够看见。

下个剧场和这个剧场一模一样，也和我的剧场一模一样，仿佛一滴眼泪复制另一滴。那间剧场里倒是有演出，有人在那儿消磨永恒的时间，沉迷于奇特的回忆。越过台唇，在没有帘幕的台口下，出现了一座极北之城。它是座波罗的海沿岸的城市，有着盐与太阳的气味。海鸥懒洋洋地飞过，阳光明亮而不真实，刺痛人的眼睛。在谵妄的深处，高塔、窗户、树木和云朵闪耀如宝石。耷拉翅膀的海鸥嘎嘎叫着，降落在红屋顶上。远处，一群白鹳飞向南方。戴着猩红羊毛帽的孩子们驾着雪橇，滑过结冰的池塘。头戴高礼帽、单片眼镜用金链别在领子上的绅士们在岸边散着步，护送着金发雪肤的女士们，她们双眼湛蓝，双手藏在皮手笼里。斜屋顶的阁楼开始亮灯，打瞌睡的精灵不情不愿地爬到床下，躲到雪松木箱子深处。巨大的雕花木盒里，所有的钟指向同样的时刻，一位老人微微笑着，在客厅的火盆上烤着栗子，厅内装点着丰裕之角[1]和金色的折叠书桌。另一间房里，一个清瘦的直发学生穿着长礼服，裹着绑腿，用裁缝剪为一个女孩剪小纸人，空气中弥漫着接骨木的香味。一间安了玻璃橱窗的商店里，一个鞋匠擦拭着几双靴子，边干活边唱歌。一首悲伤低沉的歌，唱的是在居民不信撒旦的正午之地[2]，平方根爱恋着曼德拉草。远方，一群驯鹿经过，犄角弯曲，嘴唇冻成粉红，皮毛挂着白霜。一座茅草屋里，锅里煮着蓝桉种子，两个猎人在锅的上方烘烤冻僵的双手。他们的脸被许多个雪季的亮光晒得黝黑，身子穿着皮袄，腰上挂着弯折刀。港口一家客店里，眼睛碧绿、须髯深褐的渔夫们喝着黑啤。他们肩背宽阔，但有些佝偻，掌心的疤如密密针脚。一个北极熊头部标本从墙上看着他们，瞳孔粉红剔透。在这幅栩栩如生的组画里，还有一只睡袍太长的小精灵爬着钟楼阶梯，衣摆拖过楼梯的踏面和踢面。它一只手拿着支点燃的蜡烛，

---

[1] 丰裕之角起源于希腊神话，是丰饶的象征，形状为一枚涌出水果等食物的山羊角，常见于艺术作品中。

[2] 正午之地（tierra del mediodía）是《旧约·民数记》旧版雷纳·巴莱拉译本中对亚玛力人居住地的西班牙语翻译，中文和合本译为"南地"。

另一只手抓着把黄金雨伞。一个扫烟囱工人扛着刷子和扫帚，穿过铺满抛光鹅卵石的街道。他一身漆黑，戴一顶极高的德国漆皮礼帽，帽檐一直压到眉毛，像尚未犯罪的拉斯柯尔尼科夫[1]。扫烟囱工人从国王夫妇的青铜雕像前走过，雕像的影子在冰面上无限延长，一直伸到湖中央。国王夫妇的皱领下围着白鼬皮，双手胸前交叉，紧握权杖，好像那些躺卧在自己墓上的帝王塑像。海鸥栖息在他们肩头，波罗的海的风鞭打着他们冷漠的面容，而暮色沿琥珀天空降落。

这会儿，舞台上的一切忽然变了样。方才的城市变成一座意大利村庄，时代大概是在文艺复兴时期。一面大窗户前，一位绅士凝视晚霞，心不在焉地喝着一杯波尔图葡萄酒，修剪过的花白胡须让他看起来有点像委罗内塞《迦拿的婚礼》[2]中的某个人物。他甚至有些像阿雷蒂诺[3]，在奇迹实现后望向天空。一把皮面漆黑的雕花扶手教士椅[4]中，坐着一位穿丧服的老妇人，容貌跟那绅士有几分相似，或许是他的母亲。袖口花边下隐约可见她娇

---

[1] 拉斯柯尔尼科夫，陀思妥耶夫斯基小说《罪与罚》主人公，出于冲动和错误的信念用斧头砍死放高利贷的老太婆，又失手杀死老太婆的妹妹。
[2] 保罗·委罗内塞（Paolo Veronese，1528—1588），意大利文艺复兴时期画家，《迦拿的婚礼》为其代表作，取材于耶稣在迦拿的一场婚礼上将水变为美酒的圣经故事。
[3] 彼得罗·阿雷蒂诺（Pietro Aretino，1492—1556），意大利文艺复兴时期诗人、作家、剧作家。阿雷蒂诺的形象出现在《迦拿的婚礼》中，见证了耶稣将水变为酒的奇迹。
[4] 西班牙文艺复兴时期的椅子样式。椅面长方形，由皮革制成，椅面下方有一横木，椅背一般为皮革或天鹅绒。有些教士椅上带有合页，方便折叠携带。

小白皙、遍布青色血管的双手。她右手攥着一方梅赫伦[1]手帕，用我听不懂的德语斥责那位绅士。窗外鲑鱼粉的黄昏同样闪耀在一位画家工作室的大窗上。一位红衣主教在工作室里摆着姿势，嘴唇撇出冷酷的弧度，想必曾在降临节见过被下毒的教皇们的幽灵在梵蒂冈错综复杂的蔷薇园中飘荡。主教深黑的眼睛在眉下闪耀，很快，他的袍子将在阴影中烧起，如被大风吹旺的余烬。一张据称曾属于布拉斯科·伊巴涅斯[2]的实心大理石桌子边，十三个身穿天鹅绒衣裳的市政成员围在一起低声密谋，他们的双手与面目一模一样，宛如十三胞胎。沿着皮纳街，一个汗流浃背的骑手踢着马刺飞奔而下。一家客栈门前，一位袒胸露乳、身材丰腴的烟花女双手叉腰，笑着唤骑手的名字。他猛抽一鞭，从她面前飞驰而过，半步也没停。城市后方铺展着一片葡萄园，山坡截成梯田，泥土红如朱砂，葡萄藤沿坡面攀缘而上。更远处，乌鸦飞过松林，松脂味与蜜香浸透空气。黄色的蜜蜂在开满茴香、百里香、檀香和唇萼薄荷的梯田中歇息。楼燕群聚如云，叽叽喳喳，一条蛇钻进欧石楠丛中。怠懒的白牛屁股上结着褐色血痂，眼角停着黑蝇，拖着一车干草

---

[1] 梅赫伦，比利时弗拉芒大区安特卫普省城市，历史上以制造毛料、花边、木刻等闻名。
[2] 比森特·布拉斯科·伊巴涅斯（Vicente Blasco Ibáñez，1867—1928），西班牙"九八一代"作家、记者、政治家，文学上推崇自然主义和现实主义风格，著有《血与沙》《茅屋》等小说。

沿小径走近。驾车的小伙光脚赤膊，昏昏欲睡，嘴里哼着我听不懂的意大利语小调。一小队士兵走过广场，鼓声连天，米兰与梵蒂冈的旗帜在空中飘扬。士兵们肩扛短滑膛枪，腰佩匕首，裤腿开衩，头盔锃亮，胸甲闪耀，留着佣兵般的胡子，露出佣兵似的微笑，在教堂门口散开队形。敞开的门厅口冒出个一丝不挂的女子，肌肤雪白，仿佛第一次暴露在天光下。她眼神好似中邪，像忘了自己看到什么幻觉，又像在凝视幻觉时双目失明。她一头乌黑长发，披满胸前背后，士兵们向她缴械，在圣体节般明亮午后的太阳下高举火绳枪。人群推推搡搡，要向她靠近。他们狂热地叫喊着："Viva, viva la ragione nuda e chiara!"（万岁！赤裸洁白的理性万岁！）[1]

在这间大厅里为出生或死亡赎着罪的那个人，不管究竟是谁，都配得上做我地狱里的兄弟。一开始只是种预感，后来我有了推断的理由，根据就是这人召上剧场舞台的怪诞幻觉。但我也说过，在这座螺旋里的观众席上，我们这些死者看不见也听不见彼此。有多少次啊，当高礼帽绅士、梦游精灵、戴皱领的国王夫妇、梯田里的葡萄藤、如云的乌鸦群、佣兵队长[2]的小队穿过舞台，我从空座间徒劳地呼唤他！"你是谁？你从哪儿来？你在

---

[1] 原文括号外为意大利语，括号内为西班牙语译文，此处译出西班牙语，保留意大利语。
[2] 原文为意大利语。

人间叫什么名字？"回声放大了我的声音，将我的声调变得像唱诗班的男中音领唱。但无人听见我的呼喊，无人回答我的问题。声音渐渐消失，一切又重归寂静。

至于被判到下一间剧院大厅里的那个人，情况就不同了。我既不想见到他，也不愿和他说话。下一间指的是位于我的大厅后方，沿着螺旋弯道上坡的第三间。我现在发觉，我总记着那地方的精确位置，像是为了驱魔。这做法和野蛮人很像，在时间尚且年幼的远古，野蛮人在洞穴里画下怪物，好把它们囚禁在画里。那间大厅让我既着迷又恐惧，具体缘由我不敢道出，即便如今已身处地狱。那间剧院同其他剧院别无二致，但我一踏进去，就遭一股结霜坟地般的寒气攫住。台口总是展现同样的布景：一片生长着松林、栎树林、山杨林，还有盛开的岩蔷薇的风景。我一眼就认出那地方是库埃尔加姆洛山谷的拉纳瓦巨岩[1]，位于神甫门[2]和圣胡安山[3]之间，大概也

---

[1] 库埃尔加姆洛山谷（Valle de Cuelgamuros）位于西班牙马德里自治区圣洛伦索-德埃尔埃斯科里亚尔市辖区，瓜达拉马山脉西南。拉纳瓦巨岩（El risco de la Nava）位于这一山谷，佛朗哥在此下令建造"烈士谷十字架"，以悼念内战中佛朗哥一方的阵亡者。
[2] 神甫门（Portera del Cura）位于库埃尔加姆洛山谷西北，曾为通向埃斯科里亚尔皇家林苑的入口之一，因邻近"神甫之家"（La Casa del Cura）而得名。
[3] 圣胡安山（Cerro de San Juan）是位于西班牙马德里自治区埃纳斯雷堡市西南部的一座孤山，得名于曾在此建立的敬奉施洗者约翰的隐修院。

离亡女山[1]和佩德里扎岩山[2]不远。那景色跟我年轻时相比并无多大改变，甚至可能跟费利佩二世时代的景色也相去无几。当年费利佩二世越过塞尔乌纳尔山[3]和马丘塔斯双山[4]，在阿班托斯山[5]和后人称作"费利佩二世之座"[6]的山峰间选中了埃尔埃斯科里亚尔[7]的土地。岁月流经山峦，唯有森林愈加茂密。在我看来，唯一的新东西只有那座十字架。我这辈子从没见过比它更大的十字架。它矗立在拉纳瓦巨岩之巅，挑战着上天。

十字架巨大底座的四棱边，竖着福音书作者[8]的四座雕像，品味之差令人心惊。十字架的底端站着几个女人，想来代表的是神学美德[9]，造型做作俗气，大煞风景。这座十字架属于一间建于地下的教堂，构成了它最主要的部分。不知是谁回忆起这间教堂，令它出现在剧场里。它

1　亡女山（La Mujer Muerta）位于西班牙塞哥维亚省，为瓜达拉马山脉的一部分，因状似一位躺卧的女子而得名。
2　佩德里扎岩山（La Pedriza），字面义为"多石的"，是一座位于瓜达拉马山脉南坡、马德里自治区西北的花岗岩巨山。
3　塞尔乌纳尔山（El Cervunal），西班牙塞哥维亚省内属于瓜达拉哈拉山脉的一座山峰。
4　马丘塔斯双山（Las Machotas），西班牙瓜达拉马山脉面向马德里的坡面上的两座山头。
5　阿班托斯山（Los Abantos），属于西班牙瓜达拉马山脉的一座山峰。
6　"费利佩二世之座"（Silla de Felipe II）是马丘塔斯双山脚下的一座花岗岩乱石岗经人工开凿过的区域，费利佩二世曾在此监督过埃斯科里亚尔圣洛伦索修道院的修建工程。
7　埃尔埃斯科里亚尔（El Escorial）为马德里自治区西北的一个市镇，位于瓜达拉马山脉南坡脚下，费利佩二世曾下令在此建造圣洛伦索修道院。
8　指《约翰福音》《路加福音》《马可福音》《马太福音》四部福音书的作者。
9　指信、望、爱三美德。

看上去庞大无比，一如地狱本身。教堂的青铜门扉上方雕着一尊畸形的圣母怜子像，像是对博纳罗蒂[1]的圣母怜子像的拙劣模仿，看着比先前的福音书作者四雕像还要亵渎神圣。这些宗教雕像全都粗俗得可怕。或许是为了保护自己免受粗俗的影响吧，我看着它们，转而回想起我以前写过的那首祭坛圣体颂歌。当初我把它题献给曼努埃尔·德·法雅[2]，没料到他会大受冒犯。在那首颂歌里我写道，我在圣体光座中见到了活生生的耶稣基督，他被天父用一根灼烧的针刺穿，正像实验室载玻片上小小的青蛙心脏一般搏动。

教堂嵌于岩中，入口门廊通往门厅，再往后立着两个手持利剑的天使（《利剑如唇》[3]），仿佛在守护青铜栅栏。栅栏将这座石头建筑一分为二，像是建造者怕它竣工后规模超过罗马的圣彼得大教堂，甚至超过地狱本身，因此才加上似的。再经过一面雕着殉教者与士兵的石碑，就到了筒形拱顶笼罩的教堂中殿。中殿内有六间小圣堂，每间圣堂中都设有一座祭坛，一幅皮革三联画，数座雪花石膏雕像。拱顶有一部分造型可嘉，石料运用得鲜活生动，不同于别处的浮夸粗俗。两边墙上挂着巨幅佛拉

---

[1] 指意大利文艺复兴时期艺术家米开朗基罗·博纳罗蒂（Michelangelo Buonarroti，1475—1564）。
[2] 曼努埃尔·德·法雅（Manuel de Falla，1876—1946），西班牙作曲家，洛尔迦的好友。
[3] 《利剑如唇》（*Espadas como labios*）为洛尔迦的好友、"二七一代"诗人比森特·阿莱克桑德雷（Vicente Aleixandre，1898—1984）的诗集。

芒挂毯，描绘的居然都是启示录的末日景象。

中殿里有一尊宝座，一位好像碧玉和红宝石的男人端坐其上，周身环绕一道碧绿的虹，如新洗的绿宝石。[1] 宝座周围设有二十四个座位，坐着二十四位身穿白衣、头戴金冠冕的长老。好像碧玉和红宝石的男人面前燃着七盏火灯，依照那位受了神示的福音书作者所言，这七灯即是神的七灵。宝座前是圣约翰曾见过的玻璃海，但他不知道，它与帕蒂尼尔[2]和达利[3]尚未画出的海一模一样。还有刚刚在玻璃海和宝座前现形的四只兽，一只像狮子，一只如野牛犊，一只似人形，一只若金雕。每只兽都有六只翅膀，翅膀上生着六只眼睛，昼夜不停地说着：圣哉！圣哉！圣哉！主、神是昔在、今在、以后永在的全能者。长老们将冠冕放在好像碧玉和红宝石的男人脚边，说：我们的主，我们的神，你是配得荣耀、尊贵、权柄的，因为你创造了万有，并且万有是因你的旨意被造而有的。

其实我并不知道，在舞台上想象出这座教堂、这片风景的人是死是活。我们的回忆也可能赶在我们前头先抵达地狱剧场，紧接着我们才下到死界。无论如何，这

---

[1] 包括此句在内，此段大部分文字出自《新约·启示录》第四章，但作者对说法有改动。译文参考和合本。
[2] 约阿基姆·帕蒂尼尔（Joachim Patinir, 1480—1524），文艺复兴时期佛拉芒画家，擅画风景及历史题材。
[3] 萨尔瓦多·达利（Salvador Dalí, 1904—1989），西班牙超现实主义画家、雕塑家，为超现实主义代表人物之一。

人存在只是为了建造那座与他的傲慢规模相当的教堂，或说至少他期望如此。如我所言，他的自负堪比这道螺旋，庞大无比，永无止境。那个正在或将在这儿受苦的人着魔地重演着这些记忆，直至永远。无论他是谁，他都叫我既恐惧又同情。恐惧是因为，尽管我曾在诗中创造过各种各样的生灵，却也无法想象出他这样的存在。我也同情他，因为他尽管傲慢到极点，却从未体会过真正的生活——哪怕他此刻仍然活着。

不，在末日之海前，那些兽从不合上眼睛。我十五岁时读到那段经文，从此再难忘记。就算现在身处地狱，我也能逐字逐句背出："四个活物各有六个翅膀，里外布满了眼睛。他们昼夜不停地说：圣哉！圣哉！圣哉！……"没人意识到，我写那首广为传诵的谣曲《被传讯者谣》的时候，心里想的就是圣约翰笔下的这一段。如同世界末日那四只兽的眼睛一样（回想一下，四只兽里恰好也有一个人类），阿马尔戈和他的马的眼睛也不曾闭上。他们失眠，惶惑难安，行过达利风格的金属群山之景，纸牌在那景色里结成冰霜。当阿马尔戈终于得知他将在两个月后死去时，他寻得了心灵的宁静。他过完在地上的日子，躺下，然后安睡了。真相令他自由，正如圣约翰所言[1]；但为这份自由，阿马尔戈付出了生命的

---

[1] 《新约·约翰福音》第八章第三十二节："你们必定认识真理，真理必定使你们自由。"西班牙语的"真理"（la verdad）同时有"真相"的含义，此处应指阿马尔戈得知自己的死亡命运，故译为"真相"。

代价。他静止的影子投在卧室粉刷过的墙上,诗歌于此结束。

毋庸赘言,后来我再回想起这首诗,意识到我对自己的命运做出了恰恰相反的预言。对命运无知的阿马尔戈的失眠令人联想到地狱里无尽的不眠,但死亡本身却并非休憩或遗忘,而是意味着一个人在世界和灵魂中经历过的一切将永存永在。可以说,诗人的职责就是虚构人们忘却的过去,预见大地上、螺旋中一切未来的颠倒形象。

("佩佩-伊略上了年纪,发了福,还得了痛风,有人劝他放弃斗牛,你知道他说什么吗?**我会从这儿走着出去,走大门,手里捧着我自己的内脏。**")桑切斯·梅希亚斯死时,我又想起年迈而保持贞洁的圣约翰见到的那些末日怪物,它们浑身遍布眼睛,立在无限之海前。那是主历一九三四年,如今再想起那年,我发觉后来降临于我们民族的浩大悲剧曾有过何等清晰的预兆,我们又是何等地无知以至于意识不到。对即将到来的命运,我们总是明白得太晚,无论是在人世间,还是在这个由空置的池座和幽灵的记忆所栖居的剧场构成的监狱里,都是如此。

那年身受重伤的斗牛士有四十个。每个月都有一个斗牛士死于伊比利亚斗牛场[1]的不同角落,加起来一共

---

[1] 拉蒙·德尔·巴列-因克兰(Ramón del Valle-Inclán)著有题为《伊比利亚斗牛场》(*El ruedo ibérico*)的系列小说,开创以"伊比利亚斗牛场"代指西班牙的先河。

十二个。伊格纳西奥·桑切斯·梅希亚斯曾两次退役，理由都是同一个："到了我这把年纪，再穿着粉红长袜让人观赏，未免有些太荒唐。"但他两次都反了悔，又重回斗牛场。他并不缺钱，也上了年纪。他在午后被牛顶伤时已有四十三岁，早过了适合斗牛的年龄。那是八月初，他在拉科鲁尼亚，跟贝尔蒙特[1]和奥尔特加[2]一起斗牛。贝尔蒙特入场，正要刺死一头阿亚拉[3]的牛之际，牛猛地冲向他，贝尔蒙特的斗牛剑擦过牛颈，脱手飞出，竟朝观众席落去，剑尖插进一名观众的咽喉，左右贯穿。那人还不到二十岁，失血过多，不省人事，最后死在了医务所。那场斗牛结束的时候，从马德里拍来一封电报，传来奥尔特加的兄弟突然的死讯。奥尔特加跟他的堂兄弟还有经纪人多明金一起乘车离开，但三人还没开出加利西亚就出了车祸，奥尔特加的堂兄弟帕科·卡瓦列罗当场去世。接连不断的不幸压垮了这位斗牛士，他不愿再照原定合同参加十一日在曼萨纳雷斯[4]的斗牛。十日夜里，桑切斯·梅希亚斯刚结束一场在韦斯卡[5]的斗牛，就去了

---

1 胡安·贝尔蒙特（Juan Belmonte，1892—1962），西班牙著名斗牛士，被认为是现代斗牛的奠基者。
2 多明戈·奥尔特加（Domingo Ortega，1906—1988），西班牙斗牛士。
3 指牧场主德梅特里奥（Demetrio）和里卡多·阿亚拉兄弟（Ricardo Ayala）。
4 曼萨纳雷斯（Manzanares），西班牙卡斯蒂利亚-拉曼恰自治区雷阿尔城省的一个市镇。
5 韦斯卡（Huesca），西班牙阿拉贡自治区北部韦斯卡省首府。

萨拉戈萨[1]。他不顾整个斗牛班子的劝阻,同意代替奥尔特加上场。其他人认为他第二天下午会太累,对付不了阿亚拉的牛,但也并不觉得格外危险。吉卜赛助手们劝阻他则是为着更为可怕、更避无可避的缘由,但并没有说出口。两三周以前,他们就闻到伊格纳西奥身上的死味。那种脓水和枯香堇的臭味只有吉卜赛人才闻得出来,在宾馆的狭小空间里简直不堪言状。吉卜赛助手们必须努力克制,才能不向桑切斯·梅希亚斯透露此事。

据说伊格纳西奥最后到达曼萨纳雷斯时已经疲惫不堪。途中花去许多个小时,穿过阳光炙烤的公路和蝉鸣不息的田野。被牛刺伤的那个下午,他跟"小螺纹"[2]和科罗查诺[3]一块斗牛。归他负责的是第一头牛,这头牛也是阿亚拉的,名叫格拉纳迪诺,黝黑而雄壮。伊格纳西奥坐在斗牛场的围栏边,做了个自杀般危险的逗耍动作。人群欢呼起来。伊格纳西奥打算再来一回,但这次格拉纳迪诺把角刺进他的左大腿,将他掀过了围栏。那时他尚且清醒,请求把他带去马德里。斗牛开始前,他去看过乡里的医务所,认为那儿医疗条件不够,照料不周。但他们不得不在曼萨纳雷斯先给他施行急救,塞住他血

---

1 萨拉戈萨(Zaragoza),西班牙阿拉贡自治区萨拉戈萨省首府。
2 "小螺纹"(Armillita),墨西哥斗牛士胡安·埃斯皮诺萨·绍塞多(Juan Espinosa Saucedo,1905—1964)的绰号。
3 阿尔弗雷多·科罗查诺·米兰达(Alfredo Corrochano Miranda,1912—2000),西班牙斗牛士。

流不止的伤口。假如当初在斗牛场上做了恰当的处理，那伤口也许本不会夺走伊格纳西奥的性命。然而，从那时起，种种不幸就像樱桃一般彼此缠绕。汽车在去马德里的半路上坏了，别人谁也不愿意载伊格纳西奥，不想让他的血弄脏自己的车。他们花了九牛二虎之力，过了好几个小时才修好故障，重新上路。与此同时，他们不得不给桑切斯·梅希亚斯更换外敷药物，因为地狱般的炎热已让敷料开始变质。等他们终于抵达马德里，来到塞戈维亚医生的诊所时，桑切斯·梅希亚斯虽然意识尚存，但却已经因高烧陷入谵妄，大声呼喊着他的儿子，呼喊着我。那个不像是女人所生，而更像是用栎木一口气雕成的男人已经变回了一个幼童，喊着要我们跟他玩拍手游戏[1]和抢位置游戏[2]。

那时我不愿走进诊所，更不愿走进那间屋子。未来我将在我最哀痛的一首诗里写道，那间屋子"耀着苦痛的晕光"[3]。好几个小时里，我一直待在人行道上，询问每位来访者伊格纳西奥的情况。他们说他伤势恶化，希望愈发渺茫。他们反感我的态度，因此移开目光，不直视我的眼睛。他们以为我不进门只是出于非理性的恐惧，

---

[1] 拍手游戏（el chirimbolo），一种以两人拍手、碰肘、前后踏步为主要动作的儿童游戏。
[2] 抢位置游戏（el juego a las cuatro esquinas），一种五人抢四个固定位置或座位的游戏。
[3] 沿用戴望舒译文，见花城出版社 2012 年版《洛尔迦的诗》中《伊涅修·桑契斯·梅希亚思挽歌》一首。

觉得一个娘娘腔面对死亡当然会恐慌。我多想在大街中央冲着他们喊出纪德对自己原则的声明："Je ne suis une tapette! Je suis un pédéraste！"（我不是个娘娘腔，搞搞清楚！我是个鸡奸者！）[1] 我并没有害怕死亡害怕到以为它会传染。我虽然不承认宇宙的逻辑，也不接受地狱的荒谬，但从来没有不理智到那种程度。实际上，后来我在诗中直面伊格纳西奥命运的那份勇气无人能及。即使有人能像我一样勇敢，也做不到为伊格纳西奥的男子气概留下证言。就算是阿尔贝蒂献给伊格纳西奥的挽诗，在我的诗旁也相形见绌。我只是没法看伊格纳西奥受苦，没法亲眼看着坏疽无可救药地摧毁他，将他变成他此前从不曾成为过的人，也就是说：一个死者。

伊格纳西奥本人在谵妄中大概以为，我不愿见他是出于性倒错者的软弱。他的眼睛出现在我的梦里，谴责着我。在我的那些噩梦里，他的眼睛睁得大极了，那张宽额、长颌、阳刚而不乏敏感的脸上投出严厉的目光，紧紧盯着我。因前几年秃顶而愈显宽大的斑岩似的额头下，一对静默的瞳仁控诉着我，纠缠着我。我知道自己在做梦，却无法醒来，无法逃离他复仇般的凝视。他的目光谴责着我的缺席，谴责着我生为同性恋的罪孽，可是，就算我生来是个完整的男人，他也一样能怪罪我。

---

[1] 原文括号外为法语，括号内为西班牙语译文，此处译出西班牙语，保留法语。

伊格纳西奥的眼睛在梦与醒之间纠缠着我。恐怕在那时，在他死前，我就已想出挽歌的雏形。我想，在他被牛顶伤的最终时刻，伊格纳西奥大概不会合上眼，就像那些末日的怪物，在那个好像碧玉和红宝石的男人面前永远定定地瞪着眼睛。我想即使在他死后，那双眼睛也会依然圆睁，谁也无法用手帕掩上它们。永恒将会把他变成一头晦暗的弥诺陶[1]，野兽与被害者将混为同样的残骸。那些骨头响如脚步、鸣如燧石的雄壮亚当们，没有一个敢在他灵堂中央的凝滞眼神里自照，如同我不敢在他的弥留时刻探望他，尽管缘由大相径庭。

说来讽刺，伊格纳西奥，这位世上最勇敢的斗牛士，竟会指责我怯懦如阉人。讽刺，的确，因为从前他也曾在我面前温顺而令人羞愧地低下头颅。我们都见过他在科尔多瓦集市[2]手拿斗牛布横杆，在一头巨大如吉桑多石兽雕像[3]的公牛前屈起一边膝盖，用另一边膝盖轻撞它的口鼻，引它攻击。那头牛的牛角尖刮过他的胸口，假如它突然暴起，定会刺穿他的身体。此举尽管鲁莽，也并

---

[1] 弥诺陶，又译弥诺陶洛斯，希腊神话中克里特国王弥诺斯的妻子帕西淮与克里特公牛所生，有公牛的头和尾巴以及人的身体。
[2] 科尔多瓦集市（Feria de Córdoba）每年五月底在科尔多瓦举办，起初为牲畜集市，近代开始设置摊位及表演，成为娱乐性的集市。
[3] 吉桑多（Guisando），西班牙卡斯蒂利亚-莱昂自治区阿维拉省的一个市镇。石兽雕像（Verracos de piedra）散见于西班牙各地，形状包括牛、猪、野猪、熊等。吉桑多石兽形似公牛，长度在264厘米至277厘米之间，高度在129厘米至145厘米之间，历史可追溯至公元前4世纪至公元前3世纪。

非全然盲目,他深知那群牛的习性,并不害怕被攻击。然而,就算他预感到自己会被攻击,他也会试试运气。伊格纳西奥英勇无比,从不会感到半点恐惧。

我指的是生理上的恐惧。道德上的恐惧他仍能敏锐地感知。到他死前两三年的时候,他已和"阿根廷女郎"[1]做了将近十年情人。我很喜欢"阿根廷女郎"。我的戏剧处女作是部带序幕的两幕剧,当时饱受非议。她在那部剧里饰演蝴蝶一角。后来我为伊格纳西奥写的挽歌将会题献给她,尽管当时我们三个人谁也没有料到。她对我总是怀着难舍的柔情,像母亲又像姐妹。有些女人就是会对我这样的男人产生这种感情。当时她已是闻名全欧洲的舞蹈家,却同意出演那部如今已无比遥远的戏剧,一个将将二十岁的毛头小子写的戏剧,并且从未因那部剧的失败而责备我。我或许会忘记仇恨,但从不会忘记感恩,那时她愿意屈尊出演我的戏剧,我一直铭记在心。后来,我写的诗和其他剧作让我出了名,而她对我的作品赞不绝口,说她一直相信我的才能,相信命运定会令我成功。打从一开始,她就向我透露了她与桑切斯·梅希亚斯的恋情。之前她可能也爱过、享受过其他男人,但伊格纳西奥令她转眼陷落,爱得破釜沉舟。我知道伊格纳西奥不会离开他隐忍又善妒的吉卜赛妻子,

---

[1] "阿根廷女郎"(La Argentinita),原名恩卡纳西翁·洛佩斯·胡尔维斯(Encarnación López Júlvez,1898—1945),阿根廷舞蹈家、编舞家,知名弗拉门戈舞者。

那位"雄鸡"家族[1]的小妹;他也不会放弃皮诺蒙塔诺[2]的庄园,不会抛弃立志成为斗牛士、叫他分外挂虑的儿子。("如果非得有具支离破碎的尸体被抬进家里,我希望是我而不是我儿子的尸体。""阿根廷女郎"告诉我,伊格纳西奥曾这样对她说。)从前我没有察觉,事到如今,在这地狱螺旋中,我方才明白伊格纳西奥的话如何变成我挽歌中的诗句。那时我在诗中写,谁也不认识那具存在的肉体,他躺卧其上的石板不认识他,腐烂遗体下的黑缎子也不认识他。"阿根廷女郎"摇着头继续说,即使伊格纳西奥离开了他的妻子、儿子和庄园,他最终也会回到他们身边,就像他一度宣布退出斗牛界,最后却又重返斗牛场一般。"那是他的命,你懂吗?他逃不掉。连死在斗牛场上都是命中注定。"

假如有本不可见的生命之书,提前记载伊格纳西奥的所有经历,那么书上大概也会有一处脚注记述他另外一些露水情缘。他曾和一位已为人妻为人母的外国女子有过一段恋情。两人是我介绍认识的,但我已经忘了女方的名字。此前从不嫉妒伊格纳西奥妻子的"阿根廷女郎",现在也被气愤、怀疑和怨愤压垮了。她几乎天天给我打电话,要么就上门来找我,反复讲着同样的话,吐

---

[1] 绰号"雄鸡"的西班牙斗牛士费尔南多·戈麦斯·加西亚(Fernando Gómez García,1847—1897)开创的斗牛世家,包括他及他的三个儿子,"雄鸡"拉法埃尔·戈麦斯、"小雄鸡"费尔南多、"小雄鸡三世"或"何塞利托"何塞·戈麦斯。
[2] 皮诺蒙塔诺(Pino Montano),西班牙塞维利亚市的一个街区。

露她的绝望。为了躲她，我从马德里逃回格拉纳达我父母的房子里。说得更清楚些，我强逼自己逃离马德里城，去歇息一番，跟我不愿在伊格纳西奥弥留时分去探望他，都是出于同一个理由：我受不了对他人的痛苦无能为力。回到马德里后，某个宁静的周日清晨，我和几个朋友正坐在格兰大道[1]一间咖啡馆里，伊格纳西奥漫不经心地走了进来。他停在我们桌前，叉开双腿，站稳脚跟。他的外套大敞着，大力士般的宽肩下双臂在背后交叉，帽子从光亮如石英、如长石的头顶向后滑。谁也没请他入座。他轻蔑地扫过我的同伴，一帮吉卜赛小伙子，技艺青涩的歌手，打扮招摇，却无甚才华。

"你什么时候从格拉纳达回来的？"他问我。

"十来天前吧。"我说了谎，其实我回来还没五天。

"怎么见你就这么难？你跟我保证过，你回来会告诉我。"

"我就是没告诉你。"

"为什么要躲着我？"

"你心里最清楚。"我降低声调，但语气仍冷淡严厉，"你把我一直深爱的人逼得走投无路。那个外国女人是有夫之妇，而你之前有'阿根廷女郎'。"

"你不能因为这个就像躲麻风病人一样躲我。能不能

---

[1] 格兰大道（Gran Via），西班牙首都马德里市中心的一条主干道，东起阿尔卡拉街，西至西班牙广场。

私下聊两句？"

"我对你没什么好说的，伊格纳西奥，我们最好别再见面了。"

咖啡馆里的人认出了他，朝我们这边看过来。他知道自己正被陌生人像看马戏一样好奇地打量、议论，但却无法动弹。他没法走开，也没法坐下，因为谁也不请他入座。这个男人曾经跪在公牛面前，用膝盖撞牛，引诱它们扭头猛刺，现在却定定地站在原地，当着陌生的人群，当着我这些吉卜赛小伙子的面，向轻慢的对待低头。我直直地看着他的眼睛，而他垂下眼，肩膀似乎在伦敦剪裁的厚呢大衣里垮了下去。我的吉卜赛小跟班们笑起来，低声讲些粗俗的小话。

"你们现在去哪里？"他咬着嘴唇问，声细如丝。

"我去吃午饭。"

"跟你的朋友们一起去？"

"对，跟他们一起，上平常那家餐馆。"

"我陪你们一块。"他小声坚持。

"没人邀请你。"

伊格纳西奥慢慢缩起身体，努力想在地上找条缝，藏起他挫败的眼神。他知道我平时多么崇拜他，知道我此前多么敬佩他斗牛场上的勇猛、他戏剧上的才能。他会在斗牛场的围栏踏板[1]边逗引出栏的公牛，也会写一些

---

[1] 围栏踏板（estribo）是指斗牛场围栏上安装的一圈木板，离地30厘米至40厘米，供斗牛士踩踏翻出围栏以躲避公牛。

荒诞的短剧。尽管不曾向他本人求证，但我很早以前就相信，他的超现实主义作品与他斗牛的技艺属于同一种赋予生命以意义、向宇宙揭露自身的努力，这种努力伟大而又有着自我毁灭的特性。然而对他和我都很讽刺的是，见他如此顺服，我又厌恶自己意外的强硬与荒唐的残忍。可是，即使发觉自己强硬又残忍，我也无法将这部分从我天性中割去。

"餐馆是公众场所。"他最终嘟囔道，"我也可以上那儿喝咖啡。我想去就去。"

我不发一语，而他拖着步子离开，没再看我。他走时同来时差不多，双手仍在两胁处交叉，罩在敞开的大衣下头，只是背有些驼。那时我都快忘了"阿根廷女郎"，也快忘了我是在为她受的苦抱不平；但我却想起了伊格纳西奥爱过的许许多多的女人们。让他投入她们怀抱的不是色欲，不是傲慢，也不是爱情，尽管他自以为同时爱着她们所有人。床笫、斗牛场和剧院都只是他的舞台与试验台，他在其中培养并扮演着真正的伊格纳西奥·桑切斯·梅希亚斯，一个每时每刻都在超越宇宙为他框定的身份的伊格纳西奥·桑切斯·梅希亚斯。后来，到内战爆发前夕，到我死前不久的时候，我将再次想起伊格纳西奥以及我对他做出的总结。那时正是安菲斯托拉俱乐部[1]演出幕间休息的时候，何塞·奥尔特加-加塞特[2]过来同我交谈。"人永远不仅仅是人。"他叼着长长的象牙烟嘴，同我谈起不知何人。他的烟嘴款式像是玛琳·黛德丽会用的类型，末端烧着波迈香烟。咬着烟嘴的牙齿很年轻，和他的岁数极不相符，叫人吃惊。"我不同意。"我反驳，"不过，有些人倒确实在努力超越自身。伊格纳西奥·桑切斯·梅希亚斯就是如此。他死在曼萨纳雷斯的斗牛场上，到现在已经快有两年了。"

我刚和两个学徒歌手[3]在餐馆坐下，伊格纳西奥就独自一人来了。他在角落一张桌旁坐下，背靠着墙，倾身向前，手边放一杯雪利酒，也可能是曼萨尼亚雪利酒。他久久地坐在那儿，像等着墙壁倒下来，砸碎在他背上。他时不时偷偷瞥我一眼，又转回去盯着桌布，陷入沉思。我没等那两个吉卜赛小伙喝完大蒜汤，就粗鲁地把他们打发走了。他们离开时毫不意外，也没感觉不舒服，因为我慷慨得很，让他们情愿如此卑微。他们是我黑暗的恶习，与我不能道出名字的那种爱天差地远。当时我对谁都不曾怀有那种爱。我认识他们时，正处在我人生中

---

[1] 安菲斯托拉俱乐部（Club Anfistora）前身是普拉·毛尔图亚（Pura Maortua）1933年创立的旨在推广新式戏剧的业余剧团"戏剧文化俱乐部"。1933年洛尔迦的戏剧《堂佩林普林和贝利萨在园园中》首演后，洛尔迦将该剧团重新命名为"安菲斯托拉俱乐部"。
[2] 何塞·奥尔特加-加塞特（José Ortega y Gasset, 1883—1955），西班牙"一四一代"哲学家、散文家。
[3] 原文为斜体。此处的"歌手"（cantaor）特指弗拉门戈歌手。

唯一一段丰衣足食的日子里。我为他们挥霍剧作的报酬，只为让他们偷偷给我一个吻。之后我又因为恨他们而恨上自己。

等到只剩下我一人，我无所顾忌地打量起伊格纳西奥来。他的颅骨在皮肤下清晰可见，像达利用炭笔画的弗洛伊德的透明头骨。（弗洛伊德言之凿凿，将达利称作"狂热西班牙人的完美典范"。）桑切斯·梅希亚斯的额骨很宽，两边的颧骨、太阳穴间距很大。固执的天性使他的下颌总是紧绷，嘴唇紧贴牙齿。那时我大概无意中已经猜到，我和伊格纳西奥两人都将很快死去，血染大地。近十年前，我已在《梦游人谣》的一个人物身上预言了我的命运，仿佛他是我的替身。他被宪警追捕，身负刀伤到来，向他死去爱人的父亲请求，让他在爱人铺着细亚麻床单的铁床上死去。诗中的交易最终没能谈妥，我也没能预见注定降临在我身上的命运。然而，或许是诗人的感觉与本能察觉到了理性和意识无法澄清的事，我惊觉自己竟向伊格纳西奥招起手来。他望着我，却像视而不见，仿佛不明白我的意图，不确定我真实存在。我不耐烦地催促，最后终于让他起身，犹疑地走到我这张桌来。他似乎弄不清我究竟是在叫他，还是在叫某个外表和灵魂都与他别无二致的复制品。之前在咖啡馆的场面再次重演：所有人都看向我们。伊格纳西奥还没表明身份，他们就先认出他来；但那时我已不在意陌生人的关注。生活从真实变为谎言，有时自觉被人观察再正常不过，正如剧院里会坐着观众。我搂过他的肩膀，把菜单递给他，一面凝视着他的眼睛。他的眼睛又大又黑，虹膜周围燃烧圈圈银线。

"行了，兄弟，"我低声道，"告诉我你想吃点什么，再给我讲讲夏天的斗牛怎么安排。"

在分配给你的地狱剧场的大厅里，你在马德里的最后一日随着回忆浮现，上演。一九三六年七月十六日，那个星期四，那个西班牙内战在非洲爆发的前夕所发生的一切，都分毫不差地重现眼前。前一晚你梦见另一个男人的画作，那幅画似乎绘制在一块玻璃上，玻璃又镶在木板里。画的下方，拉斐尔笔下的帕里斯睡梦沉沉，对美惠三女神的到来一无所知。在他身边，你见到一枚张开的贝壳。你为达利写颂歌的那段日子里，你曾在里加特港[1]，在达利画过的某片奇妙海域边端详过那枚贝壳。它的凹陷一半是白色，一半是赭石与暗红色，一圈边缘被太阳染金。("他们用精确的拉丁学名称呼它：*Crepidula Onyx*[2]。"你们的友谊仍未结束的那几年，达利曾这样告诉你，他总爱集藏一些无用的知识，"在热带太平洋地区，人们管它叫缟玛瑙拖鞋[3]。")缟玛瑙拖鞋另一

---
1 里加特港（Port Lligat），西班牙加泰罗尼亚自治区卡达克斯市的一个港口小镇，达利及其妻子加拉自1930年起在此购置房屋居住，房屋后来成为达利故居博物馆。
2 指甲履螺（又名拖鞋舟螺）的拉丁学名。
3 指甲履螺的俗名，因其形似拖鞋，颜色如缟玛瑙。

侧，一只巴利¹白鞋挨着它和帕里斯。一只鞋帮很低的白鞋，你立即认出它正是你自己的鞋。是你那位智利外交官朋友卡里略·莫拉²硬逼着你买的，他看烦了你蹬着那双带搭扣的笨重鞋子，管它们叫疯女胡安娜³夫人的凉鞋。缟玛瑙拖鞋上方，玻璃画的正中，悬着一枚闪着珠光的巨大贝壳。贝壳的空陷处是一整个铜色、暗红与金黄色的漩涡，一个被截断的女性裸体在上方悬着，或被什么托举着，她的手中拿着一颗苹果。毫无疑问，这是拉斐尔三女神之一的部分躯体，虽然拉斐尔从没画过这样畸形的东西。达利也没有，尽管贝壳右侧出现一座有着平滑坡面和金属峰尖的山峦或悬崖，叫我想起里加特港。巉岩上冒出一只蹲伏在地的巨猿，像被无形的，或者是在梦中被忽略了的重负压垮。它几乎与岩石同高，但身体澄黄透明，好似猫眼石雕成，瞳仁浑圆湛蓝，犹如绿松石。珍珠色泽的巨贝正中，你看到另一枚贝壳，仿佛一块被切开的镶板，又像老树上的一条割痕。你也可能将它认成一道凝为化石的目光，来自某个远古的人类，那时我们这个物种还没有诞生——我们这个物种并非一

---

1 巴利（Bally），瑞典奢侈品牌。
2 卡里略·莫拉（Carlillo Morla）为洛尔迦好友、智利外交官兼作家卡洛斯·莫拉·林奇（Carlos Morla Lynch，1888—1969）的昵称。
3 "疯女胡安娜"（Juana la Loca）指伊莎贝尔一世和费尔南多五世的女儿，卡斯蒂利亚、莱昂与纳瓦拉王国的统治者，卡斯蒂利亚的胡安娜一世（Juana I de Castilla）。有说法称她的"疯癫"源自丈夫费利佩一世的不忠引发的强烈嫉妒，也有说法称她的丈夫和儿子为夺取她的权力，捏造了她的"精神失常"并将她软禁。

直是人类，甚至注定有朝一日无法再做人类。贝壳的外侧是靛蓝色的，形似树皮，下方则呈现干树脂的色泽。横向切口中央颜色变深，泛起蓝色，像金属化的眼睛中露出隐蔽的瞳孔。这梦境仍然残存一线，如今在舞台的最高处，帕里斯沉睡的形象之上萌芽。它是另一道螺旋，属于一枚同悬崖上的猿猴一般巨大的螺壳，螺旋中心的红色巨弧后接着一道棕褐色的弧线，层层叠叠如不断擦去重写的羊皮卷。这些弧线紧邻着另一位拉斐尔的美惠女神的曲线，她背朝观者，张开双臂，将这些曲弧紧抱在她赤裸的身体上。至于第三位神祇，无论是当时还是现在，你都只看见她从胸部被截断的躯体。那尊栩栩如生的胸像从她同伴的前臂上方探出头来，又或者它是萌发于那只独一无二的蜗牛被剥下的硬壳，要么就是诞生自赤红与棕褐的斜面间被剃刀划开的一道皱褶。

你从这些怪梦中醒来，心想，那天要发生在你身上的事都已发生过了，包括你对噩梦的记忆。比起心想，更像是察觉到一种预感。说得更详细些：并不是说，你在伊格纳西奥身上隐隐猜到自己曾是另一个人，又在那个冬天周日格兰大道的餐馆中，由走近你桌子的他本人证实了你的猜测。你确信的是，你在一九三六年七月十六日那个星期四的一举一动、一言一语，都曾在许久以前完全相同的某天做出、说出。但你犹豫了，疑惑自己是否真的曾经经历过两次那段时光，是否真的已在你灵魂最非理性的部分中预感到，在你本人抵达地狱之前，那里就已开始演出你的节目。我们的记忆很可能比我们率先到达这螺旋上的舞台，我们尚未在地上经历某事，对它的回忆就先在此处诞生。总而言之，你自己拿不定主意，不知道沿着走道斜坡的第三间剧场里的那个人是死是活。你看着他舞台上的那座教堂，偶尔会怀疑，在死亡前夕，回忆会先于我们进入永恒。也许可以怀疑得再深一些，问自己，是否这个世界早就为我们备好了专属的剧院池座，远远早过另一个世界中的我们被孕育的时刻。

无论如何，正如此时在舞台上演的那样，当你仍穿着晨衣和拖鞋，煮第一份加奶咖啡时，你阿尔卡拉街[1]那套公寓的门铃响了起来。你毫不惊讶，也不愿去猜测是谁，因为你暗暗害怕知道来人的身份。按铃的是位年老演员，他失了业，被尚可接受和难以想象的种种不幸百般摧折。前一天晚上，他差点从你这儿提前讨走一大笔钱。你请他一起用早餐，两人在挨着阳台的工作室里站着喝咖啡，吃马利饼[2]和涂了果酱的吐司。你在一首诗中曾留下遗嘱：你死后，应当把阳台敞开，让风穿过，然后将你埋葬在风向标中。流动商贩在人行道上叫卖着海

---

[1] 阿尔卡拉街（Calle de Alcalá），马德里主干道之一，历史可追溯到15世纪，因当时通向埃纳雷斯堡（Alcalá de Henares）而得名。
[2] 马利饼，一种风靡欧洲的圆形甜饼干。

蟹、螯虾、阿斯托加[1]的黄油蛋糕和米拉弗洛雷斯[2]的奶酪块。阳光汹涌而入,泼洒在明亮的镶砖地板和盖着沙发的莫莫斯特南戈[3]毯子上。

"我的不幸您数都数不清。连我自己都没法全讲个遍,总会漏掉最重要的几件。"

"……"

他犹豫了一瞬间,不知道要把空杯子放到哪里。你准备去接,好让他继续抱怨下去,但他抢先一步,把杯子放在了阳台的石头地板上,贴着门槛底部,紧挨白色的百叶窗片。他从手指上舔掉果酱,继续他那由称颂与学究式的追问构成的哀歌。

"您还很年轻,但已收获了应有的声名。您有着天生的才能,这点谁也不会冒昧地否认。因此,思索我今天、昨天和前天的生活时,我想斗胆问问您的看法。请您告诉我,我们生下来是为了什么?"

"……"

"我来告诉您。是为了死去,虽然我理解不了其中的道理。但无论如何,不会像我命里摊上的这样,只是为了受苦。对于像我这样不幸的人生,总结一下就会得出

---

[1] 阿斯托加(Astorga),西班牙卡斯蒂利亚-莱昂自治区莱昂省的一座城市,当地的黄油蛋糕十分有名。
[2] 米拉弗洛雷斯(Miraflores),西班牙马德里自治区的一座城市。
[3] 莫莫斯特南戈(Momostenango),危地马拉托尼卡潘省的一座城市,位于危地马拉西部,出产羊毛毯子和披风式斗篷。

结论：我来这世上一定是来错了，因为就算是再微不足道的人生，那位天上的大建筑师也不至于把它造得如此糟糕。您认为呢？"

"……"

"要是我就会说，我在这儿就是个错误，我本该出生在别的年代，出生在我家族过去的另一个时期，那时，无论是在我父亲还是我母亲的家族中，都总是有光耀门楣的著名演员。您知道我的一位曾祖母是伟大的迈克斯[1]的姐妹吗？"

"……"

"对，先生，就是那个在斗牛表演的午后对着斗牛士科斯蒂亚雷斯[2]起哄，结果被对方回喊'迈克斯先生，迈克斯先生！这里可不是剧院！你在这里可是会真的死掉！'于是发现自己遇上对手了的伊西多罗·迈克斯。我猜您已经听过这故事了。"

"……"

"在我们家，这个故事从曾祖母起代代相传。顺便一提，曾祖母在堂莱安德罗·费尔南德斯·德·莫拉廷[3]的

---

[1] 伊西多罗·迈克斯（Isidoro Máiquez，1768—1820），18 世纪与 19 世纪之交的西班牙演员、剧作家、剧团经理。
[2] 科斯蒂亚雷斯（Costillares），字面义为"肋骨"，为西班牙斗牛士华金·罗德里格斯（Joaquín Rodríguez，1743—1800）的绰号。华金·罗德里格斯被认为是现代斗牛之父，对斗牛做了技术上的创新。
[3] 莱安德罗·费尔南德斯·德·莫拉廷（Leandro Fernández de Moratín，1760—1828），18 世纪西班牙新古典主义剧作家、诗人。

《新喜剧》首演中登场，饰演年轻的玛丽基塔。她还出演了《灯火凡丹戈》[1]里的梅蒂奥库罗，但它只是部幕间剧，没么么叫我们自豪。我就应该出生在从前那个有《新喜剧》和《灯火凡丹戈》，有迈克斯和科斯蒂亚雷斯、戈雅[2]和莫拉廷的年代，和我的曾祖母结婚。如果是这样，我猜我的生活就不会像现在这样悲惨，好似一部写砸了的希腊悲剧。您是一位才华横溢的年轻人，或许能回答这两个在我眼里连体双生的问题。为什么我们来到这世上？为什么我们来到这世上的时间唯一而无法转圜？"

"……"

门铃又响了三次，你立即认出来人。是拉法埃尔·马丁内斯·纳达尔[3]，之前他允诺当天一点整来接你，一起用午饭。他的脑袋不知因什么病生满了痂，为了往痂上涂硫磺，一度把头发剃得精光。现在头发又长了起来，微微卷曲，紧贴头皮，下边是一张长脸，一对像小耳朵羊一样的小巧耳朵。他在沙发上翻一本书，耐心地等着你，与此同时，你给了梅蒂奥库罗的曾孙几枚比塞

---

[1] 《灯火凡丹戈》（*El fandango del candil*），西班牙新古典主义戏剧家拉蒙·德·拉·克鲁斯（Ramón de la Cruz, 1731—1794）的喜剧作品。
[2] 弗朗西斯科·何塞·德·戈雅－卢西恩特斯（Francisco José de Goya y Lucientes, 1746—1828），西班牙宫廷画家。戈雅一生创作了许多宫廷画，以及描绘战争等题材的"黑色绘画"，代表作包括《着衣的马哈》《裸体的马哈》《1808年5月3日》《农神吞噬其子》等。
[3] 拉法埃尔·马丁内斯·纳达尔（Rafael Martínez Nadal, 1903—2001），西班牙作家、记者、文学评论家，"二七一代"成员，洛尔迦的好友。

塔、一封交给罗拉·门布里维斯[1]的推荐信。那封信是你坐在桌前,面对着那幅毕加索为巴尔扎克《不为人知的杰作》所作的迷宫画,在一张四开纸[2]上写成的。那位演员庄重地向你道别,然后离开,拉法埃尔则继续等着你剃须穿衣。到了街上,太阳以其生石灰般的光辉迎接你们,而你这才想起自己关上了阳台,把空咖啡杯忘在了外头。

"伊格纳西奥·桑切斯·梅希亚斯死的那年,我在这间餐厅和他吃了最后一顿午饭。就是在这张桌子上。"你们刚一坐下,你就说,"我有种预感,我们俩之后也不会再一起来这儿了。"

"那场悲剧发生快要过去两年了。"他接过话,但故意忽略了你的预言,"可有时我会觉得伊格纳西奥并没有死去,曼萨纳雷斯斗牛场上的刺伤还没有发生,即使它会无可避免地来临。我不知道有没有解释清楚。"

"我完全理解。一方面,我会发誓说,我们再也不会在这里,也不会在任何其他地方一起吃午饭。"你终究是个安达卢西亚人,说着摸了摸桌布下面的木桌板[3],"另一方面,我也很确信,今天早上发生的一切此前都在同样的地点发生过。"

---

[1] 罗拉·门布里维斯(Lola Membrives,1888—1969),阿根廷女演员,曾出演过洛尔迦的剧作《血婚》(Bodas de sangre)及《了不起的鞋匠婆》(La zapatera prodigiosa)。
[2] 此处四开纸源自四开本每页的尺寸,为157.5毫米×215毫米。
[3] 有迷信认为触碰木头能带来好运,或者抵消说过的不吉利的话。

那时他正要回答你，正如此刻在剧院中上演的一样，但餐厅领班[1]和看似来自外省的一对新婚夫妇打断了你们的对话。领班带来了菜单，那对年轻夫妇则想知道——又来了[2]——你是不是就是写下《不贞之妇》的那位诗人？他们请你签名，你签了，用你首字母拉得极长的纤细字体。在永恒中，你会觉得这字体太俗气，像出自一位可笑的女才子[3]之手。他们很感动地走了，走前紧紧握住你的手，告诉你他们都是老师。马丁内斯·纳达尔一边点菜，一边微笑着，用肯定的口气说，你的朋友们很快就不能陪你上街了，因为女人们会争相亲吻你的双脚，就像何塞利托[4]在塞维利亚经历过的那样。你回答，何塞利托死前的那个晚上，也有个女人朝他大喊："但愿你明天在塔拉韦拉[5]被牛顶死！"神准时地实现了她的愿望。拉法埃尔摇了摇头，不再说话，因为开始上菜了。你几乎一口菜都没尝，那天你对一切都无所谓，只关心自己的命运，你害怕它已成定局。

"拉法埃尔，这里会发生什么事？如果战争来临，我是活不到最后的。"

---

1 原文为法语。
2 原文为法语。
3 此处套用莫里哀喜剧《可笑的女才子》题目。
4 何塞利托（Joselito）为西班牙斗牛士何塞·戈麦斯·奥尔特加（José Gómez Ortega，1895—1920）的昵称。参见本书第28页脚注1。
5 塔拉韦拉，指塔拉韦拉·德·拉·雷纳（Talavera de la Reina），西班牙卡斯蒂利亚-拉曼恰自治区托莱多省的一座城市。

"这个国家永远处在混乱的边缘。受深渊吸引是我们民族性的一部分,这点和古埃及人正相反,据说他们厌恶空虚。到头来,一切都会用大头钉和胶漆复原。现在同样不会走到血流成河的地步。"

他在撒谎,为了不让你陷入绝望。他和你一样确信,罪行的复活节正在临近。你们之间唯一的区别在于,他内心深信,无论情况如何,他都会从屠杀中幸存下来。

"我们时间不多了,这种不确定的感觉又叫我很烦恼。"你有些自相矛盾地继续说道,"何塞·安东尼奥·普里莫·德里维拉[1]被捕前不久的一天晚上,我还跟他吃了顿晚餐。"拉法埃尔手中吃鱼的餐叉都差点掉下来,他不敢置信地看着你。"你别这么惊讶。那也不是我们第一次私下见面。要是有人看见我们在一块,对我们两个来说都不方便,我们总是打车去一家偏远的旅店,路上紧拉车帘。"

"但你俩为什么要见面?老天哪!"

"哦,也没什么!是为了谈论文学。他熟读龙萨[2],对任何时代的法国诗歌都颇有见地。但那天他没能发表什么高论。我们埋头进餐,看也不看彼此,直到最后我高

---

[1] 何塞·安东尼奥·普里莫·德里维拉(José Antonio Primo de Rivera,1903—1936),西班牙右翼政治家,独裁者米格尔·普里莫·德里维拉的长子,长枪党创始人。1936年被控参与反对西班牙第二共和国的政变,被处以死刑。
[2] 皮埃尔·德·龙萨(Pierre de Ronsard,1524—1585),法国宫廷诗人,以爱情诗闻名。

喊起来：'如果西班牙爆发战争，你我都看不到它结束。战争开始不久，他们就会把我们俩都枪毙了。'"你忽然抓住马丁内斯·纳达尔放在桌边的手臂，"拉法埃尔，我不想让他们像杀一条狗一样杀了我。拉法埃尔，我可以躲到你母亲家里去，对吧？"

他看着你，被你的恐惧吓到了。在小小的耳朵之间，在额头顶部绵羊毛般的发茬下方，他的眼睛流露出悲伤而惊愕的神情。

"没问题，你当然可以躲到我母亲家里。可是，谁会想要你死呢？你只是个诗人而已。"

"何塞·安东尼奥·普里莫·德里维拉也回答了一模一样的话。我告诉他，他们正是为此才要杀死我，因为我写过诗。不是因为我是同性恋，也不是因为我支持穷人们。当然，我支持的是善良的那些穷人们，你明白的。我还对他说，这个国家是一个集合了各阶级谋杀犯的共和国，一旦历史[1]给了西班牙人机会，他们一定会像老鼠一样彼此残杀。他们将会枪毙我，因为我写诗，还因为我没有能力自卫。就因为这个，是的，先生。'得[2]，'我用上我在哈瓦那学会的表达，对何塞·安东尼奥·普里

---

[1] 此处"历史"原文写作"la Historia"，与一般常用的小写字母的"la historia"不同，表示作为抽象概念而非具体叙事的历史。后文的"历史"亦是如此。
[2] 原文为"Ven acá"，字面含义为"过来这边"，是古巴西班牙语的常用感叹词，和西班牙西语的"Venga"类似，一般用以引起听话人的注意，表达催促、命令或不赞成。考虑到其地方性，此处译为较常见且带方言色彩的"得"。

莫·德里维拉说,'你知道桑切斯·梅希亚斯去世的许多天前,他班子里的吉卜赛人就说他散发出死人的恶臭吗?假如他们现在进到这里来,我们的尸臭味能把他们吓死。'"

"别抬高声音,镇定一些。"

"我很镇定。我很自信,甚至能像谈论不相干的人一样讲述我死后的荣光。等他们用枪子儿打烂我的身体,许多年之后他们还会写书自问,当时为什么要杀害我。反正我得弄清楚这一点,才肯离开这个世界。"突然,你又前言不搭后语地乞求起来,"拉法埃尔,你真的觉得你母亲会把我藏在她家里吗?"

"我十分肯定。如果你想的话,我们今天下午就过去。"

"好,好,越早越好!我要和你的母亲与姐妹一起闭门不出,直到这场逼近我们的仇恨与罪恶的暴风停息,都不离开她家半步。走吧,结账吧。这阵子恐怕连时间都变得宝贵了。"你忽然用掌心拍了下桌子,发出一声苦恼的喊叫,引得周围坐着的人们回头看你们,"我在说些什么啊,拉法埃尔?我疯了吗?我不能躲到你母亲家里去。我今天下午就得去格拉纳达。后天,七月十八日,是我和我父亲的命名日。我们总是在家里,在圣比森特庄园过命名日。我可不能缺席。那天将会飘满茉莉和夜香木的香味。"

"你这就太不谨慎了。"他边说边付了账,把小费叠在壶底,"你这么害怕的话,不如待在马德里,如果真发生了什么事，你在这里比在格拉纳达更安全。在格拉纳达，很多人一本书也没有读过，不会原谅你这么出名，更不会原谅你喜欢男人。这两件事他们都理解不了，但前者更会令他们气愤。"

"你从没去过格拉纳达，怎么能这样说？"

"都一样，我能想象得到。"

"不管怎样我都要走，剩下的就交给上帝吧。你为什么付了午餐钱？我本来想付的。我们可能不会再见面，而你毫无疑问会活得比我长。我们上耶罗大门[1]去喝咖啡吧。我请你喝杯干邑白兰地，或者你想喝什么都可以。"

你俩一起去了耶罗大门。你几口饮尽奠基者牌[2]的白兰地，马丁内斯·纳达尔几乎是在偷偷瞟你。你的一部分焦虑，尤其是你的不确定感，似乎也传染了他。从他的表情中，你读出愈发明显的忧伤或预示。或者是你自以为如此，因为你总是将邻人与世界看作你和你情绪变化的反映甚或延伸。然而那天，在耶罗大门旁的那家咖啡厅，你不需要动用想象力，就能在周围看见你忧虑的集体形象。已是盛夏，但马德里的街道仍然时时刻刻涌动着人潮。战争爆发前，谁也没法下决心离开。突击

---

[1] 耶罗大门（Puerta de Hierro）是马德里西北一座巴洛克式古典主义建筑物，建于18世纪下半叶。"耶罗大门"字面意义为"铁门"，得名于其门洞里安装的铁栅。
[2] 奠基者（Fundador），西班牙赫雷斯市的白兰地品牌。

警卫队[1]的卡车从大学城驶来，沿公主街[2]向下开。几个小男孩叫卖着报纸，报道国会最近一次辩论的倒退。拉法埃尔买了一份，你边读边发抖。紧急状态延长，卡尔沃·索特洛[3]被杀引发的愤怒争论仍在持续。希尔·罗夫莱斯[4]指控人民阵线[5]的政府是耻辱、烂泥和鲜血的政府，恐怕很快还会成为饥饿与贫穷的政府。巴尔西亚[6]以内阁的名义对他进行反驳。

"拉法埃尔，你还记得我那份没出版的戏剧手稿吗？我起名叫《观众》的那部剧？我上周把它借给你来着。"

"我怎么会忘呢？你难道觉得我把它弄丢了？"

"当然不是！老天啊，今天下午你可别对我发火！"

---

[1] 突击警卫队（Guardia del Asalto），官方名称为"安全与突击部队"（Cuerpo de Seguridad y Asalto），为西班牙第二共和国时期创立的警察部队，主要职责为维护公共秩序。
[2] 公主街（Calle de Princesa），马德里一条自西班牙广场通往蒙克洛亚广场的大街，得名于西班牙女王伊莎贝尔二世的长女玛丽亚·伊莎贝尔。
[3] 何塞·卡尔沃·索特洛（José Calvo Sotelo，1893—1936），西班牙政治家、法律顾问，于普里莫·德里维拉独裁时期担任财政部长，后流亡葡萄牙，返回西班牙后担任右翼政党西班牙复兴党领导人。1936年7月12日，一名突击队中尉遭枪杀，长枪党被指应为事件负责，突击队前往卡尔沃·索特洛住处将之逮捕，但在转移过程中，卡尔沃·索特洛被后座上的一名武装民兵枪杀。
[4] 何塞·玛利亚·希尔·罗夫莱斯（José María Gil Robles，1898—1980），西班牙政治家、律师，1931年至1939年担任共和国议会议员，1936年2月左翼政党联盟"人民阵线"胜利后，成为反对党领导人，1936年7月卡尔沃·索特洛被枪杀后，愤而出走法国，此后支持并参与佛朗哥军队政变。
[5] 人民阵线（Frente Popular），西班牙第二共和国时期的左翼联盟，成立于1936年1月，由当时的主要左翼政党组成。1936年2月人民阵线赢得选举并成立政府，但不久西班牙便爆发内战。
[6] 奥古斯托·巴尔西亚·特雷列斯（Augusto Barcia Trelles，1881—1961），西班牙政治家、律师、记者、作家，曾于第二共和国时期担任外交部长、部长会议主席等职位，内战结束后流亡国外。

"我没发火；但我也不愿你把我想得很坏，哪怕一瞬间也不愿意。"

"我怎么会把你想得很坏呢？我甚至想对你坦白一个确定的信念，我对自己都不敢说出口的一个信念。"

"你到底想对我说什么？"

"说《观众》，我放在你家的那部剧作。"

"很遗憾，我还没来得及读。"

"无所谓。我也好几年没读过它了，但我相信，这部作品会超越我们的时代。我把所有的戏剧，当然也包括我自己的戏剧，远远甩开了好几代。你或许很难相信，但我可能超前了好几个世纪。有一次我为莫拉[1]夫妇朗读这部剧，他们都吓坏了。注意，莫拉夫妇很喜欢我，他们总是像和蔼的小羊驼[2]一样亲切！贝蓓听得都快气哭了。后来她说，这些纯属胡言乱语，渎神之论。卡里略以他特有的方式批评了我，更有外交风度。但他也脸色发青。'你不能出版这东西，更不能把它搬上舞台。'他在沉重的智利式的叹息间呻吟道，'最好还是烧了它，忘了它。'那时我明白了，我写下了属于我的杰作。你知道，不被理解的永恒杰作，在他人眼中永远是一座迷宫。"

---

[1] 指卡洛斯·莫拉·林奇夫妇。下文中提到的贝蓓指玛丽亚·曼努埃拉·比库尼亚·埃尔沃索（María Manuela Vicuña Herboso, 1892—1961），卡洛斯·莫拉·林奇的妻子。卡里略是卡洛斯·莫拉·林奇的昵称。
[2] 因卡洛斯·莫拉来自盛产羊驼的智利，且其父亲的母姓和妻子的父姓都为比库尼亚（Vicuña），字面义即"小羊驼"。

"既然你这么说了,就不会有错。"他语气疲惫地赞成,"我马上就去读《观众》。"

"没必要。我搬上舞台的那些戏剧里满是轻易的让步。它们之所以能震撼观众,博得他们的欢心,是因为其他剧作还要更差劲,或者换言之,纯属垃圾。但是,我知道写这种戏剧有多么简单。我感觉自己有些像索里利亚[1],恼怒于自己如此擅长给陈词滥调加上韵脚;又有些像波利克拉特斯[2],惊惧于自己的幸运。《观众》却不一样。我不得不彻底竭尽自身,沿着穿越我灵魂的阶梯下降到我存在的中心,才能完成一部如此真实的戏剧。"

"行,行,"马丁内斯·纳达尔不耐烦地打断你,"我跟你说过了,我会去读的。"

"而我要再重申一遍,你不该去读。说了你别生气,但眼下你理解不了《观众》。说句实话,我自己也理解不了。"

"那你为什么要把它借给我?"

"为了请你帮一个比阅读它重要得多,也有用得多的忙。"

"好极了,你说吧。"

拉法埃尔·马丁内斯·纳达尔好奇地打量着你。直

---

[1] 何塞·索里利亚(José Zorrilla,1817—1893),西班牙浪漫主义诗人、剧作家,代表作为戏剧《堂胡安·特诺里奥》(*Don Juan Tenorio*)。
[2] 波利克拉特斯(Policrates,约公元前 570 年—公元前 522 年),古希腊萨摩斯岛僭主。传说他曾将一枚戒指掷入海中,不久后戒指出现在呈上他餐桌的鱼腹里,他将之引为自己运气非凡的证明,但没过多久,他就被波斯总督欧洛伊提斯击败并钉死在十字架上。

到刚才,他都对你的恐慌不胜其烦,忍无可忍。可是,突然之间,他却不得不凝神细听,将五感都专注在你说的话上。在麻雀的叽喳声和日报商贩的叫卖声中,暮色徐徐降落。

"向我发誓,如果在即将来临的战争里,我出了什么事的话,你会马上把《观众》的原稿销毁。"

"我什么誓也不发!"

"那么,答应我就好了。"

"我也不答应。如果它是你的得意之作,你为什么还想销毁它?"

"正因为它是我的得意之作,只有我才能怀疑我自己作品的重要性。如果我死了,《观众》没有理由为他人而存在。"

"我只保证不读它,你一从格拉纳达回来,我就把它还给你。"

你退让了,不再吭声,一部分是因为突然袭来的疲惫,一部分是因为你忽然觉得《观众》像是别人的作品。就好像,和你刚才说的那些话相反,这世上唯有你无法理解它。那种感觉再次压倒了你:你觉得好像从前就经历过那一天,感受过一模一样的犹疑。没过多久,你搭计程车去库克旅行社买火车票,在车里滔滔不绝,谈论你正在构思的另一部剧作。你给它起名叫作《所多玛的毁灭》,将圣经与超现实主义融合。尽管一字未写,但你已纤毫毕现地描述起一幕幕场景。最后一幕开场，罗得[1]邀请上帝派来的两个天使进屋。这位义人的家应当位于所多玛广场的一侧，庞贝式的柱廊之内（"是乔托[2]眼中的庞贝，拉法埃尔"），罗得将设宴招待那对极为俊美的男子，耶和华隐姓埋名的大天使。斜裁的布景中将呈现一座带围墙的小花园，家主两个尚是处女的女儿将在花园中哀叹此地男子的冷漠。渐渐地，城中的同性恋们将聚集在门廊前，渴求着堕落的享乐，高声呼唤着外来者。"把到你这儿来的外乡人交给我们。把他们带到广场上，任我们所为。"[3]罗得："众弟兄，请你们不要做这恶事。我有两个女儿，还是处女，容我领出来，任凭你们的心愿而行；只是这两个人既然到我舍下，不要向他们做什么。"性倒错者们对他的请求充耳不闻，扑向门廊。罗得和天使们于是逃进屋内，闩上前厅的门，与此同时，人群用拳头擂着门板，愈发激动。父亲畏惧的尖叫自屋中传出："我将我的女儿交给你们！我将我的女儿交给你们，让她们与你们交合，受孕！尽情使用她们，医治你们的恶吧，趁那唯一者，那名字不可言说者将这座城市夷为平地，以惩罚你们的罪孽之前！"吼叫的合唱和惊骇于淫欲的处女的泣声构成对位，同一种欲望驱使不同的

---

[1] 罗得，《旧约·创世记》中记载的人物，摩押人和亚扪人之始祖。
[2] 指乔托·迪·邦多内（Giotto di Bondone，1267—1337），意大利画家，文艺复兴的开创者之一。
[3] 原文引用《旧约·创世记》第十九章第五节，此处上下文参考和合本对应译文。

声调与音色彼此对照。("像我在哈莱姆区[1]一座教堂里亲眼目睹的黑人教士的奋兴布道会。你没法想象,赞美诗的波涛和暴风是如何在空中旋动,仿佛鞭子与闪电之雨,落在领圣餐的信众背上。")接着,大门将骤然洞开,天使从入口出来,浑身闪耀着美。然而,他们的视线却如九头蛇的视线一般令人目盲,因为上帝将那视线变成了神怒与神罚的闪电,降在同性恋们的城。堕落者们双眼被神圣造物的凝视灼烧,尖叫奔逃,在广场的地面上翻滚("……有点像基里科[2]那些冷漠而玄奥的画作中的人物"),发出恐怖痛苦的嚎叫声。罗得将拉着他女儿们的手,沿着荒原上的小道逃向山中。在他们身后,燃烧的硫磺倾盆而下,主,那名字不可言说者,将在令鸡奸者失明之后活生生地烧死他们。鉴于这是从所多玛的命运中学到的唯一教训,你又像为十四行诗加上补充诗段[3]似的加了一句:讽刺的是,紧跟在所多玛的判决与惩罚之后的却是对乱伦的发明。等到只剩罗得与两位处女独处,她们两人将达成共识,决定既然没有别的男子,就靠亲生父亲的帮助来结束童贞。她们将连着灌醉罗得两次,每人同家主睡上一晚,怀上他的孩子。罗得将在两人身

---

[1] 哈莱姆区(Harlem),纽约曼哈顿的一个街区,众多黑人在此聚居。洛尔迦曾以在哈莱姆区的见闻为素材,创作过《哈莱姆区的王》(*El rey de Harlem*)等多首诗歌,均收录在诗集《诗人在纽约》(*Poeta en Nueva York*)中。
[2] 乔治·德·基里科(Giorgio de Chirico,1888—1978),意大利超现实主义画家。
[3] 补充诗段(Estrambote)是十四行诗结尾另加的一行或数行诗,通常是为了达成某种幽默戏谑的效果。

体里播下种子，姐姐将成为摩押人[1]的祖先，妹妹则将生下便亚米，亚扪人[2]的祖先。("落幕！"[3])

"拉法埃尔，拉法埃尔，我有了一个绝好的主意！真不知道之前我怎么没有想到！"

"你打算干什么？用燃烧的硫磺把马德里夷平？或许我们活该如此。"

"不是，不是，多吓人哪！我可不是《旧约》里的上帝。我只不过是个犹疑不决的孩子，一个惊恐万分的诗人。拉法埃尔，跟我一起去格拉纳达吧！"

"可是，什么时候去啊？"

"现在就走。我们到库克旅行社，不买一张卧铺票，买两张。就这么定了。"

"你疯了。我怎么会去格拉纳达？而且老天哪，为什么今天下午就要走？"

"因为我请你去。全都算在我账上，当然也包括车票。你从来没去过格拉纳达，眼下正是时候。况且我也需要你。我有种预感，如果你和我一起去那里，你会改变我的命运，叫我刀枪不入。"

"你彻底疯了！你以为世界围着你转，好像你是个魔法师的学徒[4]似的。"马丁内斯·纳达尔渐渐对你生起

---

[1] 古代居住在今日死海东岸的约旦境内的民族。
[2] 古代居住在约旦河以东的民族。
[3] 原文为法语。
[4] 此处借用歌德诗作《魔法师的学徒》的题目。

气来，但你既不着恼，也不因此收敛。你只是忽然被无尽的疲惫攫住，因为连他对你提议所做的反应，你此前也已经预见了。"就因为你要求了，我就必须立刻定下行程！只是为了讨你欢心就得这么做，听着就离谱。简直是无稽之谈！"

出租车停在格兰大道旁的库克旅行社前。你付了车费，而马丁内斯·纳达尔仍在慷慨陈词。现在他只是为说而说，你已经没在听了。你认为，或者再次认为，这就是世界，至少是这个国家的境况：疯人合唱团中的成员彼此说个不停，但从不倾听。

"行，老兄，行。这不重要。"你违心地说，"有机会我们再一起去圣比森特庄园。如果我在什么地方冒犯了你，还请你原谅。"

你挽住他的手臂，两人一起进了库克旅行社。你报上姓名，等他们给你开具一张十分英式的收据，员工却目瞪口呆地将你从头打量到尾。你就是那位诗人吗？我们都是诗人，以我们自己的方式。他指的是那位写了《耶尔玛》的诗人兼剧作家。我的天，多好的剧！我看了足足三回！我们所有人在梦中都是剧作家。您曾停下来思考过这点吗？没有，他从未这么想过；但他仍在不懈追问。你是那位写了《不贞之妇》的诗人、《耶尔玛》的作者，是还是不是？不，你不过是你兄弟的兄弟罢了。拉法埃尔·马丁内斯·纳达尔用胳膊肘支着柜台，在旁边直发笑。他自己都没意识到,他已经和这位魔法师的学徒和解了。此刻,他在你眼中尤其像一只即将变形为人的绵羊。你想起昔日在纽约写下的诗句,恰恰是从那场黑人的仪式离开时涂画而成。("Go down, Moses! Go down, Moses![1] 去吧,摩西!去吧,摩西!")你在那里见证了所有变形的努力。马变作狗的无止尽的尝试。狗变作燕子的尝试。燕子变作蜜蜂的尝试。最后终结生命之舞的是蜜蜂变作马的尝试。这就是那首诗的主旨,虽然你已经忘却那些一度铭记在心的诗句。库克旅行社的年轻小伙仍深陷在惊愕与烦恼之中。抱歉,我没理解您的意思。您是您兄弟的兄弟?你没回答他,在空中挥一挥手就离开了。到了外边,你看见把你们从耶罗大门带到库克旅行社(或从库克旅行社带到这座地狱剧场)的那辆出租车,车里的计价旗放倒着[2]。你们上了车,你报了你家地址,阿尔卡拉102号。

你从来不懂打包行李。每回从马德里去圣比森特庄园,你都是两手空空地上路。那次你为了不让拉法埃尔·马丁内斯·纳达尔唠叨,勉为其难同意拖上一个行李箱。他替你收拾东西,而你对他说,没错,看到了吧,过去几年你满世界跑,却还是会把旧鞋子和新衬衫收到

---

[1] 原文本句为英文,后接西班牙语释义,此处翻译西班牙语,保留英文原文。引文化自福克纳小说题目《去吧,摩西》。
[2] 出租车中的旗状装置,放下表示有客,从放下时开始计价。

一起，把一支牙刷插到西装外套的胸袋里。一支红牙刷，刷毛很硬，像乔治·卡尔庞捷[1]永远别在领子上的兰花。你知道的。在你家门口，阿尔卡拉大街的人行道边上，仍然停着那辆出租车。它停在道边，不是在等你们，不是在等任何人。甚至可以说，它从一个没有时间的空间神秘地到来，将你带往一个不可避免的终点。就像古斯塔夫·阿申巴赫[2]或冯·阿申巴赫抵达威尼斯后搭乘的贡多拉[3]。那时他还不知道自己时日无多，也不知道他死前将在一位天使般的少年身上领略那向来费解的爱情。尽管你没对拉法埃尔说起，但你敢肯定，马德里没人认识这辆出租车和它的司机，他们不属于任何公司、登记处或工会。是的，正如阿申巴赫的贡多拉一样，贡多拉上的船工没有名字（"我不过是我兄弟的兄弟罢了"），或者有名字，但从不为其他船工知晓。"先生会付账的。"那个一脸凶相，难以亲近的人这样对阿申巴赫说过，当时阿申巴赫正要他划去利多岛[4]。然而，出乎意料的是，刚一到岸，人船就两无影踪，仿佛并不是沿着运河浑浊的水道逃离，而是从空中遁形似的。古斯塔夫·阿申巴赫或

---

[1] 乔治·卡尔庞捷（Georges Carpentier，1894—1975），法国重量级、轻重量级拳击手。
[2] 古斯塔夫·冯·阿申巴赫（Gustav von Aschenbach）是托马斯·曼小说《死于威尼斯》的男主角，一位中年德国作家，在前往威尼斯旅行时遇见美少年塔齐奥，产生倾慕之情。后霍乱爆发，他因不愿离开对方而病死在威尼斯。
[3] 威尼斯特有的传统小船，船身细长，首尾较高，向上翘起。
[4] 利多（Lido），威尼斯东南方的一个小岛，夏季旅游胜地。

冯·阿申巴赫没能付清船钱,尽管他仍欠着冷酷无情的债主们一笔不可解的债务。

"拉法埃尔……"

"你这回又想到什么了?"

"我这一趟回家,又把那个杯子忘在阳台了。"

"老天爷!你在跟我说些什么?我一个字也听不懂!"

"一个空咖啡杯。你到我家的时候,它就放在阳台上。后来我跟那个夸耀自己是迈克斯某个姐妹后代的演员道别时分了心。至于第二次遗忘是什么情况,我到现在也没想起来。"

"你真是难懂。"小耳朵羊在出租车后排微笑,"纯粹难懂。"

"为什么难懂?"

"你一面预言一场战争,断定它刚一开始就会吞噬你,一面又兴致勃勃地想起一个忘在你公寓阳台上的杯子。"

"一切都悲剧性地吻合。"出乎你本人的意料,你辩解起来,"拉法埃尔,浑身是血的死者将填满马德里周边的这些街道和农田。这座城市将遭受炮击和轰炸,直到许多街区碎为废墟。但我同时也预感到,我阳台上的那个杯子将毫发无伤,从所有大灾难中幸存。"

现在马丁内斯·纳达尔不说话了。你令他缩回灵魂深处,努力想象着你说的他听不懂的那些话,心中突然显出另一个人所见的幻景。与此同时,下午沿着屋顶向上空逃遁，宛如毕沙罗[1]某些画作中的景色。你想起前夜的梦，自问，难道我们以为真实鲜活的一切恰恰只是画中景物？换句话说，我们究竟是作为注定死亡的生物真实存在，抑或仅仅是他人画作中有意识的幻影表象？你排斥这一念头，晃了晃你那被人暗中嘲笑粗野的黝黑脑袋。你们的命运冷酷无情，无法转圜，犹如那条源头埋藏在虚无彼方的河流，人们没有别的名字称呼它，于是将它唤作时间。相反，在画中如在梦中，水和时间都不流动。梵高的旋风、莫奈的睡莲、委拉斯凯兹的迟缓无比的宫娥，一切都在画布上凝止。

在那一瞬，你骤然开悟，认为自己理解了地狱。

地狱不会是别的，而正是你前夜的梦，你预感到它将是你最后的梦。你以冰冷的、近乎非人的清醒预见了你的死亡，直到你死去之时，你都将在闭锁的黑暗中盲目地沉睡。但你不会忘记那个噩梦，它既是你一切经历和梦想的总和，又是无限地狱确切的预兆（至少当时你这样相信）。地狱正是那些不可理解的形象永无止境的在场，它们永生永世地包围你，填满你。被理发师的剃刀切开的蜗壳，从胸部被截断的女神，紧抱红褐纹路贝壳的美惠女神都在那里，同你一起，在你之中。先于我们

---

[1] 卡米耶·毕沙罗（Camille Pissarro，1830—1903），丹麦裔法国印象派、新印象派画家。

存在的物种那凝为化石的瞳孔，变为另一枚珠光贝壳湛蓝的核心。瞳仁犹如绿松石的澄黄巨猴正对着陡峭的巉岩，被透明的重担压得蹲伏在地。被截断的赤裸胴体手拿苹果，梦中你认为它属于三女神中的另一位。巴利白鞋和缟玛瑙拖鞋遗落在你噩梦的底部，照看着帕里斯的小憩。

你显然错了。除了死者，谁都无法理解地狱。这是唯一永恒的真理，也是最空洞无用的传言。

你认为万物都是此世转瞬即逝的一部分，在这里，它们退为单纯的回忆，在你剧院的舞台上供你随意观赏。或许能得出一个明显的教训，像你父母的小学校里教授的道德寓言一样，有着类似的结局。你们依照你们的梦想象生活，也想象死亡。你们把人当作万物的尺度，包括当作永恒的尺度。讽刺的是，人并非任何事物的比例或刻度。在这另一宇宙的螺旋中，他的地狱之梦不过是一个鬼魂，是他自己的一个影子。

你们到了车站，下了出租车，拉法埃尔拎着你的手提箱。司机没等你们付钱就开走了，让他很吃惊。你却毫不惊讶。已有人写过：先生无论如何都会付账。那个在库克旅行社和你家门口无比耐心地等待你们的人，也已经完成了他在你命运中预定的戏份。至于你，你的牺牲还需要时间和空间。要让他们杀死你，要让殉道重演，还需要时间和空间，两者都已无多余。在车站站台上，你心中的双重感觉愈发凸显：期限日益逼近，同时一切却都已经历。你不堪重负，一如你噩梦中的那只巨猿，怀着疲惫的淡漠努力纠正已被写定的一切。

"拉法埃尔，你真的不打算陪我回格拉纳达吗？"

"打算啊，立即动身。"他微笑，"先生还需要些什么？"

"没什么了，剩下的旅程我必须一个人走完，如果我非上路不可的话。"

"你也明白，我没法给你别的回答。"

"我没法不请求你这一次，即便你会觉得不可思议。"

"好吧，老兄。好吧。我们别在这儿弄出一部新的罗马悲剧来。"

你的卧铺车厢在站台末尾，车头后的第二或第三节车厢。和在那些挤满流动商贩的街道上一样，在车站里，马德里也重返青春，披上些外省风貌，换作格拉纳达就不可能如此。你尽管情绪不高，却依然乐意确认这氛围。归根结底，你并没有失掉观察的能力。这种能力令你早早发现贡戈拉[1]的敏锐感觉，而要到多年以后，达马索·阿隆索[2]才会试图向你揭示同一点。正如奥尔特加

---

[1] 路易斯·德·贡戈拉（Luis de Góngora, 1561—1627），西班牙黄金世纪诗人、剧作家。1927年，西班牙"二七一代"文人举办了贡戈拉逝世三百周年的纪念活动，以此为契机开始重新发掘其作品的文学价值。
[2] 达马索·阿隆索（Dámaso Alonso, 1898—1990），西班牙"二七一代"诗人、批评家、语文学家，著有多部有关贡戈拉的论著。

在他第一本著作[1]里所言，洞见，即无论何时都清晰思考。一个卡其色衣衫的男人沿平台向下推着他的两轮小车，车里装满石榴糖浆、汽水、洗礼上分发的杏仁糖豆[2]，还有金属盒包装的巧克力片，盒子上画着阿姆斯特丹晨光下的运河，以及蒙特普尔恰诺[3]的圣约翰钟楼，自从一四五二年列奥纳多在芬奇[4]出生的那一天起，钟楼的指针就一直停在十二点整。石榴糖浆仿佛刚刚液化的圣雅纳略[5]的血一般殷红，你望着它们走神，心想，格拉纳达也有名字相同的舞曲。[6]在早年的一首诗中，你曾试图将这种舞曲表现为格拉纳达河流悠长而伤感的拟声。但石榴也是死者国度里的幽暗果实，珀耳塞福涅被哈迪斯掳到他位于地心与永恒深处的疆域之后，阿斯卡拉福斯[7]目睹她咬下的正是这种果实。

站台尽头，马德里的时间倒退，回到在拉邦比利亚

---

1 指奥尔特加－加塞特的《堂吉诃德沉思录》(*Meditaciones del Quijote*)。
2 以糖浆裹住杏仁的一种甜食，常在圣诞节食用，或作为庆祝洗礼的礼物赠送。
3 蒙特普尔恰诺（Montepulciano），意大利托斯卡纳大区锡耶纳省的一个城市。
4 芬奇（Vinci），意大利托斯卡纳大区佛罗伦萨省的一个镇，列奥纳多·达·芬奇出生地，"达·芬奇"（da Vinci）在意大利语中即是"来自芬奇的"之意。
5 圣雅纳略（San Jenaro，？—305），那不勒斯主教，天主教圣人，在戴克里先统治时期受迫害而死。其血液存放在那不勒斯主教座堂，被视为圣物，据称每年都会由固体血块化为液体。
6 石榴糖浆在西班牙语中是"la granadina"，而格拉纳达的一种凡丹戈的变体舞曲也叫作"格拉纳达舞曲"（"la granadina"或"la granaína"）。此处及下文在格拉纳达（Granada）、石榴（granada）、石榴糖浆（granadina）和格拉纳达舞曲（granadina）之间不断进行字面意义的联想转换。
7 阿斯卡拉福斯（Ascalaphus）是冥界河神阿刻戎和宁芙俄耳菲涅之子，负责看守冥王哈迪斯的果园。珀耳塞福涅在冥界吃下石榴之后，他将此事告知其他神祇。

公园[1]为短扎枪手和漂亮姑娘演出小型剧[2]、节庆晚会[3]、本地萨苏埃拉剧[4]和斗牛舞[5]的昔日。("您知道我的一位曾祖母是伟大的迈克斯的姐妹吗？")乡下姑娘们穿着长得难以置信的裙子，下巴底下紧紧系着兔耳结，笑着叫着，跑向一辆耐心等待着她们的火车。她们的男伴，在周四也身着盛装的村夫们，戴着微微歪向左边的鸭舌帽，颈上系着熨过的手帕，腿上套着紧身裤，潇洒地跟在她们后边。姑娘们臂上挎着空草篮，或许之后会装上一只阉鸡或珠鸡。他们紧攥灯芯草般的细手杖，形似蛋卷小贩抽奖[6]的小棍，随着黝黑的手腕在空中挥舞。

人群走过时，你感到一种必然的对称性，忆起当年初睹马德里。那是在一战前，距今已遥远如小西庇阿时代的罗马。父母带着你和你的兄弟姐妹，迟来地履行一个几被遗忘的承诺。夏季似乎刚刚开始，一天早上你们

---

[1] 拉邦比利亚（La Bombilla），马德里的一座公园，位于巴利亚多利德大道、大学城和旧北部车站之间。
[2] 小型剧（género chico），西班牙的一种戏剧形式，属于萨苏埃拉戏剧的一种。与更长的大型剧相对，通常只有一幕，情节简单，内容贴近日常。
[3] 节庆晚会（verbena）是夜间在城市街区或村镇举办的民间庆典，一般是为了纪念某位主保圣人。晚会上有歌舞表演、饮食供应。
[4] 萨苏埃拉（zarzuela）是西班牙的一种音乐剧形式，由器乐、人声及口白部分构成。
[5] 斗牛舞（pasodoble）为16世纪起源于西班牙的一种舞蹈，最初源于行军步法。斗牛舞步简单自由，节奏为一拍一步，跳舞时男女两人相对，双手相握，身体略向左转。
[6] 西班牙的蛋卷小贩会用轮盘抽奖招徕顾客。轮盘周围刻有数字，旋转轮盘后指针会停在某个数字上。抽奖可以单人或多人参与，多人抽奖时转到最小数字的人要为所有人的蛋卷付账，单人抽奖时可以带走与数字同等数量的蛋卷，但如果指针停在固定轮盘的四个钉子上，则什么也不会获得。

出现在丽池公园[1],仿佛走出一张银版相片。女孩们头上系着大大的黄色蝴蝶结,裹着白裙子直哆嗦。你和你的弟弟系着粗针织领带,马甲从胸口中央的单粒纽扣扣住。你们被领去看那座《堕天使》[2]雕像,据你们的父亲强调,这是世上唯一一座献给魔鬼的纪念碑。同一时刻,马查基托[3]和比森特·帕斯托尔[4]正乘一辆出租马车经过。你立即认出了他们,从前你在格拉纳达的斗牛场见过他们好几次,《球面》[5]和《图像世界》[6]的插图里更是频频出现他们的身影。"马查科"依稀像个科尔多瓦企业家,又像个一夜暴富的书商。他旁边那人身长,臂长,脸长,笑容灿烂,下颌外突泛青,正是人称"衬衫小子"的比森特·帕斯托尔,他身材魁梧,十足马德里派头。那件他最初穿去参加业余斗牛的工装长衬衫如今已了无踪影,被人遗忘。然而,当你见到他头戴巴拿马帽,脚蹬带扣长靴,裤腿紧绷,马甲和斗牛短上衣紧束,颈上系着白

---

[1] 丽池公园(Parque del Retiro)为马德里市中心最大的公园,建于17世纪,原为西班牙王室行宫。
[2] 位于丽池公园的一座石膏雕像,为西班牙雕塑家里卡多·贝利韦尔(Ricardo Bellver)所作,取材于弥尔顿《失乐园》中路西法自天堂堕落一幕。
[3] 马查基托(Machaquito)为西班牙斗牛士拉法埃尔·冈萨雷斯·马德里(Rafael González Madrid,1880—1955)的绰号,又作"马查科"(Machaco)。
[4] 比森特·帕斯托尔(Vicente Pastor,1879—1966),西班牙斗牛士。因数次出场斗小牛犊时身穿衬衫,人称"衬衫小子"。
[5] 《球面》(La Esfera)为1914年至1931年间于马德里刊行的一本插图杂志,定价较贵。
[6] 《图像世界》(Mundo Gráfico)为1911年至1938年间于马德里刊行的一本插图周刊,以刊登照片为主,价格亲民,在西班牙流通颇广。

丝帕，胸前三折怀表链，翻领上插一朵盛放康乃馨的样子，你便不得不确信，那的确是他。即使你仍处在迷茫的童年，这种确信也清楚确凿。你对自己说，许多年后的某一天，你会想起一辆计程马车曾载着那位斗牛士经过公园。在此之前，那天清晨在马德里《堕天使》旁的记忆将在你心中沉睡，静候指定的时刻到来。到那时，你的记忆将被返还，一如银版在摄影师的显影盘中显影，给予河水般不可重来无法转圜的时间以意义和完满。

现在比森特·帕斯托尔回来了。过去遗留的有关他的回忆倏忽闪起磷光，与那些手帕浆过、裤腿紧绷、帽檐斜戴的马德里俊小伙融为一体。乡村姑娘们穿着吉卜赛式样的裙子，臂上挽着仍散发着珠鸡温热气味的提篮。到了她们身边，谁都能做"衬衫小子"。一切打乱混淆，呈给你另一个马德里的景象，街上叫卖着海虾与螯虾、米拉弗洛雷斯的奶酪块和阿斯托加的黄油蛋糕的马德里，你曾在那个童年的清晨见过而如今再次目睹的马德里，如此完满，几乎像从别处借来。那个属于乘敞篷马车的斗牛士、属于参加节庆晚会的俊男靓女的马德里，将与你同时迎来临终的痛苦。那一整个承自戈雅的挂毯画稿又经历若干变形的世界，将在街道和农田陈尸遍地时永远终结，正如你不久前向拉法埃尔·马丁内斯·纳达尔预言的那样。

法国印象派老画家们的作品正在丽池公园展出。你们一齐在莫奈的《圣拉扎尔车站》前停住脚步。你的父亲摇摇头,轻蔑的微笑向下颌流泻,问这堆脏东西是什么鬼玩意儿。几个世纪过去,后来的画家无法画得像从前的穆里略[1]一样好,这点他完全理解。此外,他认识伟大的马拉加艺术家莫雷诺·卡沃内罗[2],他懂艺术,也懂得欣赏艺术。因此,恰恰因此,他越来越自负,痛批那些不知该如何引人注目的骗子们是在弄虚作假。你的弟弟和你立即反击,不惜夸大其词,表示对这幅画的激赏。尽管你们的父亲平日脾气暴躁,不能容忍争论,但他并没有理会这一意见分歧。他只是耸耸岁月也未能压垮的肩膀,将此等无知归于你们的天真。女孩们一言不发,而你的母亲像在对她们说话似的,用惯常的从容低声向你们解释,莫奈并不是要表现一个由面、线、体构成的世界(她几乎要补充,"归根结底,我们并没有看到这个世界,而是想象出了它,以彼此理解";但因为不愿激怒你的父亲,她没敢说出口,直至当时,你的父亲都跟听你们说话时一样,故作冷淡地听她讲述),而是另一个光影不断变幻的世界。他的意图其实同我们昨天在普拉多

---

[1] 巴托洛梅·埃斯特万·穆里略(Bartolomé Esteban Murillo,1618—1682),17世纪西班牙巴洛克画家,主要创作宗教画和风俗画。
[2] 何塞·莫雷诺·卡沃内罗(José Moreno Carbonero,1860—1942),西班牙马拉加画派画家,善画肖像画和历史题材画作。

博物馆[1]看过的画《宫娥》的委拉斯凯兹一样，都是要抓住一个闪逝的瞬间，那些来临、经过、消失，又一齐构成我们短暂生命的稍纵即逝且不被留意的瞬间中的一个。为绘出这幅流动不止、变幻不息的画作，莫奈在画中使用了清晰可辨的短粗笔触，在《宫娥》里，我们也指给你们看过类似的笔触。值得补充的是，你的母亲总结道，相似并非巧合，要知道委拉斯凯兹和莫奈都在努力表现时间中的一次停顿。委拉斯凯兹表现宫娥将陶瓶呈给公主的瞬间，莫奈则表现冒着烟的火车到达圣拉扎尔车站深处的一刻。

你就听到这儿为止。（现在你们的幻影正如演员一般在地狱舞台上表演着这一幕。）之后你不再听她说话，而是在画前得到了属于你的启示。就像之前你们在《堕天使》旁遇见比森特·帕斯托尔时一样，你对自己说，你应该珍藏以《圣拉扎尔车站》为背景的这一刻，在你生命中另外的情境里，它将展露它真正的意义。马德里火车站里，安达卢西亚快车旁，你知道你二十四五年前就预感到的时刻终于来临。对莫奈画作的记忆和当下的现实化为一体，如水融于水。现在你没有听拉法埃尔说话，就像你在丽池公园没有听你母亲顶着父亲嘲讽的微笑努力向你们解释印象主义的隐蔽意图。烟融入烟，站台融

---

[1] 普拉多博物馆（Museo del Prado），西班牙最大的美术博物馆，位于西班牙马德里，藏有大量西班牙及欧洲其他各国的画家名作。

入站台，铁栈架融入铁栈架，一切与一切混合。生活与绘画如此紧密地相织，你竟弄不清自己是进了车站还是进了画里。你忽然对自己重复起你母亲在丽池公园说过的话，像给那段经历加上脚注。莫奈试图在《圣拉扎尔车站》中收存旋逝的一瞬，我们在生活中总是忽略的那些神奇而易逝的刹那之一。他画下一辆随处可见的火车驶入巴黎的场景，制造出此前唯有委拉斯凯兹实现过的奇迹。也就是说，他停止时间，令人们得以欣赏这静默的奇画，只要他们在画前不像你的父亲一样视而不见。现在，他画中的时间与你生命的时间合二为一，你抵达马德里，离开马德里，之间原本时隔四分之一个世纪，也即你拥有自我意识的人生长度，但现在两段经历也交缠在同一刻里。

其余的一切都可以预见，因此你想方设法缩短时间，尽管你再次深信，你早在一个未知的时间维度或灵魂维度里经历过所有这一切。拉法埃尔·马丁内斯·纳达尔坚持替你把行李拎到包厢，抬上行李网。网下挂着几张蔫巴巴的照片，拍的是巴塞尔[1]城中的莱茵河和流经昂布瓦斯[2]的卢瓦尔河[3]。照片下方，座椅套着绣了盛开大丽花的椅罩。你正送他到站台，准备在踏板上同他道别，就

---

[1] 巴塞尔，瑞士的第三大城市，莱茵河自城中穿过。
[2] 昂布瓦斯，法国中西部城市。
[3] 卢瓦尔河，法国最长的河流。

在那时，你在过道看见了那个男人，恐惧向你压来。

他面朝窗洞，几乎完全背对你，心不在焉地望着站台。你认出了他的大块头，与你父亲少年时代微妙相似的坚毅下巴，赶骆驼人般的肩膀，非洲人式的黑鬈发。他是右翼议员，每每套着件屠夫褂去参会，和比森特·帕斯托尔在最初几场斗牛里穿得很像。他演讲时妄称上帝之名，傲慢麻木一如他有次从格拉纳达打车去马德里，事后还企图躲到某处赖掉车钱。在你和何塞·安东尼奥·普里莫·德里维拉曾悄悄前往的一场晚宴上，你提到他曾把手上的老茧给党看，以证明一个熟练工也能忠于法律、秩序和不容分裂的祖国。何塞·安东尼奥·普里莫·德里维拉不带恶意地笑了。"他不过是个被驯养的工人！"他感叹，"纯粹是个被驯养的工人！当希尔·罗夫莱斯腻了，不想再把他拉出来展览了，就会把他卖给一个外省马戏团。"

"拉法埃尔，你走吧，"你对站台上的马丁内斯·纳达尔说，"别等列车开了。"

"你别急嘛。一切自有定时，我又不急。"

"帮我个大忙，现在走吧。"

"干嘛这么着急，还搞得神秘兮兮？好像有什么阴谋似的。"

"你看到那个男人了吗？那个大块头、宽下巴，从车窗探出头的男人。他是格拉纳达的议员，一个恶棍。我无论如何也不想跟他说话。你一走,我就关上包厢门,拉上帘子。拜托你,在他看见我俩之前走吧。"

"行,行。你这么坚持的话,我走就是了。"他疲惫地摇摇绵羊一般的脑袋,"你是我认识的最胆小最迷信的人。"

"你说什么都行,赶紧走吧,算我求你了。他随时都可能转过身来。"

"那个人究竟是谁啊?是幽灵,还是你失眠夜的黑兽[1],还是只不过是命运的信使?"

"我已经告诉过你了,他是个格拉纳达的右翼议员,"你犹疑了,用尽全部勇气才说出那个名字,它叫你的灵魂恐惧,尽管你尚未预料到原因,"他的名字是拉蒙·鲁伊斯·阿隆索[2]。"

拉法埃尔·马丁内斯·纳达尔晃晃肩膀,表示不知道或无所谓,然后握了握你的手,与你告别。你望见他沿站台远去,一次也没回头,一切迹象都预示着这将是你们最后一回见面,他却对此一无所知。你注视着他,直至他融入匆匆奔向安达卢西亚快车的熙攘人群,心中既无愁绪也无悲伤,不安之感与预料之外的冷漠情绪难

---

[1] 原文为法语,bête noire,字面义为"黑色的野兽",引申义为"令人恐惧、讨厌的人或物"。
[2] 拉蒙·鲁伊斯·阿隆索(Ramón Ruiz Alonso, 1903—1978),西班牙极右翼政治活动家。原为排版工人,后在第二共和国时期被选为议员,活跃于西班牙自治右翼联盟。当时有人蔑称他为"被驯养的工人"。内战爆发后,他加入佛朗哥阵营,参与镇压反对派。后代学者多认为是他泄密导致洛尔迦被捕。

解难分。之后，你关上包厢通向过道的门，拉上帘子。巴塞尔城在阴影里昏暗下来，介于灰黄之间的卢瓦尔河穿过昂布瓦斯。你认为列奥纳多就埋在昂布瓦斯。他曾在某份笔记中写道，我们在河流里所触到的水，是流走的水中最末的，也是流来的水中最初的。在他眼中，"今日"也正是如此。无须多言，他当然错了，正如以为死者眼盲的你也错了一样。如果我们一生中的日子就像河流里的水，那么每条河流都会是汇入自身源头的圆轮。每一滴水都与其他的水相同，每一时刻都同经历过的另一时刻一致。莫奈的火车通过你与安达卢西亚快车融为一体。一辆火车开进《圣拉扎尔车站》，另一辆缓慢地驶离马德里，将你带向你此前就已经历过的无法转圜的死亡。

　　窗玻璃外，铁轨、枕木、道岔、砂箱、围墙、避让线、道砟、煤水车、车厢、站台和侧线愈来愈快地掠过。它们此时正掠过这剧院舞台，在舞台上，回忆将你活过的一生完好无缺地归还。每个人心中都有地狱，因为地狱正是绝对的记忆。那些变作圆轮的河流曾是你们的生命，它们将受意愿的召唤，于水流的任意一点折返。火车驶离马德里时，夜幕降临，一如舞台上的此刻。初上的灯火现在正划过窗玻璃，一如它们在一九三六年的那个傍晚渐渐亮起。漫无止境的一天——你在马德里最末的一天即将结束，你感觉疲累又困倦。你起身拉窗帘，如之前拉上过道门。现在，剧院中你的形象也站起来放下窗帘。整场演出与过去发生的事一模一样，连最微不足道的细枝末节也全然相同，那段通向你出生之地也通向必然死亡的最终旅程被你重温过许多次，次次都分毫不差。

出人意料的是，上演过去的舞台上，有什么突然改变了！你拉窗帘的动作似乎持续到永远，如果在地狱里还能谈论什么永远。你敢发誓，在真实的过去，你一下就拉上了窗帘，躺倒在包厢床铺上忘掉一切，完完全全忘掉一切，忘掉鲁伊斯·阿隆索和马丁内斯·纳达尔，忘掉莫奈和比森特·帕斯托尔，忘掉阿申巴赫的船工，忘掉总停车等你的出租车司机，忘掉桑切斯·梅希亚斯和普里莫·德里维拉，忘掉所多玛和哈莱姆区的教堂，忘掉《观众》和《耶尔玛》，忘掉《堕天使》和圣比森特庄园，忘掉关闭的阳台上的空杯和梅蒂奥库罗的曾孙，忘掉你梦中的缟玛瑙拖鞋和库克旅行社中你的崇拜者。然而，你的形象现在却背朝着过道门，站在那儿不动，与此同时，地狱在窗玻璃上印下一道意料之外的可怖讯息。玻璃上闪耀着此前从未在快车玻璃上出现过的巨大字符，四个金色的燃烧的单词：**"迎接审判"**。

EL PRENDIMIENTO 被捕

迎接审判。

我不知道他们是要控告我出生的罪还是被杀的罪。我只预感到，无论法官是什么人，只要他们赦免我，我就能在遗忘中沉睡，摆脱记忆的纠缠。

迎接审判。

窗上的单词熄灭了，和当初显现时一样迅速。它们也许转瞬即逝，我却毫无疑问地看见了它们。我孑然一人，不知己罪，如何为审判做准备？我感到荒唐又可笑。情况之荒诞不期然地逗乐了我，这快乐之离奇不逊于对我所谓的审判。我歪在座椅一边扶手上，手掌按着太阳穴，笑得不能自已，像一个疯子，一个死去的疯子。但当我意识到，如果说生命和理性都是遗失在天穹中的例外之物，那么这个宇宙，我们的螺旋所处的宇宙，在人类的认知中或许也同样地陌生而不合理，我便不再笑了。如此将方方面面都斟酌清楚后，我却仍受困于那道命令。他们要求我迎接一场审判，但压根没告诉我犯了什么罪。

这一显而易见却又不可理解的安排使我确信，赦免就意味着永恒的遗忘，意味着沉睡而不必做梦不必回忆的无尽自由。

一阵冲动猛然袭来，令我从椅子上站起，沿走廊向上走到下一间剧院的池座。无缘无故的预感拖着我走，告诉我将在那里找到疑虑的部分答案。同平时一样，那间剧场的舞台和观众厅都空无一物。然而，我头一回在那儿体会到一种陌生的感觉，并为之定住。我总以为停留在那儿的人很少回忆他的过去，因为我从未见过他的记忆上演。于是我想，死者终究都是盲眼的，像我写过的那个吉卜赛姑娘的鬼魂，我们只能看见彼此的回忆，却看不见彼此。在这间剧场里，更寂寞的是，我甚至都遇不到那个人的回忆。我曾许多次造访这间荒弃的剧场，其中有一次，我察觉到每个死者都是坐在一枚大头针顶端的鲁滨逊，担负着宇宙一整颗负罪的良心。

那一瞬间，我毫无缘由但又万分确信地改变了想法。我对自己说，大厅、台唇和舞台，一切皆空。无论是谁曾在这儿受刑，他都已被赦免了。现在他正在地狱中无梦地沉睡，已是从意识和记忆中解脱的无名之人。他的视线将再不会逡巡于过去的影子之间，这些影子也再不会出现在舞台上。无意识间，我立即对可怖的现实做出了总结。我心想，或许这道螺旋并不是与人类的尺度相符的另一个宇宙，每个死者都在其中拥有自己的剧场。

它也许已经锁闭，与此同时世上仍挤满人类以及他们的愚蠢和渴求。那些已被赦免、已被解放至连记忆都不存在的虚无中的人们，他们的池座与舞台或许正等待着其他人，等待着上演其他人的回忆。

诸多假设如线一般缠绕打结。我不得不自问是否存在某种被忽略但并非不成立的因由，决定了谁会经过这间大厅。或许，尽管他们在地上互不相识，人生却被秘密的相似性所支配，因此死后也被分派到同样的池座与舞台。或许，到头来得出的会是一个合理而又反讽的论断：人类存在的理由就在于此，也仅仅在于此。相对地，反过来情况也能成立，而且同样可信。也就是说，将这种反讽看作讥嘲，将不同鬼魂接连行经同一剧场归于毫无道理的偶然。如果我在审判中被赦免，鲁伊斯·阿隆索可能会被极欠考虑地安排到我的位置，永远观看我在格拉纳达被捕的场景。想到这点，我打了个寒噤。

那种我提前感到的不理智的恐惧，对我的大厅和舞台将被鲁伊斯·阿隆索继承的恐惧，让我在天窗下沿走廊向上走到下一间剧场。像平时一样，我再次呼唤起那个趣味与感情都同我如兄弟一般贴近的人："你是谁？你从哪里来？人们怎样称呼你？"而现在，我头一回想问他："谁审判着我们？为什么要起诉我们这些死者？"回答的唯有沉默，就连我提问的回音也隐入这种沉默。或许被选中在这间剧场独居的人仍然活着，而他的回忆和幻想早他一步来到台唇。至少，我在出现了拉纳瓦巨岩大十字架的下一间大厅里总是这么想的。但在这里，为着难以解释、毫无根据的原因，我对自己的预感却并不那么确信。无论如何，就算那人已经死了，我们也无法在不眠中相遇，无法在池座里，或者沿着无尽螺旋曲折攀缘的走廊中听到或看到彼此。

  无论他的回忆是否比他先一步抵达，它们都的确突然点亮了舞台。此前戴高礼帽的绅士、围皱领的国王夫妇、白鹳飞过上空的波罗的海城市、手插手笼的白皙女士、打瞌睡的精灵、闪着霜辉的驯鹿群、挤在煮蓝桉锅子上方的猎人、目光碧绿的渔夫、阿雷蒂诺的二重身、围着布拉斯科·伊巴涅斯桌子的十三张相同面孔、鞭梢从脸上划过的烟花女、蜜蜂遍地的茴香和百里香田、为火枪手所欢呼的耀眼裸女——"洁白的理性"[1]——接连显现之处，现在变成了邮局酒馆[2]对面里昂咖啡馆[3]的玻璃门，以及面朝阿尔卡拉大街人行道的大窗。过去我和布努埃尔[4]或阿尔贝蒂从剧院回来时会在那儿停留。与那时

---

[1] 原文为意大利语。
[2] 邮局酒馆（Cervecería Correos）位于马德里阿尔卡拉大街55号，洛尔迦在学生公寓期间常与朋友在此聚会。
[3] 里昂咖啡馆（Café Lion）位于马德里阿尔卡拉大街59号，内战前同样是文人群集之所。
[4] 路易斯·布努埃尔（Luis Buñuel，1900—1983），西班牙导演，后加入墨西哥国籍，以其超现实主义创作闻名。在马德里学生公寓曾与洛尔迦、达利、阿尔贝蒂等人关系紧密。

相比，咖啡馆并没太大改变，靠着墙壁的仍是同样的沙发，起初铺着长毛绒，后来覆上防水油布。同样的表面铺着锌与大理石的吧台放在同样酒瓶光亮的酒架前。一模一样的桌椅放在一直以来的位置。两个男人在玻璃门旁聊天，声音清晰地穿透玻璃。其中一个男人很高，按我小时候那些农民的话来说，高过两巴拉[1]。他的头发向后梳，贴着头皮，呈现深黑的颜色。他的脸颊被一道闪电或刀伤造成的疤纵贯而过，皮肤被晒得黝黑，泛着胡须的青色。他时而在摊在桌面的笔记本上记笔记，时而把玩一只铝制的烟灰缸。我不认识这个人，不知道他的岁数，估计介于我被子弹送入地狱的年龄和半个世纪的长度之间。

另一个男人大约在八十岁，或者已经过了八十岁。他已到了这样的高龄：人们在这个年纪不再衰老，而是变成自己模糊了的肖像。我起初没认出他，直到听见他的声音。怀着一种我自己也为之诧异的松弛的冷漠，我明白过来，他是某个我很熟悉的人。他那头棉花般的卷发业已稀疏，棱角分明、下颌硕大的面孔向深色的眼睛周围缩拢。一度犹如码头工人或流氓头子般的后背，也被岁月压垮了。被时间点上了大痣的双手时而揉着眉心，时而用手掌边按住一直淌出嘴角的黄液。他正是拉

---

[1] 巴拉（vara），长度单位，1 巴拉约合 0.8359 米。

蒙·鲁伊斯·阿隆索。

这两个人正谈论着我,但奇怪的是,他们好像约定好一样,尽力不提到我的名字。颊上有疤的男人不时做着模棱两可、基本上是出于礼貌的动作,对鲁伊斯·阿隆索表示赞同。大多数时候,他似乎是听着后者讲话,但几乎一句也不信。他们从不看彼此的眼睛,但的确沉浸在对话中。两杯咖啡被遗忘在桌上,慢慢变冷。

"几年前在这儿,就在这个地方,我也跟一个英国人,也可能是爱尔兰人,谈起过那位可怜的先生——愿他归于上帝的荣光——那个人瞒着我偷偷记录了我说的所有话,用一台,叫什么来着?"鲁伊斯·阿隆索犹豫了一下。

"一台录音机。"脸上有疤的男人提醒道。

"对,一台录音机。后来他全给发表了,放在一本讲那个可怜人的死——愿他安息——的书里。多下作啊,您能想象吗?"

疤脸男人没敢贸然评论。他只是在笔记本里画了两道极短的平行线,之后又添上一道贯穿的垂直线,打出一个洛林十字[1]的草图。

"我没带什么录音机。"他自言自语般地说。

---

[1] 洛林十字(Cruz de Lorena)比普通十字在上部分多一条小横线,代表耶稣被钉十字架时置于上端的小木牌。曾为洛林公国的纹章,后在二战中被戴高乐采用,作为法国抵抗运动的标志。

"我没怀疑您。没怀疑您。"鲁伊斯·阿隆索强调了两遍,反而暴露了他隐蔽的不安,到此时,他想必已经后悔接受采访了,"您是位绅士。"

"在这世上,没有一个人明白自己究竟是谁。"脸被划伤的男人引用莱昂·布卢瓦[1]的话来回答。

"有可能。有可能,但我搞不懂这些东西。我只是个可怜的退休排版工。"他迟疑了一瞬,像一位圣礼剧[2]或古典悲剧的演员在说出一句下流台词之前事先打量他的观众,"我是人民的儿子。"

"抱歉,您说什么?"

"我说,我是人民的儿子。"

"无论您是不是人民的儿子,历史都会记住您,鲁伊斯·阿隆索先生。说实在的,您已经被载入史册了,因为一位由您逮捕的诗人遭到了杀害。"脸上带疤的男人回答,语气毫无讽刺之意。

"不是我逮捕他,是他们命令我逮捕他,上帝保佑那可怜的人!对,是他们命令我逮捕他,我不得不听从,因为我们在打仗,战争期间,一切命令都是神圣的。我向圣母发誓,就是这样!"

"这是真相吗?"

---

[1] 莱昂·布卢瓦(Léon Bloy,1846—1917),法国小说家、散文家、诗人。
[2] 圣礼剧(auto sacramental)为16世纪、17世纪圣体节演出的一种宗教寓言剧,一般只有一幕。

"这是真相的开端。"他斟酌了一会儿,用了更精确的说法,"那天格拉纳达省长正在视察前线。一位官员对我下了无法逃避的命令。我忘了他的名字,时光流逝,连最可怕的记忆也会模糊暗淡。'您看,是这样,'他对我说,'省长下令,那位先生必须到省政府[1]露个面。等省长从前线回来时,他必须在这儿,不可耽误,不听托词。省长极想跟他谈谈,要求把他护送到这儿,谁也不能动他一根汗毛。要办这事,需要一位有权威有名望的人,比如您,鲁伊斯·阿隆索。'"

他话音极低,几乎成了耳语。疤脸男人时不时在洛林十字下方做记录。他说连最可怕的记忆都已模糊,但似乎又表现得颇为殷勤,好像假如万事都照他的叙述发生,他接到抓捕我的命令后就不会照办似的。黄液干在他的嘴边,他不懈地拿手去擦,手直打战。

"您说这些命令在战时是神圣的,我很了解这类说法。"有伤疤的男人重新开口,语气中没有讽刺,他望着咖啡冷去的杯子,好像望着一位大师的静物画,鲁伊斯·阿隆索则在对面点头,"您应该明白,这种话很难叫人相信。"

"是,是,我也明白。但当时事情就是这样。我们在

---

[1] 格拉纳达省政府(Gobierno Civil de Granada)位于女公爵大街,内战期间被何塞·巴尔德斯·古斯曼少校占领,成为佛朗哥军据点,后用作临时监狱,关押将被枪决的俘虏。

打仗,您别忘了,那可是一场殊死大战。我敢以天上所有圣徒的名向您起誓,这就是事情的真相。"现在他面色青白,浑身发抖,好像到了极限。突然,他爆发了,一拳砸在桌上。突如其来的暴怒令他又焕发生机:"后来他们说出各种各样的混账话来抹黑我。荒唐透顶,叫我发笑,对,我一想到就会发笑。"

"您笑些什么呢,鲁伊斯·阿隆索先生?"

"我们慢慢讲,把事情捋顺!捋顺,好吧?嗯,是这样的,首先,那位先生,愿他安息,有性倒错。我说得这么直白,也不是为了毁谤他身后的名誉,因为全世界都知道,都在讲他性倒错。您瞧,我是属于另一个时代的人,那个时代现在看来已经很遥远了,远没有今天这么多的犯罪,这么多的色情。我呢,很有道德感,也有信教者的慈悲,在我看来,他的过界行为属于他私人的生活,与我毫不相干。对,先生,属于他私人的生活……"

"也属于他更私人的死。"

鲁伊斯·阿隆索停下话头,犹豫不决地看着男人。他看起来多疑而脆弱,生怕漏听一句针对他的讽刺。忽然,他畏光似的眨起眼睛,认为自己弄懂了。他的睫毛变得雪白,苍白的颧骨上亮起错综的毛细血管。

"对,对,我懂。死和生一样私人,因为没人能替另一个人生或死。您替不了我,我也替不了您。"

"您也替不了那个人。"

"您说的哪个人?"

"您逮捕的,或者说您受命逮捕的那个人。"

"哦,对,愿上帝宽恕他!我每个周日做弥撒时都为他祈祷,尽管人们只想把我活活钉上十字架。我本想说这个,但断了思路,忘了自己要讲的话。我说我根本不关心那位先生搞不搞同性恋,原谅我这么直言不讳,因为一个人的生活要有隐私,有尊严,我把这看得比什么都重要。您明白吗?而他们对我做的尽是些可鄙可耻的事。"

"他们对您做了什么,鲁伊斯·阿隆索先生?"

"他们诋毁我。是的,先生,他们写作、出书来诋毁我。那个英国人还是爱尔兰人,那个偷偷摸摸记录我说的话的人,用一台……您之前说叫什么?"

"一台录音机。"

"对对,一台录音机。好,他告诉我一个法国人为那位被枪杀的绅士——愿他得享哀荣——写了部传记。传记里边写,我原原本本跟您复述啊,我逮捕他,是因为我们之间有一些同性恋的嫉恨纠葛。坦白地讲,听到这种污蔑,我简直气得要死,因为每个人都有尊严,我更是有双倍的尊严,一是作为虔诚基督徒,二是作为堂堂大丈夫的尊严。'您跟那位法国先生说,'我大概是这么回答的,'如果他怀疑我的男子气概,他可以把我带去他妈,他老婆,他女儿那里,我虽然老了,也还能用一用她们,她们就该被拿来用,在他们法国警察局的档案里,她们可不就登记的那种职业吗?'我跟您保证,这可不是吹牛,虽然您看我好像已经老了,不行了,但我这宝剑还能出鞘,叫人饱饱眼福。"

地狱舞台上,黄昏渐渐向山脉滑去。天空染上壁炉口般的红色,之后又泛起赭石与暗红色,像我在马德里做的最后一个梦里的缟玛瑙拖鞋。("他们用精确的拉丁学名称呼它:*Crepidula onyx*。在热带太平洋地区,人们管它叫缟玛瑙拖鞋。"达利曾这样对你说,他的口音好似加泰罗尼亚喜剧演员。之后话题突转:"你读过普鲁斯特吗?没读过?从来没读过?你的素养还有待提升啊。但你运气很好,我会打磨你,给你上釉,直到你看起来像位真正的诗人为止。普鲁斯特童年第一次上剧院之前,认为所有的观众都观看着同样的剧目,但彼此始终被分隔开来。换言之,就如同我们阅读历史,或一个偷窥者[1]从锁眼怯怯窥视一般。")里昂咖啡馆的灯亮了起来,在那不确定的时刻,鲁伊斯·阿隆索抬高了刺耳的声音,夸耀着他的能力。沙发里意乱神迷的情侣们,埋头阅读摊开报纸的老人们,突然全都微笑着看向他。

"所有人都在看您,鲁伊斯·阿隆索先生。"疤脸男人以一贯的平淡语气低声说道。

---

1 原文为法语。

老人假装没有听见。或者他真的没有听见，他已经迷失在自己扭曲失真的滑稽戏里，宛如早期电影里的小丑。他没有回身去找那些意料之外的观众，不过也降低了抱怨的语调。

"我原谅一切。到了我这年纪，就会明白我们什么都不是。我原谅一切，没错，可我不懂这些外国人能靠伤害我们得到什么快乐。以前我会说，这就是永存的反西班牙阴谋。现在呢，实话讲，我不知道说什么。"他疲惫地摇摇头，但好像又突然精神抖擞，"哎，我们刚刚讲到哪儿来着？"

"您说，临时省长命令您去抓他。"

"啊，对！真相就是这样。'您带上必要的护卫，立即去逮捕他。'他这样坚持。我说我谁也不需要，带上我的威信和勇气足矣。'尽管如此，您还是得带支卫队。'他说话时很不高兴，好像并不乐意把全部真相告诉我，'因为他藏在一个长枪党干部的家里。高层干部。'我被新的事实惊呆了，大为震撼，那时我还年轻，认死理。黑就是黑，白就是白，您懂吗？要么是他们，要么是我们，敌我分明。不管怎样，我心意坚决，要独自抓住那位先生，愿他安息，因为在我的德行与名声前，城市里的所有门都会对我敞开。"

"关于此事，有些说法与您的大相径庭。许多人到如今还会肯定地说，您命令士兵和民兵占领街道，甚至在屋顶上也布置了人手,只为阻止一位诗人逃离。"

"谎话!满口谎话,卑鄙无耻!藏匿他的那些人,我光是提起名字都羞耻,当然了,不是因为他们藏匿了他,是因为他们四处讲我的坏话,传播这些乱七八糟的说法。他们信誓旦旦,说我在一整支军队的保卫下突袭了他的住处,像突袭一座堡垒。不对,先生!我独自一人,手无寸铁,我之前也说过,我不单是个虔诚的基督徒,也是个堂堂男子汉。"

"关于这一点,我没法相信您的说法。"

"什么?您说什么?"

"我说关于这一点,我没法相信您的说法。很多人作证,说情况正好相反。那条街被占领了。"

"谎话!全是谎话,卑鄙无耻!您是不知道,有多少扭曲事实的谎言,都是为了抹黑我!您看啊,我们举个例子,主要是那位先生,愿他安息,是他的例子,不是我的。有关他恐惧症的故事传得到处都是。就好像搞同性恋的都得是软骨头似的。这些心术不正、粗俗蒙昧的人,他们的大脑就是这样运转的,之后还佯装高明……"

"谁?"

"什么?您说什么?"

"我问您指的是谁。"

"所有人!我还能指谁?指的是那个英国人或者爱尔兰人,指的是那个法国人,指的是您,如果连我发誓您都不信的话。可以肯定,那位先生,愿他归于荣光,始终保持着值得称颂的从容。对此我能把手按在福音书上起誓。我对他说,他被捕了;但我也允许他跟庇护他的人告别。他很快回过身来,平静地对我说:'这家人说我最好跟您走。为什么他们要我上省政府去?''我一点头绪也没有。'我回答,我并没有说谎,'他们只叫我保证您安然无恙到达。此外没有别的任务。您跟我走吗?''行吧,这样的话,我就跟您走吧。''很好,很好,'我赞成道,'那我们就走吧。'我们进省政府的时候,有人想用短卡宾枪的枪托打他,这样的孬种到处都是。我像头野兽似的插进他们俩之间,逼那人站回去,然后对着他喊:'你这无赖,你怎么敢?还当着我的面!'那位可怜的先生——愿上帝宽恕了他!他多么感激我啊,甚至递给我一支烟。'不,谢谢。我不怎么抽烟。但如果我能帮上什么忙,您说一声就是。''不,先生,我只想感谢您,拥抱您……'这是他的原话:'感谢您,拥抱您,为了您对我的照顾。您所做的,我将永远铭记。'我们彼此拥抱,我准备离开,把他留在省长候见室让人看守。这时我突然想起:'至少请允许我让勤务兵去拿份鸡汤来。喝点汤总不坏,就算是美极速食汤[1]也好。'因为我就是这么个正直绅士的人。'好吧,那就喝点汤吧。'他

---

[1] 美极(Maggi)为源自瑞士的一个食品品牌,产品包括速食汤料、调味酱等。

同意了，这就是我从他那儿听到的最后一句话，接着鄙人就下班回家了。我再没有见过他，那天下午我也料不到他们会杀了他。这就是全部的真相，就算是当着被钉十字架的我主基督，我也还是会这样说，一字不差。到了临终时刻，我在审判中面对主的神圣裁决时，也会如此坦白。"

"关于此事，有些说法与您的天差地别。这些证人也会当着上帝的面，当着任何人，包括您的面，说出同样的证词。他们这样引用您逮捕他时说的话：'我是来逮捕你，把你带去省政府的，因为你的笔比别人的枪危害更大。'"

"死亡！永罚！让雷把我劈死，就在这张桌子边劈死我，没有比这更大的谎话！以圣体的名义！您听清楚了吗？以圣体的名义，我再次向您发誓，这是最恶毒的诽谤。"鲁伊斯·阿隆索语气相当平静，而脸上有疤的男人皱起眉头，像在努力去听，或努力去相信他的话，"我那时读都没读过他的书，怎么可能说出这种浑话？"

"您现在读了吗？"

"读了，我之前买了他的《作品全集》，皮革封面的一卷本。我跟您说过，岁月流逝，连最糟的回忆也变得模糊而温暖。但您也明白，假如我为他的死内疚，我是没法独自一人读他的诗的。他们逮捕他的时候，我只听过他的一首诗，那首关于不贞之妇的，当时整个西班牙都在传诵……哎，您要我说些什么呢？我也直言不讳吧，当时我认为那首诗很下流,因为我骨子里还是个信基督的绅士,觉得不该让纯洁而易受影响的青年人接触这种罪恶,虽说我也不会去向犯罪的人扔第一块石头。"

"您之前说您这宝剑还能出鞘,叫人饱饱眼福,鲁伊斯·阿隆索先生。您还补充,您不是在吹牛。"

"不是吹牛,我的好先生,不是吹牛,因为尽管我很虔诚,我也是个男人,是个罪人。况且我如今更成熟了,能在那首诗里看出从前看不出的艺术价值。尽管如此,我还是不喜欢那首诗。我喜欢的是那首写一个男人的诗,六月二十五日,人们告诉他,他已被死亡传讯,八月二十五日,他倒下死去,死得极有尊严,像英雄,像圣徒。您看,这首诗如此简单,但又如此伟大,有时我读着读着不禁落下泪来,想起那位可怜的先生接受我给他的最后的汤的时候。"

"不错,继续。"

"我无意向您隐瞒任何事。我的好先生,我坦荡得像一本打开的书。如果您要向我追究那个不幸的人的死……"

"我没有这个意思。"

"我知道,但那个带着录音机的男人就问了,假如您也像他一样问起,我给您的答案也会和给他的一样。我认为应当谴责对他的枪决,因为,作为虔信教义且身体力行的基督徒,我反对人杀人一事。至于被害者是红,是白,[1]还是带斑点的,对我来说都无所谓。我坚决反对暴力,无论暴力来自哪里。另一方面,如果您想知道我对他的死和他的作品之间关系的看法……"

"我也没有这个意思。"

"还是告诉您吧,我一贯坦率,我觉得如果人的死是一桩罪,作家的死倒是件好事,因为到最后,他只能胡言乱语,亵渎神明;在审判时刻,这些都已被上帝宽恕。我不会绕弯子,但也要犹豫一下再说,我不理解他现在为什么这样出名,而且,据我所知,在外国甚至比在本国还出名。为什么人们对他的生平和诗歌这么感兴趣?我心想,大概是因为那可怜人死去的方式吧,假如他活下来,那么根本没人会记得他。"

"斗牛不认识你了,无花果树也不认识你,马也不认识你,你家里的蚂蚁也不认识你……"[2]脸被割伤的男人说着,头一次直视鲁伊斯·阿隆索的眼睛。

"这是他——愿他安息——在致桑切斯·梅希亚斯的挽歌里写的。我基本能背出整首诗来,但却一点也读不懂。"鲁伊斯·阿隆索回答道,"您看到了,一个可怜的排版工人也有权铭记,尽管回忆有时是他的诅咒。为什么我们所有人不能彼此赦免出生之罪?为什么我们不遵从我们的主基督的愿望,任凭死人埋葬他们的死人?

---

[1] 此处红与白分别指左翼和右翼的政治立场。
[2] 此处译文引自戴望舒译《伊涅修·桑契斯·梅希亚思挽歌》。

为什么您，瓦西利先生，一个名字像意大利人的西班牙人，不尽力为那不幸的人的灵魂做弥撒，却要为他写一本书？"

"瓦萨里，桑德罗·瓦萨里。"

"行，瓦萨里。瓦萨里先生，为什么您这么执着，一定要回到您还是个毛孩子的年代，给我们讲述一个不幸之人的生或死？他背负着这么多的十字架，他的同性恋倾向，他被浪费的才华，他被枪杀的结局。最好还是让他安息吧，在随便哪里静静腐烂，等待最终的审判。"

"我并不想写一本书，我想写的是一个梦，鲁伊斯·阿隆索先生。"

"一个梦？"

"我今年四月一日做的一个梦。我梦见了地狱，在我眼前，它是一道无尽的螺旋，其中有一条铺着地毯的走廊向上延伸。"疤脸男人折起他本子里最后一页写过字的纸，在下一页画下螺旋的透视图。他用笔尖漫不经心地画出三道穿过螺旋的等距线。"一些剧场的门开向走廊，每一间剧场都属于一个死者。在其中一间的池座里等待着审判的，正是您逮捕，并且据说还是您举报的那个男人。"

"我没有举报任何人！我不是个告密者！"

"或许吧。在我的梦里，您逮捕的那个男人零零星星记起过去的碎片。那些回忆很快变为实体，在他剧场的舞台上演。他从池座上注视着、观看着回忆,似乎将其尽收眼底,犹如我在噩梦中以上帝视角洞察一切。我对自己说:'这不可能,你做梦做得发了疯。'之后又想:'你做梦做到了地狱门口。'那个噩梦的一部分,可能是最恐怖的部分,在醒来时消失了。正如您所说,鲁伊斯·阿隆索先生,最吓人的记忆也会随着岁月逝去而变得模糊。梦也一样,随着时间流逝而不再清晰。遗忘就这样保住了我们的理智。然而,我还记得曾看见还是个小孩的他,在舞台化作的丽池公园行车大道[1]上。他身边还有一个年纪相仿的小男孩,两个可能更小的女孩子,很明显是他的弟弟妹妹。他的父母身穿周末盛装,散发浓厚的外省气息,骄傲地放牧着他们。每个人都谈论着孩子们头次到访王国首都马德里的细节。一辆敞篷车从旁经过,马查基托和比森特·帕斯托尔在车内说笑。两人都戴着巴拿马帽,穿着用小钩扣住的长靴。比森特·帕斯托尔颈上系着白丝手绢,胸前戴着三折怀表,翻领扣眼里插着康乃馨。那朵康乃馨鲜红怒放,像是在那个明亮早晨刚刚盛开。"

我以为鲁伊斯·阿隆索当他疯了,但我错了。相反,起初攫住他声音的那种疲惫现在已消隐无踪。他倾听着桑德罗·瓦萨里的话,紧盯着本子上的螺旋,一点点挺

---

[1] 行车大道(Paseo de Coches)是马德里丽池公园的主干道,最初为马车通行而设。

直沉重肩膀下的脊背。有时他摇起头，但神情并非不信，而是惊异。最后，他伸出染上烟草色污斑的食指，点上贯穿螺旋拐弯处的三条线中的两条。

"在您的梦里，出现在这些剧场里的都有谁？"他问道，焦急不安但又不乏坚决。

"诗人在的大厅旁边那间大厅是空的，漆黑一片，舞台上什么也没有。"桑德罗·瓦萨里回答，"我无法向您描述另一间，也就是沿走廊向上排列的四间里的第三间。"

"为什么呢？把您记得的告诉我吧，拜托您了。"

"大厅尺寸和那个人的大厅相同，如我刚刚所说；但舞台上现出实体的并非他的回忆，而是我的回忆。这记忆不可出让、不可转移，记录着此前只活在我著作的虚构中的幻梦。"他近乎鄙夷地耸耸肩，"因此我推断，我梦见的是假如我已经死去，我会在螺旋中占据的那间剧场。又或者，我梦见的是我的回忆在未来我死后将归属于我的剧院大厅里上演。"

"您说得好像您的梦……我不知该怎么说，好像您的梦真是一种异象似的。"

"我不知道我的梦是不是像您所说的那样，真是一种异象。我只知道我所见的一切看上去比这间咖啡馆、咖啡馆里的人和桌子，比这个像是铝制的烟灰缸，比您和那面镜子里反射出的我的形象，都要更真切。"

老人几乎没有在听他说话了。他出神地沉思着，姿态与神情同那天在车站时一模一样，当时我最后一次离开马德里，出乎意料地撞见他的身影。那时他手肘支在窗洞上，现在则支着桌角，望着地板走神，一如那天下午他出神地看着站台。他在覆满白发的脑袋里努力整理着回忆、想法或恐惧，与此同时，像在那无比遥远的昔日一般，就连他的下颌似乎也绷紧了。与其说流逝的岁月催老了他，不如说他像是在地狱剧场里扮成了他自己。衣装妆容都是大师手笔，尽管他不够灵巧，没法在老年鲁伊斯·阿隆索的角色中令人信服地转圜。不知不觉，他暴露了自己曾是，或说得更确切些，仍是且将是的那个人。（"他纯粹是个被驯养的工人！当希尔·罗夫莱斯腻了，不想再把他拉出来展览了，就会把他卖给一个地方马戏团。"）

"您有哪次见过我出现在您梦中的舞台上吗，就是那位可怜的先生……"他顿了顿，好像我的名字烫着了他的舌头，即便他连说都没法说出我的名字，或者，正是因为他说不出来，"那位可怜的先生——愿他安息——观看他回忆上演的地方。"

桑德罗·瓦萨里，那个疤脸男人，耸了耸肩膀，一边站起来，一边合上本子拿在手里。他将钢笔放进外套胸袋，并没有垂眼看老人的眼睛。他回答：

"不，鲁伊斯·阿隆索先生，那个人的回忆在我的梦里上演的时候，我从没在梦里见过您。从来都没有。如果您向我撒了谎——我确实这么认为,很多证词都和您说的话完全矛盾——我在梦中也无法验证。"他准备要走,却突然顿住,"抱歉,我确实见过您一次,不知为什么居然忘了。在我的噩梦里,他回忆起在他死去的那个夏天,他离开马德里,回到格拉纳达。在地狱中,他的记忆分毫不差地显现。一位朋友陪着他到了车站,替他把行李拎上卧铺车厢,放在行李网上。他们来到过道,彼此告别,就在那儿,他态度大变。他焦急地恳求他的朋友马上离开,好让他立即躲回房间,拉上帘子。在走道里有一个他不想应对的格拉纳达议员,正半转过身,背对着他,从靠站台的一扇窗户探出身。那个乘客比现在年轻近半个世纪,正是您本人。他没让您看见也没让您听见,悄悄地告诉他的朋友您的名字:拉蒙·鲁伊斯·阿隆索。"

拉蒙·鲁伊斯·阿隆索面无表情,眼睛一眨不眨,盯着放在小碟上的杯子。咖啡变冷,颜色黯淡,仿佛有纤小的蜘蛛从沉淀里爬上来,在表层织出密网。他拿起一把小勺,又叮当一声把它放回玻璃桌面。接着,他的视线移过摊开的手掌心,掠过好似用刀尖刻下的掌纹迷宫。

"的确如此,但也真是怪事,"最终他摇着头说,"我不晓得您是怎么知道这些的,除非您的梦真的揭示了过去。没错,后来他的那位朋友说了这些事,如今有关他的那些传记也都说我们曾在安达卢西亚快车上相遇。确有此事，我从没有承认，也没有否认过。我无法反驳也无法证实，因为那天下午我应该没有看到他。尽管如此……"

"尽管如此……"

忽然开始变空的咖啡馆中，桑德罗·瓦萨里和拉蒙·鲁伊斯·阿隆索构成了一幅少见的图景。老人佝偻着背，他摊开的双手，他的额头、眉心与眼神，都映在桌面的玻璃上；那个疤脸男人在他身边笔直地站着，本要离开，闻言又抖擞精神，恢复了最初的谨慎，但也流露出一丝明显的愕然。两人在一起，像是父母头一回带我们去马德里看丽池公园法国印象派作品展览的那个年代里海绵蛋糕般的家族墓地的模型。由马里亚诺·本柳雷[1]或他某个出类拔萃的学生设计的家族墓地，墓上一位以雪花石膏雕成的老贵族，在一张同布拉斯科·伊巴涅斯的桌子式样相仿的大理石桌边，向毁灭天使展示他空空的掌心。

"我的确看到了他，现在又像当时那样再一次看见他。您说您在梦里见过他的回忆浮现，就和那一样。一个和他差不多年轻的男人陪在他身边，长相像只绵羊。那人可能刚剃过头，头皮正冒出绒绒的黑卷发茬。"鲁伊斯·阿隆索继续说着，眼睛仍没有从摊开的手掌上抬起来，说话声音越来越小，越来越慢，"我发现他在躲我，

---

[1] 马里亚诺·本柳雷（Mariano Benlliure，1862—1947），西班牙雕塑家，制作了许多墓地雕像和纪念雕像。

所以只好一直撑着那扇过道窗户，假装正在看几个像从《帕洛玛圣母节》[1]里走出来的乡下人。不知道这么说您懂不懂，因为如今已经看不到这类人在马德里招摇过市了。女人们穿着圆点长裙，披着长流苏大披巾，裹着三角头巾，护卫在她们身边的小伙子们歪戴帽子，裤腿紧绷，脖子上系着浆过的手绢，手里拿着花剑似的柳条。我在窗口张望了不知多久，看着他们从站台匆匆跑过，有时是为了赶一辆过一会儿才会出发的火车，有时是为了买汽水和粉红色杏仁糖豆，有时其实只是为了自我展示，把车站当成了一间剧院，我不得不听着他们大笑、奉承、尖叫。那位先生——愿他安息——他强加于我的那种刑罚，于我而言就像永恒一般永无止尽。"

"还有什么？"

"没了。那个长得像羊的男人离开了，诗人——愿他归于上帝的荣光——在车厢平台上向他告别。我暗中观察着他，但假装什么也没看到，免得他们看见我。这么多年过去了，到如今，想必在您看来，整个场面都非常愚蠢。但我很清楚我那时的感受……"

"您有什么感受，鲁伊斯·阿隆索先生？"

"那位先生回到他的包间，关上门，拉上帘子，好像

---

[1] 《帕洛玛圣母节》(*La verbena de la Paloma*) 是西班牙剧作家里卡多·德拉维加 (Ricardo de la Vega) 1894 年创作的一部独幕萨苏埃拉歌剧，情节发生在帕洛玛圣母节期间的马德里，剧中人物大多为马德里下层平民，穿着 19 世纪末马德里的时兴服装。

我得了瘟疫似的，"鲁伊斯·阿隆索充耳不闻，继续道，"对，就是这样，好像我得了瘟疫，得了麻风，或者根本就是个怪物。您看，他没有权利这么对待我。我很肯定地跟您讲，他没有权利。我是个可怜的排版工人，如今已经光荣退休。但那时我也是名议员，还写了本有关社团主义的书，希尔·罗夫莱斯先生给我作的序。最重要的是，我是个正派人，是位虔信基督的绅士，虽然我是个工人，但工人的身份没有削减，反倒增添了我的荣誉。没错，先生，增添了我的荣誉！我也是有些名声的，现在却要被他们用种种谎言抹黑。如今在这个国家，人们不讲荣誉也不顾廉耻。但我走到哪里都能挺胸抬头，因为我良心安稳，因为我知道那位我很快就要跪在他脚边的全能的主一直在面前看着我，此刻也一样。"

"省长命令您去逮捕那个人的时候，您也抬得起头吗，鲁伊斯·阿隆索先生？"

"临时省长。"

"不错，临时省长。"

"贝拉斯科中校[1]，是这个名字。不知道为什么，我现在还记得。"

"贝拉斯科中校命令您逮捕那位诗人的时候，您抬得起头吗？"

---

1 指西班牙国民警卫队中校尼古拉斯·贝拉斯科·西马罗（Nicolás Velasco Simarro）。

"嗯，是啊，先生，我抬得起头，因为一道不可争辩的裁决，神圣的裁决，看起来能算清我们所有的账！即使当初在火车上他没有躲着我，后来我也会照样逮捕他；但那样的话，我就不会心怀骄傲和满足，而只会是严格执行我的任务罢了。假如当初我知道他们几天之后就会杀了他，我肯定会很惊恐，但我还是会逮捕他，因为，我也说过了，战时命令就是神圣的。指挥很难，但服从还要更难。我坚持要独自完成任务是为了让他瞧见，真理的时刻到来时，我是不会躲在帘子后边的。我，一个卑微的排版工人，可以什么护卫也不带，就把他带到省政府。单单凭我这张脸，凭我人在那儿，就能让别人不敢碰他一根手指。"他顿了顿，悲伤地摇摇头，又马上抬起脸，直视桑德罗·瓦萨里，"难道真像那个爱尔兰人，那个法国人，还有一个巴塞罗那人——他明明出自一个虔诚家庭，天知道怎么成了那样——所说的，我就那么该受谴责？我逮捕他是上天的安排，我知道这既是天意，又能让曾在开往安达卢西亚的那辆火车上蒙受屈辱的我心满意足。坦诚地告诉我吧，我到底算不算个正派的人？"

迎接审判。

倘若人正是宇宙的负罪感，唯有人能意识到宇宙近乎绝对的非人性化，那么无论是生是死，身处人间还是地狱，人恐怕都是宇宙中最复杂的构造。桑德罗·瓦萨里（"为什么您，瓦西利先生，一个名字像意大利人的西班牙人，不尽力为那不幸的人的灵魂做弥撒，却要为他写一本书？"）桑德罗·瓦萨里，我再说一遍，他可能是在其他人杀害我之后才出生的，也可能他那时还小，只是个孩子，但他竟然梦见我在地狱中，等待着审判。更令我感到奇妙的是，他同时也看见了池座和台口，有朝一日，它们会在螺旋中属于他。此时此地，回到分派给我的剧场，在我自身死亡的无尽失眠中，在生死彼此交缠、彼此相仿的经线里，我意识到梦与永恒的紧密联系攫住了我。同时，我还确信——尽管我只能对着自己如此断言——最有可能打开这座生者与死者彼此混淆的迷宫的，是文学这把钥匙。

迎接审判。

死了，睡去了，也许还会做梦，[1]哈姆雷特如是说。他预感到自己在这道迟早会住满我们所有人的螺旋中的命运，于是突然以惊人的敏锐自问，死后等待他的都会是些什么梦。想到这一点，他便摒弃了自杀的念头，因为他畏惧那最坏的噩梦：这漫长的无眠，唯有审判后的赦免方能终结。哈姆雷特三个世纪之后，童年的普鲁斯特认为剧院里的每个观众都独自观看演出。（"换言之，

---

[1] 此处借鉴朱生豪译本，略做改动。

就如同我们阅读历史,或一个偷窥者[1]从锁眼怯怯窥视一般。")等他终于被带去看出演《淮德拉》[2]的拉贝玛[3]时,他才发现全体观众共享一个舞台。于是他推断,那座继承自民主的希腊人的建筑,会把每个人都变成剧场的中心。如今我在地狱中推断,在哥白尼式的天穹中央,我们以此种方式拥有了一个托勒密式的世界,包厢、乐池、池座和顶楼。两个同心的宇宙,符号永远相互对立。

迎接审判。

或许在他们审判我之前,回忆哈姆雷特和普鲁斯特,猜测他们对地狱和身处地狱的间接设想,也是一种做准备的方式。达利曾激赏普鲁斯特想象中的剧院:每个人单独观赏戏剧,与其他观众分隔开来。这剧院也正是普鲁斯特对《追忆似水年华》的构思:一段已死的时光,时光中的人物地点都已被战争摧毁夷平,小说家在软木墙板的卧室里耐心地回想这段日子,以此逃避他周围的世界。或许,至为奇妙的是,这剧院同时也是对地狱的隐晦譬喻,在地狱之中,每个等待审判的死者,每个在审判中被判刑的死者,都观看着他们复活的过去,看不见他人,彼此隔绝。还有另一个巧合,也很明显:《追忆》

---

[1] 原文为法语。
[2] 《淮德拉》(Phèdre),又译《费德尔》,法国剧作家拉辛创作的五幕悲剧,为其代表作之一。
[3] 普鲁斯特《追忆似水年华》中虚构的女演员,在小说中出演淮德拉一角,令主角倾心入迷。

始于失眠的征兆，而失眠就是地狱，在地狱中，哈姆雷特恐惧的梦境死后变成上演的回忆。有时，注定要在各自的剧场中观看回忆的人们还没有到来，回忆自己就先在地狱中上演了。

迎接审判。

在人间，他们从未审判过我。他们只是杀害我而不曾判决我。鲁伊斯·阿隆索带着他手下的鹰犬到安古罗大街一号的房子——那座房子如今或许已从格拉纳达消失，但却仍然矗立在我的舞台上——去抓我之前，我一直以为我能安然远离死亡，好像从未出生过那样。那时我并没准备好迎接审判。讽刺的是，审判永远也不会到来。那栋房子属于罗萨莱斯一家[1]，立面雪白，沐浴在那个八月的阳光下。它坐落在阴凉的窄巷里，楼高两层，有一个露台，配一扇很透光的门。另外还有一片院子，一座喷泉，一道大理石楼梯，一扇面向人行道的栅窗，一扇侧门。侧门开向一道小楼梯，通往与建筑的其他部分近乎隔绝的二楼。窗户则照亮我的朋友诗人路易斯·罗萨莱斯的图书馆，如今他除了夜里，很少在这儿停留。路易斯与他的家人合谋将我藏在上面一层，尽管他们几兄弟都是长枪党人，尽管省政府宣布将对藏匿逃犯者处

---

[1] 洛尔迦好友、西班牙"三六一代"诗人、作家路易斯·罗萨莱斯（Luis Rosales，1910—1992）应洛尔迦恳求，将他藏在自己家中。罗萨莱斯一家政治立场保守，路易斯及兄弟几人都加入了长枪党，因此在当时看来似乎较为安全，能为洛尔迦提供庇护。

以死刑。罗萨莱斯一家还收留过其他一些人，协助他们逃离格拉纳达。有几次，我做着不安的梦，被一楼传来的陌生话音和脚步惊醒。我从来没向任何人问过任何事。在这座恐怖之城活下去，如今是像两个男人彼此示爱一般隐秘而可耻的事情。

迎接审判。

假如我对临终时刻有条不紊的回忆构成我在隐身的法官们面前辩护的一部分，他们将会再次不做任何审判就对我下判决。当西班牙的原野如我曾对马丁内斯·纳达尔预言的那样陈尸遍地，关于内战的回忆并未被整理清晰。它们只是混乱地出现在台唇后方图像的闪烁中，光亮耀目，近似闪电。路易斯·罗萨莱斯某夜从火线回来，出现在我的藏身处。前线大概情况特殊，鉴于罗萨莱斯家中未婚的几兄弟常常黄昏从前线回来，睡在父母家里。路易斯从莫特里尔[1]阵地回来，向我保证，他能从那里把我安然无恙地送到政府军的阵地，之前他已经送走过许多人。作为公平交换，他说，他也帮助了好几个人逃离政府军控制区，逃到这边来。"在那片原野上，你一下就能消失无踪，不会听到一声枪响，也不会撞上一个人。"他向我重复道，声音压得很低，以免吵醒路易莎姨妈，她和我一同住在上面一层，如慈母一般照顾我。"把

---

[1] 莫特里尔（Motril），西班牙安达卢西亚自治区格拉纳达省的一个沿海城市，在西班牙内战中于1937年被国民军占领。

你带去对面，世上再没有比这更容易的事情了。"我摇摇头，回答他，我不想像兔子一样被他们在树林的出口、在水沟边上追猎。我们重复过好多次同样的徒劳争执，但此刻路易斯却突然让步，结束了争论，可能是为了不让我误以为他和他的家人们急于摆脱我。"随你喜欢吧，"他耸耸肩表示同意，"不管怎么说，他们也没法在这儿逮捕你。"

迎接审判。

"不管怎么说，他们也没法在这儿逮捕你。"最初几天的恐慌过后，我差点就信了他的话。然而，在灵魂的地窖深处，模糊的预感跳动着，告诉我，我并非自身命运的主人。在那里，在我存在的正中央掘出的斗室里，我明白过来，我在马德里度过的最后一天，此前就曾一步步一秒秒地经历过，我只需放任自己沉浸于那遗失在钟表无法转圜的时间之前的晦暗回忆，就几乎能预言出遗落在阳台的咖啡杯，出现在快车上的鲁伊斯·阿隆索。现在我也明白，假如当初我听从路易斯的建议，我就能穿过莫特里尔的土地，抵达政府军的阵营。毫无疑问，在这样的一场战争里，如果像罗萨莱斯兄们这样的长枪党领导人都常常在家过夜，前线必定有许多地段无人驻守。然而，在路易斯向我提议的时候，我根据当初躲进这座房子时感到的极端恐慌，夸大了自己对逃亡的恐惧。实际上，从叛军在格拉纳达制造的恐怖来看，躲在这座城里比逃到对面阵地还要危险。躲到安古罗大街来以前，我曾经陷入过类似的矛盾，当时也是路易斯在催促我到堂曼努埃尔·德·法雅家里寻求庇护。在他看来，曼努埃尔的家比他父母的家更安全，因为没人敢闯进一位举世闻名又众所周知十分虔诚的作曲家的家里。我立即凭直觉意识到，他是对的，我也预感到，在我野心勃勃的青春之初曾经钟爱我的堂曼努埃尔定会乐于向我伸出援手，哪怕只是为了不放过一个做善事的机会。但我拒绝了路易斯的建议，解释法雅之前对我生过闷气，因为我把《祭坛圣体颂歌》题献给了他。一个像他这般传统敏感的天主教徒，永远不会原谅我把他和我都敬奉的天主——尽管我只信仰而不践行教义——同被一根针刺穿的青蛙的小小心脏相比。能够确定的是，我选择躲藏在罗萨莱斯家，还想在那里待到被捕为止，是因为如此我就能实现无可避免的命运。可以说，记载着我的生与死，记载了地狱螺旋中的失眠与流放的那本书早已写成，提前决定了我的命运和举动。

迎接审判。

在安古罗大街一号，生活好似踮着脚尖从战争罪行之间滑过。我半藏半露地躲在房间的百叶窗后，看着罗萨莱斯家的家主每天早晨和下午准点出门，到他那些名为"希望"的仓库去。楼下，有着喷泉小院和洁白柱子的那一层，母亲和小女儿埃斯佩兰西塔，一位犹如这个世界一般衰老不堪的厨娘，还有一个独眼而且结巴的小女仆，都待在那里。楼上，在几乎成了独立的一个家的二楼，路易莎姨妈同我道别，去赶早弥撒。"上帝与你同在，孩子，别做莽撞的事。我会为你祈祷的。""您为所有人祈祷吧，堂娜路易莎，为生者和死者，为受害者，更为他们的加害者祈祷，刽子手们可很难上天堂。"上午，埃斯佩兰西塔给我带上来一杯放了两颗方糖的咖啡，一份《理想报》[1]。每天报纸上都会报道审判草率的处决，也毫不遮掩为了报复轰炸而进行的未经审判的枪决。路易斯有时陷入悲痛，向我坦白，他们还在墓地的土坯墙前、在比斯纳尔的悬崖上杀害了几百人。他总坚持要把我送去另一区域。我的妹夫马诺洛[2]也在被捕者之列，假如他在以社会党人身份当了整整十天格拉纳达市长之后还活着的话。我那子女尚幼的可怜妹妹想必也遭受了难以想象的痛苦，如同格拉纳达的几千名妇女一般。然而，尽管这巨大的悲剧或许每夜愈发逼近我，它却离我的心很遥远，像属于他人的梦，令我无动于衷。埃斯佩兰西塔在马德里有个长枪党男友，此刻生死未卜。她向我讲述她的爱情、她的苦恼，甚至还有她那些热恋少女的噩梦，好像我是她的长姐，又好像我们爱着同一个男人一般。我尽我所能安慰她："别着急，孩子，一切都会

---

[1] 《理想报》(*Ideal*)是一份格拉纳达本地日报，由天主教出版社发行。拉蒙·鲁伊斯·阿隆索正是《理想报》的排版工人。
[2] 马诺洛（Manolo），指洛尔迦的妹夫曼努埃尔·费尔南德斯·蒙特西诺斯（Manuel Fernández Montesinos，1901—1936），马诺洛为其昵称。

好的。这场荒唐的战争很快就会结束，你会和你的男朋友手挽着手来看我新作品的首场演出。"她破涕而笑，问我现在正写些什么。"所多玛与蛾摩拉在全能上帝怒火下的毁灭，以及罗得和他的女儿们对乱伦的发明。""天哪，真吓人！这部剧会比《耶尔玛》还凶残。什么时候我们才能看到你写一部戏剧，让人们相爱，结婚，生下天使般美丽的孩子呢？"她问我，仍微笑着，用一方刺绣手帕擦干眼睛。"永远也看不到，埃斯佩兰西塔，因为人们已经忘记爱，忘记结婚，忘记生下天使般美丽的孩子。他们只能依照他们自己的形象，生出怪物和小丑。""也许你说得对。"这会儿她严肃地赞同了。之后，她拿走咖啡杯碟，吻我的脸颊同我告别，匆匆地走了。我们再见面是在下午，格拉纳达遭到轰炸的时候。堂娜埃斯佩兰萨·罗萨莱斯大声呼喊我和她的姐妹，叫我们都躲到底层去。我们躲到一间满是雕花立橱和刺绣画的小厅里，挤作一团。在爆炸的巨响和警笛无休止的尖叫里，女人们或祈祷，或啜泣。我想起从前的怯懦，惊恐于我现时的镇静。两天后，《理想报》报道，作为对空袭的公平报复，又枪决了十五个随机选出的囚犯。同一份报纸上的另一则简讯则登载了多名俘虏对最近一次轰炸波阿尔罕布拉宫的抗议。抗议呈给尊敬的辖区司令阁下（"但愿所有的西班牙人都有此同感，但愿为了西班牙，无辜的鲜血不再流淌！阁下万岁！"），其中一个签名者是我的妹夫马诺洛。我由此得知他还活着。

迎接审判。

在我的一再坚持下,埃斯佩兰西塔替我拿来一套《追忆似水年华》,基罗加·普拉[1]和佩德罗·萨利纳斯[2]的驳杂译本。假如我没记错——此时说这个难免讽刺——普鲁斯特出版他那部鸿篇巨制的第一卷,《在斯万家那边》时,正是大战爆发前夕。整部巨作中,唯这卷对过去的视觉回忆最为明澈,从贡布雷的钟楼和玻璃窗,到盖尔芒特领地里开花的灌木和坍圮的中世纪塔尖。普鲁斯特在《追忆似水年华》的第一卷里以其天赋创造出的昔日魔力,在任何文学史上或许都无人能及。我在死后甚至几次自问,普鲁斯特莫不是在生前,在他哮喘病人的病榻上,见到回忆在属于他的地狱剧场里提前上演,而之后他所做的,不过是将其化为精确的文字罢了。到第一卷收尾处,这部作品都可以被视作一组联画,画着一度失去又被记忆复原的天堂。再往后,随着岁月流逝,贡布雷一家搬到巴黎,马塞尔离开伊甸园,抵达所多玛与蛾摩拉。年幼的叙述者曾在他父母的乡村别墅一间恬静的小房间中阅读,做梦,无意识地准备着回忆,我们离开了那个小房间,穿过嫉妒与一切爱的堕落,来到了

---

[1] 何塞·玛利亚·基罗加·普拉(José María Quiroga Plá,1902—1955),西班牙"二七一代"诗人、散文家、记者。

[2] 佩德罗·萨利纳斯(Pedro Salinas,1891—1951),西班牙"二七一代"诗人、作家,翻译了数卷普鲁斯特的《追忆似水年华》。

絮比安的同性恋妓院。小说的世界和作为小说创作背景的那段历史都成熟了，腐烂了，即将迎来上帝的震怒。

迎接审判。

我组织自己的辩护词，检视自己的意识，在这个过程中又回到了我的那部《所多玛与蛾摩拉》之中。（"什么时候我们才能看到你写一部戏剧，让人们相爱，结婚，生下天使般美丽的孩子呢？"）正因经受了这样的迫害与囚禁，我才重又想起普鲁斯特，猜到我构思的那部戏剧的真实含义。一切如今都似钟表齿轮般无情咬合，表上标明的并非时间的刻度，而是命运的钟点。从前，我将那部我已预感无法完成的作品视作对堂曼努埃尔·德·法雅的伏尔泰式的反驳，以报复他对我创作《祭坛圣体颂歌》一事的恼怒。然而，我还是得重申，我确信那首诗出自一位信徒之手，而法雅纵使生气，也依然会收留我，把我藏在他家中。我同样很笃定，我写《所多玛与蛾摩拉》是为着完全不同的理由，比那小小的复仇要复杂得多。有一次，我曾对赫拉尔多·迭戈[1]说过一段话，后来他又在他那本裁缝抽屉一般繁杂的诗歌选集里引用了它：一切创造的尝试，都是一个男人或女人在昏暗森林里的迷失，在从未被绘制的地图上，这昏暗的森林正与灵魂的黑夜重合，诗人在灵魂的黑夜里迷失，

---

[1] 赫拉尔多·迭戈（Gerardo Diego，1896—1987），西班牙"二七一代"诗人、作家，编有"二七一代"诗歌选集。

因为对自己无知。实际上，抛开我作为鸡奸者的负疚和骄傲不谈，《所多玛与蛾摩拉》，或者更确切地说，我对《所多玛与蛾摩拉》的构思，正是未来内战的寓言，上帝的震怒正是那令我们迫害彼此、撕碎彼此的狂怒。大灾难过后，我们甚至可能无法发明乱伦。但我们青年时代的那个世界，伊格纳西奥·桑切斯·梅希亚斯、拉法埃尔·阿尔贝蒂、何塞·安东尼奥·普里莫·德里维拉、路易斯·罗萨莱斯和我，我们这一代在短短几年间或先或后成熟明理的人所处的那个世界，将会永远地消失。剩下的将只有被时间之风吹散的破碎遗迹，一如普鲁斯特曾在去往盖尔芒特家的路上见到的草坪上的壁柱、女像柱和属于已逝的中世纪的破损雕塑。或许我的作品也会成为破碎废墟中的一座。从前我会很乐意这么想，但如今我已不在乎我的作品幸存与否。无论如何，我这部从未真正脱稿、永远不会完成的《所多玛与蛾摩拉》，假如真的诞生，不仅将是对这场大屠杀的预言，也将成为我们这代人的遗嘱。

迎接审判。

时值周日，八月将地狱剧院的舞台天空抹成石灰白。安古罗大街上方高空，燕子飞翔着彼此追逐。教堂敲响弥撒钟声时，我父亲从圣比森特庄园打来电话。他声音压得太低，我几乎听不出是他，也很难听懂他的话。

"孩子，他们杀了马诺洛。一个神父带来的消息，他已经跟马诺洛的母亲说了。孔奇塔还不知道。"

"……"

"你母亲去告诉她了。实话跟你说,我是没有勇气。可怜的孩子们!我的孙儿们!"

"……"

"孩子啊,跟我保证你会万事小心!我甚至要听你发誓,对,我要你发誓!"

"……"

"孩子,我们这辈子有过不快,有过分歧,但这些全都无关紧要。我也对你发誓,即使到了现在,我也觉得我来到世上是值得的,因为这样就能把你也带到这个世界上来。你是我最大的骄傲,这世上没有哪个父亲比我更自负、更虚荣。"

"……"

"孩子,为了你我愿意付出一切,甚至包括你的母亲,你的弟弟妹妹!愿上帝宽恕我吧!千万要小心!我绝不能没有你,不能,不能!"

"……"

他猛地挂断电话,连再见也没有说。"我们这辈子有过不快,有过分歧,但这些全都无关紧要。"他说得好像我们俩已经死了,正在这道螺旋上反思世界的渺小。我倒在一把椅子上,低垂着头,打开双臂,想要想一想马诺洛,想一想我妹妹的伤痛。然而,我却只想起我在马德里做的最后一个噩梦。更确切地说，不是我想起它，而是它原封不动地回到我身边，就像我们疲倦已久而忽然入睡时所做的那些突兀的、笼罩着水陆两栖的耀眼光芒的梦，以明亮淹没我们。我再次看见那颗雪花石膏般的螺壳，还有另一枚仿佛被切开的木头又像是一只独眼巨人眼睛的贝壳。觅红云海里的巴利白鞋，躺在手拿苹果的美惠女神被截断的身体底部。拥抱着红色贝壳的女神，还有沉睡的帕里斯，他或许正梦着一切，就像马诺洛此时梦着我们。"一个神父带来的消息，他已经跟马诺洛的母亲说了。孔奇塔还不知道。""但愿所有的西班牙人都有此同感，但愿为了西班牙，无辜的鲜血不再流淌！阁下万岁！"

迎接审判。

我听见许多车辆在车道和人行道上急刹的尖声，于是走到那扇总是遮着据说由路易莎姨妈亲手所绣的窗帘的窗前。一群装备着步枪的突击警卫队队员占领了街角和各幢房屋的大门，另一群队员紧跟着出现在屋顶天台，前胸紧贴栏杆，燕子在他们头顶漠不关心地盘旋。从一辆收起车篷的奥克兰上，走下了穿着蓝色工装的鲁伊斯·阿隆索，还有五个宪警，我在里面认出了胡安·路易斯·特雷斯卡斯特罗[1]，他和鲁伊斯·阿隆索一样，都属

---

[1] 胡安·路易斯·特雷斯卡斯特罗（Juan Luis Trescastro，1877—1954），西班牙右翼政治家、律师。1936年佛朗哥兵变后，与鲁伊斯·阿隆索一同大肆追捕、举报左翼人士，两人都参与了逮捕洛尔迦的行动。

于人民行动党。他们彼此看也不看一眼，在众多士兵的护卫下匆匆闯入了罗萨莱斯家。现在我万念俱灰，确信一切都已结束，也就是说，我已接近那不可挽回的结局。那些曾将我带到这栋屋子里的过去的恐惧、可怖的惊慌，又一次变得遥远陌生，像发生在另一个人的身上。确切而言，这另一个人并不是遥远时间里的我，而是在一个同等遥远的上午描绘着我，意识到我此刻多么镇静，并为此惊讶的某个人。所有精神的风暴与肉体的焦灼过后，我心中浮现出难以言喻的平静，近似每次我的剧作首演、帷幕拉开时占据我的那种耐心的从容，甚至近于冷漠。无论如何，上帝的意志都会实现，假如它不是之前就在同样的境况下实现过。

迎接审判。

路易莎姨妈出现在我身边，苍白如死者，像从墓中复活。她努力朝我挤出一个悲伤的微笑，牙齿又白又大，似一头羊羔的牙。她抓起我的一只手，好像我是她从未有过的儿子，诞生为人的那一瞬间就从世上消逝。

"孩子，现在我们祈祷吧。"

她让我跪在她身边，面朝耶稣圣心像。耶稣圣心像罩在玻璃罩下，挂在衣橱上方，衣橱里堆放着沁透平原椴梓香气的床单。我闭着眼，断断续续听见她念诵万福玛利亚的声音；然而，我却无法凝神去做从小就熟悉的祷告。倘若我祷告，我就会犯下对一名信徒和一位作家而言最重的渎神之罪：妄称上帝之名，或妄称人之名。在凝聚着我存在理由的暗室中，我很想见到我的父母。但却又有另一部分的我，沉默无名、总是反对我最热烈愿望的那一部分，将他们的面孔从记忆中拭去了。我反而见到了伊格纳西奥·桑切斯·梅希亚斯，他正如我在挽歌中所写的那样，流着鲜血，化作幽灵，在满月下登上荒弃斗牛场的台阶。我独自一人在斗牛场中，知道自己还活着，因为我重又感到恐惧，纵使这时我并不清楚恐惧的缘由。我喊他的名字，他微笑着转过身。"你当初不愿来诊所看望我，未来我们在人间、在地狱都不会再相见。"他朝我喊道。我再次高喊他的名字，因为我不知该如何回答他。他爽朗地大笑起来，回答我："至少我得到了我选择的死亡。我不想让我的孩子经历的那种死亡。（'孩子，为了你我愿意付出一切，甚至包括你的母亲，你的弟弟妹妹！愿上帝宽恕我吧！千万要小心！我绝不能没有你，不能，不能！'）而你却会得到他人强加于你的死，因为在这个无耻而不幸的国度，谁不选好自己的死法，就会死在蠢货们的手上。愚蠢是我们的免罪符。"

迎接审判。

我幻境中的伊纳格西奥沉默了，堂娜路易莎的祈祷结束了。她站起来，从窗边呼唤我。鲁伊斯·阿隆索和特雷斯卡斯特罗走出房子，打着手势，看上去怒气冲冲。他们上了奥克兰，司机载他们全速离开，但街道、房屋和天台仍被突击警卫队占领着。一楼安静下来，直到此时，我才意识到我的感官究竟已察觉到多少事情。在一楼，堂娜埃斯佩兰萨和鲁伊斯·阿隆索之间愤怒的高声争论已经告一段落——至少暂时如此。从这时起，时间暂停了一小会儿。并不出人意料，就像在一场戏剧中用幕间剧拖延时间，不过这场戏中死亡真实降临。无论如何，骰子已经掷出，只需等它不可避免地从桌边滚落。

迎接审判。

车开了回来，这次除了鲁伊斯·阿隆索、特雷斯卡斯特罗和司机之外，来的还有米格尔·罗萨莱斯。米格尔双手抱胸，眉头深皱，如同一个意外地开始怀疑自身信仰的领圣餐的信徒。鲁伊斯·阿隆索侧着身，在一旁不停打着手势，坚持不懈地和他说话。米格尔不看他也不回答他，只望着安古罗大街被突击警卫队占领的分别通向群狼广场和木板街的两个出口。奥克兰停在房前时，鲁伊斯·阿隆索将手搭到米格尔肩上，像是佯装关心，又像在坚持此前反复重申的事。米格尔推开他的手，率先下了车，跨进房门，没给他们让路。特雷斯卡斯特罗和鲁伊斯·阿隆索试图跟上他，结果跟跟跄跄撞上彼此。一名宪警打开虚掩着的门，他俩终于进了屋，几乎是肩并着肩走进去的。另一名宪警站在木板街一个转角边，叫一个姑娘回屋里去，她从门厅里跑了出来，要么是对外面的情况一无所知，要么是有什么要紧事。姑娘正转身的时候，宪警伸长脖子，露出格外凸出的喉结，对她一番奉承。突然，就像之前一楼的喊叫声戛然而止一般，燕子们也出乎意料地停止了盘旋。它们似乎统统消失，像是飞入天空深处，又像在空气中消散了。仿佛光线变成刘易斯·卡罗尔的那面镜子[1]，人可以凭着心意自由穿梭于镜子两面，穿梭于世界和地狱之间。与此同时，模糊的争吵声再次从一楼飘上来，但比之前那次更克制，更疲倦。声音沉默了，接着响起上楼的脚步声，起初匆匆忙忙，后来却变得犹豫迟缓。楼梯平台上的门打开，米格尔出现在眼前。凑近了看，他简直像个穿墙而过的痛苦幽灵。过去几个小时里，他老了足足二十岁，已看不出多少年轻人的样子——原本，他像是马查多[2]一首讽刺的十四行诗中的角色：好斗、嗜酒的蹩脚诗人，同时却又是反教会的长枪党成员，更是阿尔罕布拉圣母的虔信徒。他双眼通红，布满血丝，抿在一起的嘴唇却冻僵般惨白，神情忧惧而苦涩。他躲开堂娜路易莎的目光，对上我的脸，甚至竟像是做出了立正的姿势，仿佛向街上碰到的一个死者致哀。接着，他喃喃道：

---

[1] 刘易斯·卡罗尔（Lewis Carroll）所著的《爱丽丝镜中奇遇记》（*Through the Looking-Glass, and What Alice Found There*）中，爱丽丝在自己的房间里玩耍，穿过镜子进入了另一个空间。
[2] 指安东尼奥·马查多（Antonio Machado, 1875—1939），西班牙"九八一代"著名诗人。1916年洛尔迦参加老师马丁·多明格斯·贝鲁埃塔（Martín Domínguez Berrueta）组织的游学，在巴埃萨认识了安东尼奥·马查多，之后两人一直维持着友谊。内战爆发后，安东尼奥·马查多与家人向西法边境撤离，但最终病死途中。

"劳驾，穿戴整齐吧，你一边换衣服，我一边把一切都告诉你。"

在被米格尔的语调与音色加速了的这一刻，我理解了好几重真相，仿佛闪电照亮原本笼罩着浓郁黑暗的一个十字路口、一幢钟楼、一座有着七个出水口的喷泉，或是一棵开花的苹果树。首先，我注意到我仍然穿着睡衣和拖鞋。这双没有跟也没有帮的拖鞋，是米格尔本人借给我的，而这件被结巴的独眼小女仆浆洗得平整的洁白睡衣，是我从圣比森特庄园带来的。我还意识到，虽然米格尔·罗萨莱斯在奥克兰里双臂抱胸，对鲁伊斯·阿隆索不理不睬，摆出一副高傲又轻蔑的神态，但这并不妨碍鲁伊斯·阿隆索的意志最终压过了他的意志。最后，我推断出，罗萨莱斯夫人不肯在她儿子不在场的情况下交出我。其他几兄弟大概都在前线上四处巡逻、宣传，到晚上才会回家，唯一能找到的只有圣哲罗姆修道院里的米格尔。路易斯此前告诉过我，长枪党在修道院里建了兵营。其实，米格尔本人可以立即证实我的这些猜想。但他却沉默了，我从他躲闪的目光中猜出，假如他坚持拒绝鲁伊斯·阿隆索，挨到更具声望和权力的哥哥佩佩[1]回来，他们就不会把我抓走了。其实，尽管米格尔·罗萨莱斯并不知情，但他拯救我的可能性并不大

---

[1] 佩佩（Pepe）是罗萨莱斯家第五子，何塞·罗萨莱斯（José Rosales）的小名。

于我当初选择穿过莫特里尔逃走，也不大于我向堂曼努埃尔·德·法雅请求庇护以拯救我自己。一切都已注定，在这里，在别的世界，已发生过的事都将再次发生。

"鲁伊斯·阿隆索这个小丑，想让你到省政府去做个声明，还带来一份为此签署的命令。"我换衣服的房间里只剩我们两人，他对我匆匆说道，"就是个简单手续，我陪你们过去，保证明天上午你就能回来。"

"但是，他们怎么指控我的？"

"没说具体的。狗日的，这小王八羔子，和我说什么你的笔比别人的枪危害更大。可去他妈的吧！你瞧，我是真心跟你这么讲的，这事简直荒唐到可笑。不过没关系，就算今天下午你回不来，明天你也会回来的。真是一团糟。"

"这是个错误……一个令人发指的错误。"

我说了好几遍，与此同时，米格尔避开了我的目光。我的声音属于迷失在我自身深处的另一个人，一个执意要填满我灵魂的回声抬高了我的音量。那个人，那个在我之中的陌生人，仍不知晓等待我们的命运。我既同情他的痛苦，又蔑视他，因为我害怕他那在最末的荒谬希望中讽刺地诞生的卑贱恐慌，将会压倒支配我的举止、指挥我的姿态的那份镇静。

"是啊，这当然是个错误。"米格尔·罗萨莱斯同意，"这错误很快就会纠正过来，我们一定要让鲁伊斯·阿隆索和他的走狗付出高昂的代价。"

"去找你的哥哥佩佩。他很有影响力，一下就能把我放出来。你会去找他的，对不对？"

"对，对，别担心，我也会去找安东尼奥和路易斯。"

"特别是要去找佩佩。"

"你啊，别担心。我会打理好一切的。"

"米格尔……"

"说吧。"

"他们杀了我的妹夫马诺洛。今天上午父亲给我打电话，告诉了我这个消息。"

他双手在背后交叉，垂下眼睛，摇了摇头，过了好一阵才缓过来。我穿好衣服，和他一起出去。路易莎姨妈没有来同我告别。她把自己关在了房间里，我确信她在为我祈祷。在虚掩的楼梯门前，米格尔为我让路，仿佛我是要与他同赴一场化装舞会，而不是正走向避无可避的死亡。有那么一刹那，他抓住我的胳膊，很轻很轻地说：

"很抱歉。真的，我感到非常、非常地抱歉。"

我想我回了他一个手势，或许是一个表情，与此同时，我们开始往下走向地狱。窗外的太阳为地砖镀上银色，在天台部署的突击队员的步枪上闪闪发光。我身体里的另一个人，那么痛苦那么恐惧的另一个人，现在已经一声不响，缩到了我的深处。我像回应着他声音的回声一般，不断重复着这只是一个错误，一个丑恶的错误。我们走到院子里，撞上了最出人意表的一幕。鲁伊斯·阿隆索坐在喷泉边一张铺了桌布的小桌旁用下午茶，吃着小海绵蛋糕，喝着加奶咖啡。他脖子上围着条餐巾，打了个兔耳结，盖在蓝色工装上。每当他向前倾身，去蘸一块糖酒海绵蛋糕，额前的鬈发就会滑到碗边上。特雷斯卡斯特罗和同乘奥克兰来的一个陌生宪警坐在鲁伊斯·阿隆索对面，对着面前的点心似乎有些拘束。毫无疑问，是议员自己要求上的点心。堂娜埃斯佩兰萨和埃斯佩兰西塔挺直着背站在旁边，一言不发，轻蔑地看着他们。

迎接审判。

鲁伊斯·阿隆索站起来，响亮地一口饮尽他的加奶咖啡。他费了半天劲才把餐巾摘下来，因为当他执意要解开结的时候，反倒把它在手指间越拉越紧了。多亏特雷斯卡斯特罗热心帮忙，他才终于摆脱了那条餐巾。他抹了一把脸，一举擦干了嘴巴和汗津津的额头，但厚嘴唇的边角仍沾着白迹。直到这时，他才转向我，和我打招呼，额头压得很低，像要用角顶我似的。（"可以肯定，那位先生，愿他归于荣光，始终保持着值得称颂的从容。对此我能把手按在福音书上起誓。我对他说，他被捕了；但我也允许他跟庇护他的人告别。"）

"我接到命令，要带您去省政府。"他劈头就是一句，"劳烦让我们快些把这事办完吧，之前已经在这儿浪费不少时间了。"

"米格尔·罗萨莱斯也建议我和您走，虽然这一切都是个错误，一个令人发指的错误。他们要我上省政府去做什么？"

"我一点头绪也没有。他们只叫我保证您安然无恙到达。目前我没有别的任务了。您跟我走吗？"

"我猜，我无权拒绝。"

"很好。那我们现在就走吧。"

堂娜埃斯佩兰萨拥抱了我，埃斯佩兰西塔吻了我的两颊，将她的刺绣小手帕悄悄递到我手里，低声请我尽快还给她。她匆匆忙忙、断断续续地小声告诉我，她很想把它送给我，可惜并不能够，因为这是她在罗马做修女的姐妹送给她的礼物。特雷斯卡斯特罗上了驾驶座，鲁伊斯·阿隆索坐到他旁边。我和米格尔进了后座。随着汽车渐渐开远，驶向木板街，群狼广场的突击警卫队散开了。

"米格尔，别忘了马上去找你的哥哥佩佩。特别是要找佩佩。"

"好，好，我向你保证。这事一定会马上澄清。"

"这一切都是个错误，一个丑恶的错误。"

那个居住在我身体里，有时公然与我共处，好否定我、反驳我的人，那个渴望着我永远不会爱的男人们、爱着我无法渴望的女人们的人，那个我憎恨其畏怯、蔑视其宿怨的人，在我们穿过三位一体广场开向省政府的路上，忽然地支配了我。我被他战胜，像水银中毒患者一般发起抖来，颌骨相磕，牙齿咯咯作响。（"至少我得到了我选择的死亡。我不想让我的孩子经历的那种死亡。而你却会得到他人强加于你的死,因为在这个无耻而不幸的国度,谁不选好自己的死法,就会死在蠢货们的手上。愚蠢是我们的免罪符。") 米格尔通红的眼中闪过一星鄙夷。毫无疑问,纵使并非出自本意,但他竟以为我会在临终时刻一边唱着圣母颂歌,问候着鲁伊斯·阿隆索和特雷斯卡斯特罗的母亲,一边迈向死亡。他很快整理心神,将我的一只手握在他手中,好像要看我的手相。

"举报者必须为之负责,"他大声道,好让几个人民行动党人都听到,"我一找到佩佩,你就能回家。在这期间,尽量镇静下来。"

"请送条毯子,再送点烟草来。拜托了。现在明明是八月份,可我却冷得发抖。"

"会的,会的,当然了。"

"再找个律师来。佩雷斯·塞拉博纳是我父亲的律师,我父亲能给你们牵线。"

"我会的,我会的,虽然没什么必要。用不了多久,佩佩就能收拾好这乱摊子,把你放出来。冷静点,别灰心。"

特雷斯卡斯特罗在省政府前停了车。在我这间大厅的舞台上,八月把街道镀上了金色。两个衣衫不整的长枪党人在大门两侧看守。假如我继续回忆在我生前见到的最后一片天空下度过的那个下午,那么几秒之后,其中一个哨兵就会试图用步枪枪托打我。他这么做时既未动怒，也无恨意，想必只要有囚犯跨过门槛，他就会一视同仁地攻击他们。他几乎还是个少年，仍不愿遮起那双孩童之眼里闪亮的惊愕水光。他以攻击我们为乐，那种无理的冷漠正属于拿石头砸向流浪狗、举棍子追打蜥蜴的孩子们。他打我们，正由于在他眼中我们已不再是人，而是变成了一类愚蠢又恶劣的物种，在野兽的道德价值阶梯上远远排在蜥蜴和狗之后。鲁伊斯·阿隆索的确大发雷霆，尽管他只在这点上说了真话，其他的都是谎言，况且，此举也主要是为了捍卫他自己的威严，而非保护无助的我。"你这无赖，你怎么敢？还当着我的面！"此时他在舞台上大喊，一如当初在街上咆哮。

现实中——这说法挺讽刺——一切都精确地、准时地重复着，纵使已死的我的意识中仍有一部分等待着一个变化，一道避不开的分歧。（**迎接审判。**）特雷斯卡斯特罗和鲁伊斯·阿隆索告别，说他回家去了。米格尔则和我们一起进了省政府，冲着鲁伊斯·阿隆索高喊要和省长当面谈谈，声音大到全世界都能听见。鲁伊斯·阿隆索耸了耸他杂役般壮实的肩膀，轻蔑又漠然。我惊恐地意识到，米格尔是要借他哥哥佩佩的名头，尽力让我在审讯中免受折磨。我想起马诺洛，我这辈子从未与他如此同病相怜。（"他们杀了我的妹夫马诺洛。今天上午父亲给我打电话，告诉了我这个消息。"）我问自己，在死亡成为他绝望的解放之前，他究竟受了多少苦。省政府里安静得出人意料，只偶尔有靴子踏地或打字机敲击的声音。然而这栋房子，就像爱伦·坡笔下的某些房屋一般（"永恒最终将他塑造为他自身。"[1] "……马拉美你也没读过？小家伙[2]，你真是个智识上的处子、殉道者。一只南方的怪兽，纯洁，才华横溢，像一朵火中的山茶、一头燃烧的长颈鹿。我真得跟你睡一觉，把我的文化播种进你的灵魂。"）有着自己不可见的凶险不祥的生命。也可将它称作一座墙对着墙的迷宫，畏怖的手在墙上挠出从地面一直延伸至永恒边缘的抓痕；或是一组外科手术器械的集合，一位转行刽子手的外科医生的遗藏，它们落在地上，经由一场反转的神迹，一次黑弥撒的奇迹，变成了这座老宅。我看向米格尔，意识到他此刻多为我担惊受怕，多为我心痛。我还突然意识到，罗萨莱斯一家大概是改宗犹太人的遥远后裔，虽然我此前从未察觉他们的血统，他们也早在另一世纪将此事忘记。要证实这点，只消看看现在的米格尔，他的面部特征被苦痛的刻刀加深，再想想他们全家人对宗教的虔敬，想想他们对受迫害者忘我的帮助，这些都与他们被坐实了的法西斯立场相悖。

迎接审判。

我像是在等待着一首诗终结于无法解读的最末一行，又像是在等着遇见将改变自身存在全部意义的那个人，

---

[1] 原文为法语，引自马拉美《爱伦·坡之墓》一诗。
[2] 原文为加泰罗尼亚语。

怀着一种倦怠而悲伤的漠然,毫不吃惊地发觉,过去本身和我的回忆在舞台上演出的过去,两者之间无可争辩的差异,出现在省政府一面粉刷过的墙壁上。我被逮捕的那天,在统治这栋房子的省长的办公室旁,与一个看守房间的胡须稀疏的士兵前额齐平的高度上,原本只有许多潮湿的痕迹。湿迹仿佛不经意地模仿了手影戏——一只手的拇指、食指与中指交叠,再覆上另一只手的中指、食指和拇指,即兴拼出一只蹲坐着的小兔子。现在,在舞台台唇上,永恒将一切临摹到了地狱中,包括那只小兔子的剪影。鲁伊斯·阿隆索傲慢中不减狡诈,即使已经击败了罗萨莱斯一家,他仍对米格尔说,省长去了战场前线,今天贝拉斯科中校替他的班。米格尔点点头,不看他,也不回答,态度粗暴,像一位怀疑膳食官手脚不干净的王子。("狗日的,这小王八羔子,和我说什么你的笔比别人的枪危害更大。")但是,在米格尔这个崇拜圣母的长枪党员无法想象的这座螺旋的舞台上,在伸出爪子的兔子的影子上,冒出了一些横贯墙壁的金灿灿的字母,一如安达卢西亚快车玻璃上曾出现过的字样。最显眼的是首尾两个巨大的问号[1],好似炫目的黄金,仿佛一整个夏天的麦子都在这两把镰刀中融合。问号之间,九个间距很宽的大字叩问着我:"为何不装疯以求宽赦?"

---

[1] 西班牙语的问句前后都有问号,分别是一个倒问号(¿)和一个正问号(?)。

EL DESTINO

命 运

舞台上，印在格拉纳达省政府墙上的金色问题熄灭了，余下的只有那块兔影形状的污痕。随后，墙壁和省长办公室的门渐渐融为一体，如同缓缓沉入愈加幽深的水中。最后，舞台重现，不剩一丝回忆，唯有黑暗满盈。就在那时，正当他在座位上回神，他看见了那个坐在他身旁的陌生人，几乎同他摩肩擦肘。那人突然出现在走廊照进来的雪花石膏色的光线中。

他吓了一跳，此前他从未在这道螺旋的走廊或池座上见过任何人。他早下定结论，认为死者彼此不见不闻，这一结论没在他心中激起波澜，自然更没引发伤感。"我在做梦。"他对自己这样说，又忽然想起，倘若不在审判中自证清白，死亡便会是无尽的失眠。（**为何不装疯以求宽赦？**）于是他认为自己丧失了理智：一个被地狱的孤寂逼疯的鬼魂，却仍具备着理性，能发觉自己的疯癫。但他旋即意识到，那个出现在邻座的男人不是梦也不是幻觉。那个陌生人不声不响地打量着他，像是徒劳地想认出他是谁。

他心想，如果对经历的回忆和对想象的记忆会在舞台上显形，那么到了审判前夜，有别的鬼魂在座位上现身也并非不可能。不管怎样，如果那个人是他的理智或疯癫生出的影子，便不可能认出他，也不可能从他身边逃脱，尽管并没有什么实质的力量将那束缚在座位上。

他平静下来，直面陌生人的凝视，甚至毫无顾忌地观察起对方，怀着一位信奉不可知论的科学家在研究青蛙心脏时的冷酷好奇心。他曾在献给法雅的颂歌中，或者更精确地说，在他无法转圜的命运里的一个十字路口中，将那青蛙的小小心脏与上帝相比。

那是一位年龄不详也无法确知的老人，模样难以辨识，像那些在暮年的某天忽然停止衰老的人。或许是在他降世的纪念日上，或许是在他某个孙辈的葬礼上，甚至，或许是某个清晨他醒来的时刻，那时他看见黎明时仍泛着蓝色的太阳，自问那光芒、那寂静是否并非唯一的真实，我们的生命在那种真实面前流逝，仿佛一部电影的图像在舞台幕布上滑过。那个老人比他要矮，尽管在因岁月佝偻萎缩之前，或许也曾一度在身高上超过他。老人的头光溜溜的，头顶整个儿秃了，额头上方的部分泛着幼儿般的粉红，太阳穴则沾着烟黑的斑，无框眼镜的金色镜腿很长，眼镜上沿是粗硬、浓密、花白的眉毛。他穿着一身整洁朴素的黑衣，像在给自己吊丧。

在失落了的一瞬间,即便在地狱中也仿佛悬在刃上似的飞逝的一瞬间里,他受到诱惑,想去摸老人的手或前臂。另一股更复杂,也更难以解释的冲动又蓦地拽住了他。几乎在同一时刻,他心想,这个入侵者碰一下便会不见,正如他以前执意要上台触摸上演的记忆,记忆却一碰就在他指下消失。他又想,他心底希望这陌生人只是他内心歪斜的幻象,假如他得知对方虽然年老体弱,但却的确拥有生命,活在螺旋之中,于他将会是莫大的恐怖。(**为何不装疯以求宽赦?**)于是,他近乎无意地脱口而出:

"您在这儿做什么?"

"我在哪儿?"那人听不见似的回道。

全都太荒唐了。贝蓓和卡里略·莫拉在听他读他的超现实主义剧作时总是这么说,边说边摇着他们南方人的头,智利人的头。他怕自己是在死后经历了他托付给拉法埃尔·马丁内斯·纳达尔的那部剧作《观众》里面另添的一段戏。("向我发誓,如果在即将来临的战争里,我出了什么事的话,你会马上把《观众》的原稿销毁。")在地狱之门与死亡之门都无法阻挡的一阵专属于作家的感情冲动下,他自问拉法埃尔有没有完成他的要求,又想拉法埃尔从来没有这么做的勇气,他把手稿托付给对方时就已料到。("正因为它是我的得意之作,只有我才能怀疑我自己作品的重要性。如果我死了,《观众》没有理由为他人而存在。"）他那时说的话如今看来浮夸而做作。但当他执意要和这位陌生人对峙时，却不由得变成了他笔下那些荒唐角色——铃铛人、百夫长、催场员[1]和贵妇人——中间的一个。

"您真不知道自己在哪儿？"

"不，不知道。但我从地狱来。"

陌生人摇摇他的光头。在被岁月挤窄了的肩膀上方，那脑袋显得太大了，晃动时像要从佝偻的身子上滚下来，颈椎嘎嘎作响，小骨发出被践踏似的声音。

"这就是地狱。"他答道，语气起初恼怒，又变成刻意的冷漠。不知为何，他开始憎恨这个入侵者。对方的声音，对方灰眉毛下震惊的眼神，都勾起一股压倒他的漆黑怨恨。

"这就是地狱？"

"对，这就是地狱，有着螺旋的形状。每个死者都有一间剧场，这里是我的剧场。您在这儿做什么？"

"您的剧场？"老人诧异地问，"什么意思？"

陌生人愕然地睁大了圆形镜片后的眼睛。他心想，在过去，在遗失于遥远时光中的另一个世界里，那双眼睛曾经又大又乌黑。当时他还并不知道，究竟是另一个人的眼睛真的唤起了他的回忆，还是他认为那双眼睛应

---

[1] 催场员（traspunte）指剧院中催促演员上场，并提醒他们开头台词的工作人员。

当唤起他的回忆，纵使他并不晓得自己在回忆谁。老人说话的音调令他茫然，它没有语气和语调的变化，最终完全消失。他联想到某位严规熙笃隐修会[1]的修士，那位修士在沉默中度过了漫长的时光，之后，当修士回到人世，再开口说话时，听起来倒像是从某个并非人类的物种那儿学来了同胞的语言。而他呢，则不安地惊觉，自己竟开始用一种平稳、缓慢的语气对这个穿丧服的人说话，像是要在最愤世嫉俗的聋人、最多疑的法官面前证明自己所言非虚。

"每当我回想起我的记忆，它们就会在这座舞台上重生。舞台上只有我的记忆，虽然我看不见的那些死者也能看见它们，正如我有时也在其他大厅里观看他们的记忆。如果我们中有哪个人在审判中得到宽赦，他将被赐予解脱于意识和回忆的睡梦。也有些时候，我觉得人的回忆会先他们一步，人还没有死，回忆却先出现在地狱。"

老人的大笑声打断了他的话。一开始老人仿佛笑得不能自已，但很快又像是享受起了自己的笑声。他笑得浑身发抖，上气不接下气，声音咯咯如母鸡，掉光牙齿的牙床后露出牧羊犬般的深色上腭。

"您从哪儿想出这么个荒唐念头，觉得地狱会变成一座剧场之塔？"

---

[1] 严规熙笃隐修会，天主教修道会之一支。

"不是一座塔,是一道螺旋。您出去到走廊上就明白了。走廊向上延伸,弧度平缓,向所有剧场大厅敞开。"

"一道螺旋!"老人狂笑起来,背弯得像只钩子,起斑的嶙峋双手捶着膝盖,"谁能想出比这更荒唐的东西?地狱是个剧场组成的螺旋!我猜还是每人一间剧场吧?"

"每人一间。"他肯定道,愈发觉得惊愕、屈辱。他没法逃离那个鬼魂,甚至没法无视不请自来的对方,"每个死者一间。"

那人摇摇头,头一回移开了直视他的目光。先前的大笑变成了喘气,混杂着咳嗽,还有仿佛发情老鹿的鸣叫般的声音,不过很快就平息了。现在那人再开口,语气带上了嘲弄的怜悯,像一个经验丰富还有些残忍的牧人头领在和一个小牧人学徒讲话。

"年轻人,这不是地狱,我们也没有死。很不幸,我相当了解地狱,因此可以肯定地对你说,地狱是在地上。"老人再次转向他,好像在用讥讽刺伤过他以后,又想用真诚说服他似的,"说真的,你知道我们究竟在哪儿吗?"

"您想要我回答些什么?"

"我什么也不想要,孩子,从很久以前开始,我就连命都不想要了。但事实就是事实,就算是在梦里。这道所谓的地狱螺旋,这些依你的疯话会在死者到来之前就上演记忆的剧场,那座发挥你荒诞天分的舞台,那种永远不眠、永远深陷回忆的刑罚,那可能的遗忘中的解放,一切，一切的一切，都只不过是我的噩梦而已。你谁也不是，只是我某个梦里发疯的影子，只要我想，我随时都能从梦中醒来。"

（为何不装疯以求宽赦？）疯的是那个人，那个在他准备或者应当准备迎接审判之时，由无法理解但并非全无道理的命运安放在他道路上的人，无论那个人究竟是谁。假如那个干瘪的男人不是在装疯，而是真的丧失了神志，那么，或许是偏斜的天意将那人送到他眼前，为他提供装疯的参考。另外，那人认为他和地狱都是自己梦的一部分，一个或许恐惧永生的自大狂所做的噩梦。（"我什么也不想要，孩子，从很久以前开始，我就连命都不想要了。"）但桑德罗·瓦萨里也梦见过无尽的螺旋，梦见过他在他的剧场里面，甚至梦见过万古以前就先于自己抵达了的某些记忆。头发抹平、脸带刀疤的男人说过的话又一字字响起："我对自己说：'这不可能，你做梦做得发了疯。'之后又想：'你做梦做到了地狱门口。'那个噩梦的一部分，可能是最恐怖的部分，在我醒来时消失了。"

"如果我是您的梦，您又是什么人呢？"

"我不想再告诉你我的名字，因为它是我的诅咒。从前，当我还和你一样年轻时，我曾为我的名姓骄傲。现在我只希望自己从未出生过。"

"我也曾以我的名字为豪。知道人们重复我的名字、赞颂我的名字，这令我神魂颠倒。现在我同意您所说的，要是我从没出生过该有多好。"

"闭嘴，别打断我！即使在我的梦里，你也太年轻，理解不了像我这样的名气：我在你这个年龄，就已经声名卓著。人们在街上认出我，过来和我握手，好像我曾经施行过奇迹一样。一开始我想：'理应如此，因为我是我嘛。'后来我开始自问：'他们说的是我吗？他们是在对我说话吗？'你永远也不会理解……"

"我完全理解，因为我也体会过，我不再是我，而是变成了我的传说。"

"我叫你闭嘴！你这个年纪怎么会了解我，了解我所说的那个时代？如果你再打断我，我就不说了。那样的话，你就没法知道真正的地狱是什么样。"

这威胁再讽刺不过；但老人还是说了出来，并没有意识到它的讽刺之处。或许那个脾气暴躁、语调平板的老人真的相信他不过是自己梦的一部分，即使老人看起来更像是习惯了欺骗自己。他努力克制因对方的出现而燃起的怒火，但还是忍不住回答：

"我不是您噩梦里的影子。您才是我的疯癫制造的幻象，我既然没法解释自己是怎么想象出您来的，便只能得出结论，认为您神志清醒而我发了疯。"

"什么？你说什么？再说一遍，说慢点。"

老人忽然又开始装聋，或者是上了年纪，听力突然减退。老人举起右手拢在耳边,而他看见那掌上遍布的掌纹与皱纹。那只手在颤抖,好像被话语刺痛。

"我想我是疯了。但您并不是在噩梦中梦见了我,事实上,您只存在于我的幻觉之中。"

"你怎么敢说我不存在?"那人勃然大怒,用脱皮的食指威胁地指着他,"正因为我存在,正因为我叫我所叫的那个名字,所以他们才想要像杀一条狗似的杀了我。唉!你这样的愣头青,怎么会懂得我遭受的悲剧!怎么会懂得对人的猎捕,懂得我在你这个年纪曾经历过的恐惧!"

"我懂,因为我也经历过。您不要再说了,走吧,您弄得我很累。您到地狱来,什么新鲜事也没告诉我,而我得准备迎接审判了。"

他几乎要相信老人是他的幻觉了,但老人尽管是他的幻觉,却似乎又获得了自己的生命,还要向他炫耀这一点。老人不再怒气冲冲,换上副讥嘲又轻蔑的神气,舒舒服服地窝在座位上,朝他微笑,像对待一个呼之即来挥之即去的影子。或许对那片污渍也一样。记忆中那片位于省政府墙上,挨着巴尔德斯少校[1]的门——巴尔德斯不在时,那也是贝拉斯科中校的门——模仿着小兔子的手影的污渍上方燃起了最令人迷惑的建议:**为何不装**

---

[1] 指何塞·巴尔德斯·古斯曼(José Valdés Guzmán,1891—1939),西班牙军人,佛朗哥军将领。曾参加摩洛哥的里夫战争。西班牙内战爆发后,于1936年7月至1937年4月间担任格拉纳达省长。1939年死于癌症。研究者一般认为,他与洛尔迦之死难脱干系。

疯以求宽赦？ 当然，为什么不呢？他确实又这样问了自己一次，以求自我说服：以求将那个开始侵蚀他、吞噬他的问题变为学究式的发问。很简单，仅仅是因为在生活这野蛮的戏剧里，在地狱无法理解的失眠中，疯狂比理智要更难以表现。人们照着数世纪以来自诩理性开化的文明伪造出一种理智，但一旦他们得到以信仰之名彼此残杀的机会，这理智就消失了，而那些不受害或许便会加害于人的受害者们无法自卫，唯有徒劳高喊他们的牺牲是个错误，是个丑恶的错误。

……而那个入侵者仍沉迷于自身的在场，惬意地瘫在扶手座椅上，像挑衅又像轻侮。他想向着灵魂的哭墙无声呐喊，喊出他想让对方消隐无踪的绝望心愿。他徒劳地怀念起他剧作和诗歌里的那些人物，他们依照他的心愿，在最意外也最合宜的时刻退场。在谣曲结尾终于平静死去的男人。因妒忌而被尖刀捅穿的吉卜赛人。被情人占有，又在情人得知受骗后被轻蔑地抛弃了的女人。牵着月亮的手迷失在天空的孩子。他们全都遵循创造者的要求准时消失。"画家从不知他何时完成了一幅画，也不知何时应当完成它。"萨尔瓦多·达利曾对他这么说，他很久以后才发觉，这又是一句毕加索的话。"诗人则相反，永远知道那个时刻。"那时他诚恳地回答。现在他得收回前言了，因为那个从他地狱的失眠中诞生的鬼魂——如果它真是他幻觉造就的形象——现在还顽固而无法撼动地待在他身边，有时用手指着他，有时将纹路遍布的手举到耳边，或为了听清他说的每一个字，或为了嘲弄似的装聋。

"你说你现在要准备干嘛来着？"老人问，像他本人想法嘲弄的回声。

"准备迎接审判。您来只是惹我心烦，碍我的事。"

"你什么也没在准备，你根本不知道自己在说什么。"老人又咯咯地笑了，声音几乎像个女人，听着难受，"我这些年都在地狱度过，可不是在灵薄狱[1]。我听过关于你，还有你那帮人的准确描述。"

"……关于我和我那帮人？"

"没错，先生，正是如此。你难道是聋了吗？你是个无赖，货真价实的无赖。一想到我年轻时候所做的那些牺牲，所受的那些痛苦，想到青春时的理想主义和全心付出的能力，你们这批人的堕落就显得比我们自己的罪孽还要可恶，可恶得多。"

他想起鲁伊斯·阿隆索对桑德罗·瓦萨里说，看见如今这么多的犯罪，这么多的色情，觉得自己的时代似乎已变得很遥远。他想起他的父亲，不是那个在他妹夫被杀而他被逮捕的下午告诉他，自己为了他愿意付出一切，甚至包括他的母亲，他的弟弟妹妹，因为自己绝不

---

[1] 天主教教义中位于地狱边缘的场所，收容无法上天堂但也不至下地狱的灵魂。

能没有他，不能，不能的父亲，而是另一个：在他少年时代造访丽池公园的清晨，面对着莫奈的《圣拉扎尔车站》痛斥某些罪犯为了吸引无知大众竟弄虚作假的那个父亲。他想起那天在马德里的自己，有那么一瞬间他曾自问过，是否有一天他会像父亲一样感受和表达，但他后来忘记了这个问题，直到位于永恒中的此刻才又想起。他想起这一切，无意识地转而问道（他很快就会理解这一转变）：

"您刚刚说的那些描述，是谁对您作的？"

"还能有谁？当然是路易斯。"

"路易斯……"

"路易斯·罗萨莱斯。"那人不耐烦地说出那个名字，好像他理应知道似的，"我一九三六年夏天躲进他家，之后也不会再离开他家一步。我昨晚在那儿入睡，现在梦到了你。我在二楼那两间房里躲藏了多少年？四十年，四十五年，五十年？我已数不清了，但我从没忘记自己曾下过的决心，死前绝不踏出那里一步。罗萨莱斯家的人相继在冬天过世，只剩下路易斯和埃斯佩兰西塔。如今他们很少来看我，虽然埃斯佩兰西塔会每天用手掌敲门三次，将我的食物放在地上。他们知道我更希望不见他们，也不和他们说话，因为我已选择了地狱而非尘世。但我没法像避开埃斯佩兰萨一样轻易地摆脱路易斯。他有钥匙，时不时在最突兀的时刻闯进来，和我讲好几个小时的话。我们最后总是吵起来，而我到现在也不知道他到底是想让我离开，还是想让我死在他家里，天知道什么时候……就在昨天我对他说……"

"住嘴！住嘴！该死的！我不想再受这种折磨了！"

（**为何不装疯以求宽赦？**）不，我没法装疯，因为我已经真的疯了，在死后。我照着自己的模样创造出这个可怕的幻想、这个夸张的形象，现在它不仅拥有了自己的生命，还要在另一个恶意戏仿这个螺旋的地狱里篡夺我的生命。这个假如我不死就会成为他的无情的老人，究竟想从我身上得到什么？难道他想告诉我，我的痴癫才是我唯一的真实，而他可说是我疯狂的化身？或者恰恰相反，正如他所说，我不过是一个被孤独逼疯的老人癫狂的一部分？如果鲁伊斯·阿隆索、特雷斯卡斯特罗和突击警卫队的枪手没有在那个周日上午抓住我，或许他现在对我所说的一切都能成真，而我将继续躲在安古罗大街上那阁楼似的房间里。（"我接到命令，要带您去省政府。劳烦让我们快些把这事办完吧，之前已经在这儿浪费不少时间了。"）又或许最荒唐的一种可能是，突击警卫队的枪手、特雷斯卡斯特罗和鲁伊斯·阿隆索从没有去过安古罗大街一号，而他的整条受难之路，包括他的被逮捕，被讯问，被从背后杀害，在地狱中失去睡眠，都不过是那个老人重复的噩梦，他自身的存在也不过是梦。

"住嘴！住嘴！该死的！我不想再受这种折磨了！"

他双手捂住耳朵，因为一片怒海，达利或帕蒂尼尔笔下的金属海，忽然被一阵火山爆发的暴风搅动、翻覆，在他的体内直立起来，威胁着要撕开他的头骨。

"住嘴！住嘴！"

他隔着手掌仍听见老人在说话，但只听得清自己尖叫的模糊回响，令他开始感到愤怒和羞愧的回响，因为那并非他想成为的鸡奸者所发出的断断续续的咆哮，而是属于他从不想成为的娘娘腔的尖声叫喊。就在此时，记忆燃起明亮的火光，他想起父亲头一次猜出他同性恋取向的情景。那是在一个极遥远的夏日，时间点在他第一次前往马德里和第一次去到卡达克斯[1]之间，他在卡达克斯为萨尔瓦多·达利写下颂歌，声称自己不赞扬他年轻人不成熟的画笔，而称颂他对明亮的永恒之渴望。那是另一个周日的下午，他的命运似乎总在周日被决定，他在圣比森特庄园里凭着记忆弹奏一首肖邦的作品，但却忽然停了下来。黄昏的最后一缕光线从半开的窗间溜进来，经吊灯的一片棱镜折射，将色谱上所有的颜色染在他的右手上。他注视着手指上的彩虹，或许还在心中不经意地写下数年后发表的一行诗句，诗中写风信子的光照亮他的手掌。直到那时，他才忽然意识到他父亲的

---

[1] 卡达克斯（Cadaqués），西班牙加泰罗尼亚自治区赫罗纳省城市。萨尔瓦多·达利一家常来此度夏，洛尔迦 1925 年亦曾应达利邀请造访该市。

在场。父亲坐在大厅角落的阴影里,双眼反映在一面镜子中,他在那目光中看见了地球上第一个人类的无尽悲哀——在一个孩子死后懂得了孤独,便与此前存在的怪物们有了区分。

"对,昨天下午路易斯从马德里回来,突然现身,"那个梦见他的吸血鬼或他自身疯狂的幻影继续道,"他借口来拿几本之前借给我的新书,是你这个年纪——或者可能比你更年轻的人写的诗集。它们被我扔得满地都是,绊到了他的脚。'如果现在时兴写的就是这种垃圾货色的话,告诉我,我们这样一代诗人的生命到底有什么意义?'他进来时我这样问道。他摇摇头,不敢看我的眼睛,嘟哝着试图用什么过去的制度从智力上阉割了整个民族的鬼话来搪塞。'你别想用这种狡辩说服我。那个制度的受害者是在你家幽闭了近半个世纪的我,而不是那些心智凡庸、放肆无耻的毛头小子们。我们是有着非凡诗人和杰出作品的一代人。这么说并不是出于骄傲自负,只是在总结真实的文学史。那代人也是一群自由的人,至少,在他们最快乐的鼎盛年华里是自由的。你不要现在来对着我表演假虔诚,把人民当上帝一般崇拜,我们可是经历了那么多愚蠢的大灾难,直至变得老朽不堪。我们所有人构成了人民,我们两个人,将群狼广场上的那间屋子刷得雪白的泥瓦匠,甚至还有那些以上帝之名杀害了半个格拉纳达的居民的人。宇宙里没有无因之果……'"老人原本正近乎高声叫喊地引用着自己的话，却突然停了下来，好像忘记了自己在想什么、要说什么，"还有啊，还有。哎，我说到哪里来着？"

"您说宇宙里没有无因之果。"他回答着，并非没意识到话中的讽刺。

"正是，没错，先生，我就是这么说的，而他根本没法反驳。'我们所有的不幸，我们那场鬣狗屠杀般的战争，随后到来的独裁，甚至如今诗坛的种种愚妄，其唯一的根源可以归结为，在历史面前，你口中所谓的人民从没能形成一个文明的、有智慧的共同体。'他尽管不情愿，也不得不同意我说的话。之后他开始和我谈论与你年纪相仿的，以及比你更年轻的人们，你们论年龄都能做我的儿子了，尽管你不过是我梦的一枚碎片……"

"我不是您的儿子，也不是您的梦。我是个有理性又发了疯的死者，而您是我谵妄的幻影。"

现在他没什么底气了，或许那个周日在圣比森特庄园，他的父亲也是这样自我劝慰，说自己的儿子不可能是个性倒错者，面前的只是一个幻影，将会在黄昏最后的阳光中消逝。此外，那个老人也没在听他说话，而是沉湎于回忆自己那时的叫喊与抨击。

"他向我描述了一代所谓的诗人，穿得破破烂烂、向美国人看齐,正如金·维多[1]的电影里,躲在联合太平洋铁路[2]的货运列车横穿美国,从一片海抵达另一片海的流浪汉们。每一个都染了毒,滥用毒品如大吃杏仁糖,因为他们没有自己的思想和感受。'路易斯,'我对他说,'真是一派胡言,你还想要我回到这个世界,就算如你所说,这伙人还在阅读和表演我的作品,我也与之没有任何共同语言。我在这些人中间将活在一个无形的肥皂泡里,像一个异乡人。像博斯[3]《人间乐园》画里的那对情人,被囚禁在一个肥皂泡,或是女巫安息日[4]中遗失的一个膀胱里。假如你还记得我们曾是什么人,你压根就不敢提这种建议……还有,还有……'哎,我和他还说了什么来着?"

"说他不该建议您回到《人间乐园》中。"

"这我知道,蠢货!我不是要再重复一遍。"那人手摸着泛粉的秃顶,发起火来,"啊,对!我当时心想,还有必要再加一句:'假如你还记得我们曾是什么人,假如你还保留着我们应有的尊严,你也应当掉转过身,背对那样一座大丛林,和我一起关在这里。'"

"而他回答,他没有那样做的自由,因为他的命运正

---

[1] 金·维多(King Vidor,1894—1982),美国电影导演、制片人、编剧。
[2] 联合太平洋铁路(Union Pacific Railroad),美国最大的铁路公司之一。
[3] 博斯(El Bosco),原名耶罗尼米斯·范阿肯(Jheronimus van Aken,1450—1516),尼德兰画家,最著名的代表作是三联画《人间乐园》。
[4] 在宗教著作及虚构作品中,女巫安息日(aquelarre)一般泛指信仰异教或崇拜撒旦的女巫或男巫为举行仪式、实施巫术组织的集会,有时特指夜间的此类集会。

如您的命运一般无法转圜。"

"没错,他就是这么说的!你怎么晓得?"老人问,但并未表现出更多兴趣,只耸了耸肩,"或许你不像我以为的那样蠢,因为,不管怎么说,你也是我的梦。他回答……"

"他回答,在世界这座大剧场中,每个人都有自己的角色,而戏剧中的角色是不可拆分、不可转让的。"

"对、对,他就是这么说,好像我这辈子没读过卡尔德隆[1]似的。分派给我的是囚禁,这就是加诸我名字上的命运。由于我叫作这个名字,由于我是我本人,在他们要来杀我时,我不得不躲进路易斯的家中。现在,这么多年过去了,我仍自豪于我之为我,因此不愿回到一个已不值得我现身的国家中去。剧中分派给他的是一个不同的,且从属于我的角色。由于无法解释的偶然,他成为了我的看守,或者说,成为了我的狱卒和心腹,如果你更喜欢这种表达的话。过去他无法举报我,让他们将我杀害,现在则同样无法揭示我的存在,让他们崇拜我如崇拜一个起死回生的人。"

"但不管怎样,这种情况都会终结。什么也逃不过时间,无论是风中的顽石,还是大地上的人。假如这样的

---

[1] 佩德罗·卡尔德隆·德拉巴尔卡(Pedro Calderón de la Barca,1600—1681),西班牙黄金世纪著名作家,尤以戏剧闻名。代表作为《人生如梦》(*La vida es sueño*)、《世界大剧场》(*El gran teatro del mundo*)等。

荒唐事还在继续,那是因为它不过是我的幻觉,就像您本人一样。"

老人听得半心半意,对他的话全不相信,灰色眉毛下的眼睛不安地眨巴着。他也不敢完全相信自己刚刚都说了什么。("但不管怎样,这种情况都会终结。什么也逃不过时间,无论是风中的顽石,还是大地上的人。假如这样的荒唐事还在继续,那是因为它不过是我的幻觉,就像您本人一样。")他想起那个沙尔科[1]还是老赫胥黎——小说家赫胥黎的父亲或叔叔——接治过的病人。路易斯·布努埃尔和他讲过她的案例,他后来偶然发现,布努埃尔正是在普鲁斯特的《所多玛与蛾摩拉》里读到的。("女人自有蛾摩拉,男人则有所多玛。"[2])英国上流社会的一位妇人,总推拒掉来自同一阶层的招待,因为每当主人安排她坐下,她就会看到座位上已坐着一位穿绿色长礼服、戴长柄眼镜、仪表堂堂、笑意盈盈的老绅士。她弄不清究竟哪个是她的错觉,是为她指出位子的手势呢,还是坐在位子上穿长礼服的那位人物呢?于是,她去找赫胥黎,或是沙尔科,以解开她的疑惑。理论上病愈之后,她去参加一场私人音乐会,以试验一番。她被领到第一排,面对着一位著名的女高音坐下,但刚安

---

[1] 让-马丁·沙尔科(Jean-Martin Charcot,1825—1893),法国神经学家,学生众多,其中包括弗洛伊德。
[2] 原文为法语,出自《追忆似水年华》第四卷的引言。

排好座位，那个戴长柄眼镜的陌生人又出现了。不过，这一次她战胜了自己。她挣脱软弱，鼓起勇气，接受了那个座位，一张维多利亚风格的桃花心木雕花座椅。那个文质彬彬、举止高雅的幽灵从此便永远地消失了。

和过去的那位贵妇人不同，他还像之前一样，无法决定该不该触碰那个理应是他的仿像的人的手或胳膊。或许篡夺了他的身份，甚至篡夺了他被子弹夺去的生命的那个人会在他的触碰下消失，就像沙尔科或是赫胥黎的那位患者最终摆脱了她的幽灵。或许消失的会是他，假如事实上（事实在地狱里又有什么意义呢？）他才是那个人的梦。很奇怪，这种可能性——融入无尽的虚无，一无记忆也一无噩梦，在时空的彼端沉睡下去的可能性，第一次在他心中激起了恐惧。成功地遗忘自身，这仍是他绝对的、最热切的愿望，但他并不想通过那样的方式，通过恐惧来达成它。

"路易斯·罗萨莱斯这么和我说。"另一个人肯定道，这次堪称兴高采烈，"无论如何，他坚持，我们得解决未完之事。我想我之前曾和你说过，我怀疑，这么多年过去，他已经想要摆脱我了，不惜代价，不择手段。假如有可能这么做的话，或许我会满足他的心愿；但我当然没有这样的自由。'路易斯，'我对他说，'仔细回想一下从前我教你什么是十一音节诗的日子。现在我则要告诉你我们是谁、身在何处。这里是你家的二楼，过去曾是你父母家的二楼；但它也是地狱。出于我不知道，也与我无关的原因，我们两人被判了永生之刑。我将永远待在这两个房间里，而你将会时不时来看我，以同样或类似的说辞重复这场对话，如此持续到永恒。'"

"其中一个房间是卧房。"他一时冲动，打断那人的话，"房间里有一张所谓的修女床，床脚和床头栏杆都由弯曲的细铁做成。墙壁是白色的，虽然岁月或许已使它们晦暗，缀有流苏的床罩金黄如柠檬。那间卧室朝向一个小厅，小厅里有一扇遮着绣花薄窗帘的窗户，面对安古罗大街。厅中摆着一台普莱耶尔牌钢琴，几个放着西班牙作家丛书[1]的书架，几卷由佩德罗·萨利纳斯负责的翻译得极糟的普鲁斯特。我还记得一个衣橱，路易斯·罗萨莱斯的姨妈在里面用平原的楦桲熏香床单。衣橱上方高悬着一幅双臂打开的耶稣圣心，罩在防尘玻璃罩下面。"

老人毫不奇怪地听着，有时点点头以示同意，有时露出微笑，似乎为描述之精准感到高兴，好像是自己做出的一样。老人用一块大手帕擦着镜片，在手帕的一条边上，他看见了他自己姓名的首字母。接着，对方假惺惺地赞扬起他来。

"好极了，年轻人！一切都恰到好处，完美无缺！天

---

[1] 西班牙作家丛书（Biblioteca de Autores Españoles）为1846年到1880年间出版的西班牙语文学经典作品丛书，共有七十一卷。

国将是属于你这种人的。你这么了解我的地狱,我一点也不惊讶,毕竟你就是我的一个梦。某种程度上甚至可以说,你就是我自己。"

"某种程度上。"他附和道,这次清楚地意识到了话中的讽刺。

"只在某种程度上而言。"老人想把话说得更明白,"假如你活到我这个岁数,会比现在明智得多。我也得向你解释你的命运,像对路易斯·罗萨莱斯一样,你的命运和他的很相似。你被锁在我的睡梦中,就像他被锁在我清醒的时刻,你会继续在这样的夜里出现,让我能和路易斯之外的人说说话,不至于被孤独逼疯。你可以看到,年轻人,地狱的法则是非常审慎的,即便我们看不见它的立法者。即使我并非永生,且路易斯·罗萨莱斯因此也并非永生,你和我仍然不可分离,因为在我死后,我也会继续梦见你,直到永远。"

"只要我用手掌拍拍您的肩,您就会消失,因为您谁也不是。他们很久以前就杀了我,而您不过是我一个假造的影子:假如活下来就意味着变成一个与我如此迥异的人,我断不愿成为您。"

"孩子,你确定他们杀了你吗?"

"我很确定,就像我确定我们正身处真正的地狱,唯一的地狱之中。"

幽灵又笑了;但他的笑声与此前不同。或许多了些冷硬，少了些刺耳。幽灵并未变得年轻，也并未变换身份，但外貌却开始变化，像某人在狂欢节寒冷的前夜试验不同的装扮。幽灵的肩膀变宽，背脊挺直，外貌变为另一个同样高龄的男子；但这个人更像是生来就要在世间徒手开辟道路，而非在两间房里消磨半个世纪，身边只有一幅耶稣圣心像，一台普莱耶尔，一张修女床，西班牙作家丛书，还有堂佩德罗·萨利纳斯的译本相伴。

"你什么也不能确定，因为生、死，甚至永恒本身都诞自讨厌的偶然。并不存在决定它们的命运，因为所谓天意只不过是我们每个人在每一瞬间、在我们踏出的每一步中缔造和抹消的东西。"

"您现在又是谁？"他不听对方说话，匆匆截断话头。他的音调流露出比他所感受到的程度更甚的恐怖和迷惑，令他自己又一次惊讶。

"我知道自己是谁。"[1]那人引用塞万提斯的句子回答，仍然微笑着，好像说了什么渎神之辞，"换句话说，我是你本能够成为的人。"

"我也知道我是谁！您为何对我这么紧追不放？"

"我没对你紧追不放。你说我全听你的摆布，你只要用手碰一碰我的肩膀，就能让我立刻消失。你为什么不试试看？"

---

1 此句引自《堂吉诃德》第五章。

老人头顶生出浓密的白发，状如一位年老的摩尔牧人，无框眼镜则从脸上消失了。此前粉色秃顶下方苍白的面颊也加深了颜色，太阳穴周围的暗斑因此变得模糊，好像曾在太阳下长时间地曝晒。唯一不变的只有幽灵身上的衣服和鞋子，仍是一套为自己吊丧的装扮。

"我想知道您想从我这儿得到什么……"

他放弃了，转而诉苦般恳求起来，尽管他意识到自己已听凭那鬼魂的摆布。那鬼魂长得很像之前的男人，假如凶手们当初放他一条生路，他将会成为的那个男人。（"我想知道您想从我这儿得到什么。"）他想起在茅屋剧团[1]的日子，那时他乘着卡车在西班牙巡演，身边围着一帮年轻的姑娘小伙，把他当成机械师打扮的神明一样崇拜。在布尔戈德奥斯马[2]新加入一个少年，中学读到一半，正在放假。父母允许少年和演员们一同上路，因为即便在布尔戈，他也是个出名人物，（"您还很年轻，但已收获了应有的声名。您有着天生的才能，这点谁也不会冒昧地否认。"）全国人民都将他视作一个天才的大男孩。"你会做些什么？"他问那个少年，被那修长的身材和漆黑的目光夺去心神。少年眼中有两点金色（**为何不装疯**

---

[1] 茅屋剧团（La Barraca）为 1931 年创办的大学生流动剧团，旨在向大众推广西班牙经典戏剧，由洛尔迦和西班牙艺术家爱德华多·乌加特（Eduardo Ugarte）担任导演。1932 年至 1936 年间，剧团共在西班牙 74 地巡演，演出了 13 部剧作。
[2] 布尔戈德奥斯马（Burgo de Osma），西班牙卡斯蒂利亚-莱昂自治区索里亚省的一个城市。

以求宽赦？）在两块火炭中燃烧；像阿莱克桑德雷[1]《毁灭或爱》中被吞食的小鹿一般，在一头孟加拉虎的瞳孔中轻颤，变作一枚极小的金羊毛骑士章。少年虽年纪不大，却音色动人，为他背诵《真爱之书》[2]中的诗句："哎，上天哪，堂娜恩特莉娜来到广场，真漂亮！／身材袅娜，风姿绰约，脖颈苍鹭般修长！／秀发樱唇，肤色明媚，举手投足心旌荡！／两眼一抬，情箭飞射，刺伤恋爱人胸膛。"于是，他欢迎那个少年加入剧团，即便本不情愿。此后，和少年一同在剧团中生活时，他徒劳地想要忘掉对方。一个晚上，他惊讶地发现自己和少年在索里亚[3]古老的街道上散步，街道两边雕着鱼儿和猎兔犬的图案的房屋被月亮镀上银色。他们在一座喷泉边驻足饮水，当那个男孩朝他微笑，用手掌边缘擦去水迹时，他抱住男孩，冲动地吻了他的嘴唇。"您想从我这儿得到什么？"那时男孩也是这样问他，惊惧的语调同他和自己衰老的影子说话时一模一样。"没什么，没什么，原谅我。我只是徒劳地想忘记自己是谁，为何生成了这个样子。"

---

[1] 即比森特·阿莱克桑德雷，西班牙"二七一代"诗人，洛尔迦好友，1977年诺贝尔文学奖得主。《毁灭或爱》(*La destrucción o el amor*)为其1934年出版的诗集，集中有诗句"看那双只在夜里闪耀的眼睛／一只被吞食的小鹿犹在／照亮它黑夜之金的小小身形／一声再见迸着死后的甜美火星"。
[2] 《真爱之书》(*El libro de buen amor*)是西班牙中世纪最重要的文学作品之一，为胡安·鲁伊斯（Juan Ruiz）所作，全书涵括爱情、道德教谕、讽世等多个主题。此处引用屠孟超译文，见昆仑出版社2000年版《真爱之书》。
[3] 索里亚（Soria）为卡斯蒂利亚-莱昂自治区索里亚省首府，位于西班牙中北部。

"我什么也不要你的。"鬼魂对他说,把他拉回了地狱的现实中,"假如我只是你假造的镜像,我怎能从你这儿得到什么呢?你为什么不忘了我们俩的事,看看这大厅里的舞台呢?"

他听从了,几乎知道自己会看到什么,虽然上演的将不再是他的回忆,而是另一个他的记忆或幻想,属于那个变化为新形象的他的鬼魂。台唇再次通向火车站站台和安达卢西亚快车。他和拉法埃尔·马丁内斯·纳达尔回到那间座椅罩着大丽花图案椅罩的包厢,拉法埃尔将行李举到行李网上,下边是巴塞尔城中的莱茵河和昂布瓦斯的卢瓦尔河的泛黄照片。接着,他一只手放在朋友的背上,陪他走到站台,站在踏板上同他告别,神色与其说亲热更像是无助。

"你觉得现在会发生什么?"另一个他问道,声音低得像不愿打搅其他无名无形但或许已围着他们在整间大厅落座的观众。

"在这舞台上没有什么是没发生过的,也没有什么是我此前没见过的。"他烦躁不快地答道。

"你确定吗?我要是你,就不会这样坚持。我已经告诉过你,我们不过是偶然,或说许多交错的偶然随机的产物。"

在火车站台上,他正和马丁内斯·纳达尔交谈着,却忽地转向走廊敞开的门。那儿,在走廊上,他看见鲁伊斯·阿隆索,那个被驯养的工人,正入神地眺望站台。然而,正在他应当惊叹那个男人的下巴与他父亲的下巴有多相似时,舞台上的场景却冻住了,他、鲁伊斯·阿隆索和马丁内斯·纳达尔三人在正午车站[1]中静止,安静凝滞如路易莎姨妈放在罗萨莱斯家衣橱上方,高高地立在玻璃罩中的耶稣圣心像。

"发生了什么?"他问那个既是他的仿像,又是他本可能成为的另一个人的双身的鬼魂,"为什么舞台上的一切都暂停了?"

"嘘!"老人将食指竖在唇前,"别那么大声。如果这里是地狱,你恐怕会惊醒无辜的死者。照你所说,他们该摆脱记忆,静静沉睡。"接着,老人以近乎高喊的声音将问题抛回给他,"你觉得现在会发生什么?"

"和那时一样。无法预言过去,因为过去无法转圜。我会请拉法埃尔离开,自己关在包厢里,好让那个男人看不见我。"

他将发现尽管如此,鲁伊斯·阿隆索还是看见了他,虽然他要到死后在地狱里住下才知道。("我坚持要独自完成任务是为了让他瞧见,真理的时刻到来时,我是不会躲在帘子后边的。")他还跃跃地想要添上一句,活造

---

[1] 正午车站(Estación del Mediodía)为马德里的阿托查火车站(Estación de Atocha)的曾用名。它是马德里第一个建成的火车站,目前也是马德里最大的铁路总站。

型[1]复苏以后,当他回到包厢,拉上走廊一侧的帘子,准备拉上窗帘时,熔金的字句将在玻璃上燃烧。**迎接审判**。但他立即打消了这念头,因为老人露出与前一个化身相仿的刻薄笑容,让他预感这些精确描述终归无用。

"我认为你又错了,一切都以截然不同的方式发生。要么就是,归根结底,和你所说的相反,过去仍是可以转圜的。"

"拉法埃尔,"石化的记忆重又活动之际,他对马丁内斯·纳达尔说,"我改主意了,我要待在马德里。帮帮忙,去包厢把行李拿来。先别问别的了。""你神经错乱了吧!""我恳求你,拉法埃尔。我不能,我不想和那个男人一起去格拉纳达:那个探出过窗户的大块头男人。""你丧失理智了!很快你就要像狂犬一样对着月亮猛吠!""随你说什么吧,但听我的就是了。要么干脆把那该死的箱子扔车上。我要从这儿逃走,到车站咖啡厅里去等你。""行吧,行吧。照你说的就是了。"在他命运未曾预料的歧路,马丁内斯·纳达尔同意了。随后,剧场中的情景似乎融进突兀的黑暗,又在不同的一幕亮起,变化得那样迅捷,就算是死者的眼睛也难以捕捉。下一幕,他和马丁内斯·纳达尔一同出现在一间餐厅里。一位穿着沾了油污的燕尾服的侍者为他们上了两杯干邑白

---

[1] 活造型(tableau vivant)是由一组演员模仿名画造型摆出的静态场景。19世纪末至20世纪期间亦有用模特假人摆出活造型的例子。

兰地，绵羊脑袋的男人照看着他的行李箱，满面愁容，还在生他的气。他像之前在耶罗大门所做的那样，再次付了服务费和酒水费。他喝起酒来，任友人瞪着他，沉默地要求他为之前的无理之举做出像样的解释。

"这一切到底是什么意思？"马丁内斯·纳达尔问道，现在比起茫然多了几分急躁。

"什么意思也不是，因为生命本就缺乏意义。这不过是许久前就发生过的事，是我最突然也最英明的一个决定促成的结局。认真听一会儿，听听我的理由。"

"拉法埃尔，"舞台上，他对马丁内斯·纳达尔说道，"我心念一动，预感到假如前往格拉纳达，我将有怎样的命运。几天之内，也许会——或将会发生军人叛乱。他们认为自己正发起政变，以粉碎革命的企图。然而，他们只是加速了革命和战争的到来，令尸体壅塞这片土地上的农田和街道。叛军将在格拉纳达取得胜利，像狩猎一头野猪一般追捕我，不为我所做的事，鉴于我什么也没做，而为我所是的身份。为了逃离他们的狂怒，我不得不躲到某些长枪党朋友的家里；但这个男人，我们在火车上曾见过的有着骡子下巴的男人，将会为了逮捕我一路追到那儿。之后，他们没有经过审判，就会从背后射杀我，嘴里还喊我为死同性恋。"此前宛如呻吟，甚至逼近哭泣的声音现在终于镇静下来，"是的，如果我现在去格拉纳达，这就会是我的命运。"他平静地总结，好像在认定众所周知的普遍法则。

马丁内斯·纳达尔似乎又忘记了愤怒,转而表情专注地望着他。"我之前就向你建议过,如果你这么恐慌,就留在马德里。"在内心深处,马丁内斯·纳达尔不由自主地深信,假如他搭乘安达卢西亚快车离开,那么他刚刚告诉自己的一切都会无可避免地发生。"至少你在这里会是安全的。"马丁内斯·纳达尔咕哝着,从自己的思绪中挣脱出来。"我们在哪里都不会是安全的。但至少在这里,我不知道等待我的是什么样的命运。在格拉纳达,我太了解命运,以至于没法将它忘记。""到头来全听上帝旨意,像你常说的那样。来吧,我们走吧。搭辆出租车,我陪你回你家。""不,不回我家!求你了!就算是现在我也害怕得不行。拉法埃尔,我不能躲在你母亲家里吗?带着我的行李,带着《观众》,我那部荒唐的剧作,只有上帝才知道我们是否全是其中的角色。"

"这种事从没发生过!"他激动大叫,拍打着座椅扶手,一切在他看来都像是对他的悲剧的嘲弄,那悲剧如此私人,不可转让,就像是他自身的存在,像他自己的声音,谁也不能替他确认,替他经历。

"怎么可能没发生过,既然我现在身在此处?既然我正梦着你,无论你是什么人!好好看看这舞台,别这么狂妄。"

虽然死者的眼睛看不见,但舞台场景又一次转换了。

天空中警笛齐齐吼叫，探照灯光织成密网。远处，马德里愈发遥远，在炮弹之下颤抖燃烧。他坐着大巴，似乎正沿着巴伦西亚公路渐行渐远。月亮几乎满盈，照亮路途，像模仿着那些银河指引朝圣者行向西方的中世纪传说。他小睡了一会儿，不是因为疲惫，而更像出于忧虑。然后他醒来。车摸黑地前行着，熄着车灯，穿过无垠的田野。（"拉法埃尔，浑身是血的死者将填满马德里周边的这些街道和农田。这座城市将遭受炮击和轰炸，直到许多街区碎为废墟。"）在月光下，他认出堂安东尼奥·马查多，后者坐在他身侧，头颅低垂，双手置于膝上。他凭借迟钝半醒的意识想道，这个衰病的老者，这个他无比尊敬的人，这个不在意自己所写的一切的人，是上世纪最伟大的西班牙语诗人，就像他是本世纪最伟大的西班牙语诗人一般。他确信他和那位老者的诗集会比轰炸与保卫城市的双方的原则与恶行，甚至比马德里本身，都要存续得更久长。他在内心最深处重复道，历史并不存在，它总是归于自我毁灭，只有艺术和文学[1]方能从生物学的意义上证明一个民族曾行过大地。接着他又觉得必须承认，作为他自己作品的读者，作为马查多诗歌的读者，这些他都不再关心，他只希望能活过这场杀人战争难以言喻的疯狂。

---

1 此处的艺术（el Arte）和文学（la Literatura）均为首字母大写，表示普世、抽象的概念。

他环视四周,在被月光盈满的大巴里,他认出了马查多的全部家人。他的母亲,一个瘦小干瘪的老太太,像已抵达百岁之年,又像凝滞在了一世纪的寿命和无用的永生之间某一不确定的点上。他的两个弟弟、弟媳,还有侄女们。十或十二个惊慌失措、担惊受怕的魂灵,像一个部落在世界的黎明逃离即将与他们争夺大地的最后的怪物,又像被自生到死都从未完全成为人类的祖先们的鬼魂追逐。在别的座位上,他看到许多携着妻子、带着家当的人物:拉蒙·梅嫩德斯·皮达尔[1],皇家语言学院的院长,留着方形的胡须;何塞·玛利亚·萨克里斯坦[2],另一位院长,但却是先波苏埃洛斯疯人院的院长;阿图罗·杜佩里尔[3]博士,西班牙物理与化学学会会长,每年媒体都会预测其获诺贝尔奖;伊西德罗·桑切斯·科维萨[4],医药学院院士;诗人兼画家何塞·莫雷

---

[1] 拉蒙·梅嫩德斯·皮达尔(Ramón Menéndez Pidal,1869—1968),西班牙"九八一代"语文学家、历史学家、民俗学家。1925年被选为西班牙皇家语言学院院长。内战爆发后,于1936年离开西班牙,先后在法国、古巴、美国等国家暂居,直到1939年再次回到马德里。1939年,为抗议部分院士遭受的不公待遇,辞去西班牙皇家语言学院院长一职,但1947年再次当选院长。
[2] 何塞·玛利亚·萨克里斯坦(José María Sacristán,1887—1957),西班牙医生、精神病学家,1919年至1936年间担任位于马德里南部的先波苏埃洛斯市女子疯人院(Manicomio de Mujeres de Ciempozuelos)的院长。
[3] 阿图罗·杜佩里尔·巴莱萨(Arturo Duperier Vallesa,1896—1959),西班牙物理学家,研究领域包括宇宙射线、气象学、磁学等。1939年流亡至英国,流亡前一直担任西班牙物理与化学学会会长。
[4] 伊西德罗·桑切斯·科维萨(Isidro Sánchez Covisa,1879—1944),西班牙泌尿科专家,西班牙皇家国家医药学院院士,1939年流亡至南美洲。

诺·比利亚[1]，能淡定地一口闷掉好几大杯啤酒；此外还有许多人，被寂静的黑暗半掩着。他意识渐醒，想起这些人是知识分子大迁徙的一部分，或者，如果巴列－因克兰并未富有远见地在这场盛大荒谬的悲剧开始前就死去，或许会将他们讽刺地形容为"受眷顾的头脑"。反法西斯知识分子联盟将他们从马德里撤往巴伦西亚，以存疑的"后世"这一含糊的名义拯救他们的性命。恰在那时他感觉到马查多的手，对于如此病重之人而言太过坚实的一只手，放在他的膝盖上，像在寻找一个支撑点。"您还记得我们的第一次见面吗？"马查多低声问他。他假装已经忘记了，好让老人满意，不搅乱对方在镜片后眯缝的小眼睛里费力编织的记忆之线。"我不是很确定，堂安东尼奥。我想那时我还很小吧……""确实，您那时还很小，在您那儿的乡村小学上学。我正好和一位初等教育监察员上那儿去访问，那位监察员的名字我自始至终都不知道。对于您这年龄的孩子来说，您的目光显得太过悲伤，叫我很吃惊。我问您这一生想成为怎样的人，您的回答不直接，但却很清晰：'我喜欢诗歌和音乐。'"

"确实如此！"他情不自禁地叫起来；但他忍住没去抓那鬼魂——那个他倘若活下来便有可能成为的男人的虚像——的衣服或手臂。

---

[1] 何塞·莫雷诺·比利亚（José Moreno Villa, 1887—1955），西班牙"二七一代"诗人、画家，亦曾从事档案整理、图书管理、艺术史研究等工作。

"当然确实如此!一切都确实如此,除了你,你是我的梦境。别高声说话,别吵醒被宽赦的死者们!我还得这么责备你多少次?也别吵醒我,虽然我还活着,从没被审判过。再看看舞台吧。"

景色变换,大巴变成一辆救护车。现在堂·安东尼奥·马查多、他那在世界与永恒间的无人之地微笑的僵硬的母亲、他的弟弟何塞、他的弟媳马特亚,统统都挤在里边。马查多愈发显得早衰而消瘦,几乎同他的母亲一般衰老嶙峋。他从不久前还抱在胸前的绿保温杯里倒出咖啡,用几只加泰罗尼亚碗盛给他们。另一座城市,这回是巴塞罗那,在他们背后被炮弹开膛破腹。他们在公路上行进,公路上汽车、马车、货车、马匹、手推车,连同别的救护车,连同士兵、逃兵、男人、女人、伤员、孩子们,都在冬日石英似的黎明下流亡。"我不知有多久没这么早喝过咖啡了。"马查多对他说,"总之,这咖啡大概放了花生,或者天知道什么别的东西。不管怎么说,加泰罗尼亚人是多么和善啊,塞万提斯满心苦涩地做过证,纵使批评家还没注意到他这戏谑的一面。我们在马德里的那些晚上,喝的咖啡也不纯。您记得我们离开马德里的时候吗?那座城似乎摇摇欲坠,但讽刺的是,它现在还没陷落,我们反倒要失去巴塞罗那,那座塞万提斯笔下众所周知的良好教养珍藏库,想必也会张开双臂欢迎法西斯。我在说些什么来着?就刚才,一瞬间我就走了神。""您在说我们离开马德里的那个晚上。"他答道,在碗边焐热掌心。"对对!他们用大巴载我们撤离,用您之前引用可怜的巴列-因克兰的那句话说,那辆大巴专供'受眷顾的头脑'。先救知识分子,然后在恰当的时候,再去拯救孕妇、老人和低智者。您记得马德里咖啡馆中的那些夜晚吗?您不觉得我们讲述巴列-因克兰如此多的故事,将他放大为一个超越理解的神话,其实是伤害了他吗?"他没有回答,似乎预感到垂死的老人也并不会听他说话。"至少现在对于历史学家、战略家和外国外交官们来说,一切都很清楚了。巴塞罗那很快就要陷落,从历史——我们是这么称呼古希腊人所说的命运的——这一角度来看,我们将输掉这场战争。但从人类的角度来看,我说不好。或许我们其实赢了,虽然我们现在还意识不到。"

"堂安东尼奥·马查多怎么样了?"出乎他自己的意料,他问起那个鬼魂,好像已不假思索地接受了对方的现实。

"还是问问我怎么样了吧,问问我如何照着我青春时的模样梦见了你。很有趣;甚至,虽然听起来很矛盾,但我现在应当说,我古老的青春。我们认为'老'指的是现在这一点上年岁的累积,但当我们忆起遗失在过去的时光,也会用'老'来形容:我们的青春期,我们童年的日子。"他的幽灵半是沉思半是自负地继续说道。

"比如说，旧日的那个星期天，我的父母、我的弟弟妹妹和我，看见马查基托和比森特·帕斯托尔乘敞篷马车穿过丽池公园，驶过《堕天使》前方。"他不顾对方，抢过话头，像是要试试那个影子，它不但是他永不会成为的男人的影子，还试图投影他自身。

"正是！"老人赞同道，"就在那个上午，我看见了莫奈的《圣拉扎尔车站》。我父亲嘲弄那幅画，说它就是团污渍。我们的母亲则告诉我们，莫奈和另一个世纪的委拉斯凯兹一样，想要捕捉到闪逝的一瞬，也就是火车头开进站台的那一瞬间里的光线、空气和阴影。你想想，一切都对上了。个人生活和集体历史只不过是印象派瞬间的相加，由偶然的法则支配，这种法则否认其他所有的法则。"

他还没回应，老人就先行打断，以一个有些女性化但又充满威严的手势指向剧场，场内景象再次骤然变换。他又一次出现在舞台上，只不过这回是在台唇，且可以说是衰老了许多。他的年龄在被杀时的年纪（"……从背后射杀我，嘴里还喊我为死同性恋。"）也就是他认为自己在地狱中外表所显示的年纪——即使地狱里并没有镜子——和那两个反映了他所谓的两种暮年的鬼魂的年纪之间摇摆不定。舞台显现为一个半圆，像他在哥伦比亚大学装模作样学习时见过的某些教室。那时正是美洲经济崩溃的大萧条时期，他刚自杀未遂不久，正在哥伦比亚大学疗愈黑暗爱情造成的情伤。("失业的工人们在圣帕特里克大教堂的餐室旁排队领取阿尔·卡彭的救济粥，脚下淌过令人目眩的小溪。")在那间教室深处，沿阶梯散开的年轻男女们的课桌前方，他用英语谈论着堂安东尼奥·马查多。此时他已两鬓霜白，明显消瘦许多。由于掉了许多肉，又被半个世纪的岁月压弯了腰，在因鬓角雪白而显得更宽的头颅下，他的脊背看着几乎和他父亲一般宽。他讲一口直布罗陀马车夫般的英语，确信这些假装草草记着笔记的美国学生们一个词也没听懂。唯有一个绿眼睛的少女，宛如罗哈斯[1]笔下或许是犹太裔的那位梅利贝娅，又像普鲁斯特的阿尔贝蒂娜，她是蛾摩拉城中的女同性恋，但或许也是所多玛城中的少年，她含笑望着他，没有任何要记下他正在说的话的意思。In the Spanish Civil War（他甚至不知道自己为何试图以大写字母念出）"I had to lose two cities, Madrid and Barcelona, with don Antonio Machado[2]……在西班牙内战中，我不得不和堂安东尼奥·马查多一同失去两个城市，马德里和巴塞罗那。一九三六年秋天，他们将我们撤出马德里，一九三九年一月又撤出巴塞罗那。在那次迁徙中，我感到与那时已病得奄奄一息的他如此亲近，胜过此前任何

---

[1] 指费尔南多·德·罗哈斯（Fernando de Rojas，1465—1541），西班牙中世纪对话体长篇小说《塞莱斯蒂娜》（*La Celestina*）的作者。梅利贝娅（Melibea）是《塞莱斯蒂娜》的女主角，有学者认为她出身于改宗犹太人家庭。
[2] 原文先后以英语和西班牙语重复相同内容，此处保留英语原文，将西班牙语译出。

时候。但对他的诗，我却不能这么说，我向来欣赏他的诗，但总是远观，无法共鸣。在《一个年轻的西班牙》中，马查多试图以拟人手法置入有着救赎之力的未来一代年轻人。他称这代人为神圣的、纯洁的、透明的，甚至是醒悟的。他将这代人与火，与钻石相比。奇怪的是，他明明十分清楚他那个时代的堕落衰颓，却忘记了因果关系，向不远的将来的青年们委以——用那个年代流行的话说，一道再生主义[1]的任务，它通过自然发生和孤雌生殖降生。依他在一首自传诗《肖像》中所言，他的血管里流着雅各宾派的血，尽管他的诗不一定同他的政治信仰对应。不过，在他的另一幅诗歌肖像——这回是首献给投向右翼的前无政府主义者阿索林[2]的十四行诗里，他将阿索林称作令人赞叹的反动分子，因为后者'厌恶雅各宾派的一团乱麻'。依照马查多演说般的预言，在《转瞬即逝的清晨》里，紧随着哈欠连天的极夜在黎明时到来的西班牙，将会是一个狂怒的西班牙，理念的西班牙，手持利斧索求着复仇。马查多称这种裁决正义的乌托邦'在民族坚实的过去中'塑成，却忘记了另一个他常常揭露的西班牙，也即民间管乐队、小手鼓和大钟的

---

[1] 再生主义（Regeneracionismo）为19世纪末20世纪初流行于西班牙的思潮，主张拔除西班牙政治、经济、文化等方面的积弊，实现现代化与民族复兴。该思潮对当时的右翼和左翼群体均有影响。
[2] 阿索林（Azorín），原名何塞·马丁内斯·鲁伊斯（José Martínez Ruiz，1873—1967），西班牙"九八一代"作家，一度表现出明显的无政府主义立场，但到20世纪初逐渐转向保守主义。

西班牙，从修道院的汤水里汲取营养的哲学家们的西班牙，弗拉斯库埃罗[1]和宽脸庞[2]的虔敬的西班牙，也诞自同样的采石场。"刺耳的铃声响起，他宣布下课。学生们拿起笔记本，三五成群地走出去。只有那个眼睛极绿，宛如罗哈斯笔下或许是犹太裔的那位梅利贝娅，又像是普鲁斯特的阿尔贝蒂娜的姑娘——蛾摩拉城中的女同性恋，或许同时也是所多玛城中的少年，慢慢走近讲台，与他攀谈。

他们低声说着话，与此同时，在透过半圆教室的大窗射进来的光线中，场景再一次冻结了。两人在舞台上保持着紧挨着头的姿态，那位姑娘像行往琐珥的罗得之妻一般僵住，（"我将我的女儿交给你们！我将我的女儿交给你们，让她们与你们交合，受孕！尽情使用她们，医治你们的恶吧，趁那唯一者，那名字不可言说者将这座城市夷为平地，以惩罚你们的罪孽之前！"）他则定在合上文件夹的时刻，仍在听她说话。

"这有什么意义？这又是哪里，是美国吗？"

"我还要跟你重复多少遍？什么都没有意义，恐怕我们也谁都不是。至于这个地方，我倒很了解，因为我现在就住在那里。但它的名字并不重要，因为大地上的每

---

[1] 弗拉斯库埃罗（Frascuelo）为西班牙斗牛士萨尔瓦多·桑切斯·波韦达诺（Salvador Sánchez Povedano，1842—1898）的绰号。
[2] 宽脸庞（Carancha）为西班牙斗牛士何塞·桑切斯·德尔坎波（José Sánchez del Campo，1848—1925）的绰号。

一处都是同一处。我们正处在我生命一个不同阶段的界限上。"幽灵继续道,"尽管你,因为天真,或者更确切地讲,因为无知,无法预见到它。你将看到发生的一切,尽管它们本可能是另一种样子。"

"一切?一切是什么一切?"

"什么都不是,就像我们,我刚告诉过你这点,你却转头就忘。你真是无可救药。"衰老而怪诞的另一个他责备道,"但我还没放弃教化你的希望,既然你还留在我的噩梦里。好好看看这最有教育意义的一场戏吧。"

(**为何不装疯以求宽赦?**)操纵着那幻灯机的疯子,或疯子们,更换了幻灯片,但却没有更换主角。一扇如他于某个遥远夏日在佛蒙特见过的那种带威尼斯式样护窗板的窗户,向着铜的黄昏敞开,他在哥伦比亚大学图书馆的出口,在东河的桥上,曾屡次为这样的黄昏目眩。一间房间里,阴影营造出朦胧的水族馆氛围,一张与他在罗萨莱斯家睡的修女床铺着相仿的黄床单的床铺与窗台平齐。然而,在这新的过去的显形中,他从未在安古罗大街躲藏,也从未如狂犬般被人追捕,因为他听从了一道准确的预感留在了马德里。在彼此矛盾的回忆与感情的漩涡中,有一阵子他以为自己即将溺毙。漩涡里,那张他曾在其上度过无数不眠之夜,颤抖着害怕着将在黎明到临前被捕的修女床,与舞台上位于威尼斯护窗板和黄昏的朱砂之下的另一张床彼此混淆。一声惊愕又不无欢悦的尖叫在他喉中破碎，法雅第一次也是最后一次读到他的《祭坛圣体颂歌》以及诗前的献词时，发出的或许也是类似的声音。窗边床上，他仍如此前在半圆教室中一般清瘦，两鬓霜白，但此刻已一丝不挂，拥抱着那个眼睛极绿，像费尔南多·德·罗哈斯笔下的梅利贝娅，又像是马塞尔·普鲁斯特的阿尔贝蒂娜的姑娘，她和他一样，都不着寸缕。他们准备做爱；但此时还在低语，声音传遍整个地狱剧场。他们准备做爱，此事不可避免，正如太阳立即就要落山，两者遵循的恐怕是相同的法则，但讽刺的是，他们的喁喁私语响彻了整片池座。"我此前从未和女人睡过。"他坦白，"和男人倒是有。我与太多男人有过关系，其中真正渴望的却很少，爱的更是寥寥无几。另外一些人，我爱他们，但做梦也没想过与他们上床。（'我看着他的眼睛，而他垂下眼，肩膀似乎在伦敦剪裁的厚呢大衣里垮了下去。我的吉卜赛小跟班们笑起来，低声讲些粗俗的小话。'）我那首致惠特曼的颂歌正是我人生的信念，是我的告白。""我只与一个男人睡过，就是我的父亲。他在自杀的前一年强暴了我。"绿眼睛的姑娘说，她是蛾摩拉城中的女同性恋，或许同时也是所多玛城中的少年。（"女人自有蛾摩拉，男人则有所多玛。"）"从那以后，我和好些女人做过爱，我从来不渴望她们，但也没法舍弃她们。我想我是出于对我父亲，对所有男人的憎恶，才投身她们的怀抱。现在我明白过来,我在她们的怀抱和爱抚里无意识地寻找着你。""你或许也在我身上寻找你死去的父亲,我正是他的年龄。"他回答道,紧拥她入怀,"你或许想寻找他,告诉他你已原谅了他,因为所有的肉身都将随风而逝,而且,他强暴你,也许只是为了替他的自杀找一个正当的理由。假如我们没有彼此原谅的勇气,我们便没有诞生到这世上的价值。"太阳沉落,夜晚自窗而入。或许因为他从未像爱他的诗,或说得更确切些,爱他在宇宙边缘创作诗歌时感到的那股眩晕一般爱过任何男人或女人,在观众席上,他想起他的那句诗:下午将夜晚扛在肩上离去。现已暗下来的舞台上,响起呻吟、哀叹、低语、啜泣、喘息与痛呼。再之后,唯余沉默。无尽的沉默。

"非这样不可吗?"

"无论是不是非这样不可,事情就是这样发生的。"幽灵回答道。

"然后呢?"

"然后?你以为生活是连载小说吗?没有之前,也没有之后,只有永远短暂的现在,它的虚构在照片中泛黄。"

"或者在地狱的舞台上。"

"或者在我这场噩梦的舞台上。你非要把它叫作地狱,那就当它是地狱吧,但别错过这最后一场戏。"

场景再次变换,可说是调转了过来。他现在看见卧室那扇装着威尼斯护窗板的大窗朝向的花园。舞台上的他已完全成为那个幽灵，有着一致的头颅，一致的黝黑的衰老容颜，正在几棵松树下修剪着月桂。一群乌鸫从板岩似的天空下飞过，犹如《人间乐园》中的远景。（"我在这些人中间将活在一个无形的肥皂泡里，像一个异乡人。像博斯《人间乐园》画里的那对情人，被囚禁在一个肥皂泡，或是女巫安息日中遗失的一个膀胱里。"）那个有着绿眼睛、像梅利贝娅又像阿尔贝蒂娜的女人探出窗户，叫着他的名字。池座中的他花了好一会儿才认出她，且仅仅是在她讲英语时通过声音认出她。她看起来也老了，或者是早衰了，头发短而白，围着脸庞。在她的脸上，唯有那目光——或许属于文艺复兴时期的犹太姑娘，或许属于可能是个女孩的少年，如诗人鲁文·达里奥[1]对詹博洛尼亚[2]的墨丘利雕像的形容——在大战前夕，在两个斗牛士乘敞篷马车经过《堕天使》像前，令几个格拉纳达的乡下人赞叹不已时，在一个欢乐而自负的世界伸着懒腰，罔顾将要夷平它的上帝之怒时，唯有她的目光，是的，唯有她的目光分毫不变。"瑞典大使馆的文化专员打来电话，正在话筒那边等着你。他迫切地想和你通话，说你被授予了诺贝尔奖，因为……看

---

1 鲁文·达里奥（Rubén Darío，1867—1916），尼加拉瓜著名诗人、作家，西班牙语现代主义（Modernismo）文学的创始人，对20世纪西班牙语文坛影响巨大。达里奥有诗句云："一位戴安娜展现她赤裸的云石／犹如或许是个女孩的少年。""詹博洛尼亚的墨丘利飞舞／右手里燃烧一盏烛台。"小说作者此处将两处诗句融合在一起。
2 詹博洛尼亚（Jean Boulogne，1529—1608），文艺复兴后期佛兰德雕塑家。

我记不记得清啊，哦，对！因为你做出了前所未有的贡献，unprecedental contribution，对于西班牙诗歌与西方文明而言，to the poetry of Spain and also to the Western Civilization。哎呀，不对，不好意思！是文化遗产，the Cultural Heritage，西方文明的文化遗产。是有点转文，但你不能说音调不和谐，听起来不美。"[1] 天空深处，乌鸫飞回，在空中画一个"8"字。他把园艺剪刀放到地上，一边用手背揉着下巴，一边饶有趣味地盯着剪刀看了一会儿，它们静止地大张着，像一只白鹳。"哎，我和那个人说什么好呀？"她佯作着恼。"你可以和他说，这种殊荣不属于我，因为我的生命不过是借来的。我很确定，假如马丁内斯·纳达尔领我去车站的那个下午，我登上了去安达卢西亚的快车，我一定会像我的妹夫马诺洛一样，在格拉纳达遇害。（'拉法埃尔，我改主意了，我要待在马德里。帮帮忙，去包厢把行李拿来。先别问别的了。'）我活下来，但却付出了高昂的代价。自那以后，我的诗在我眼里像出自一个陌生人之手：一个与我天差地别的人，他为你们写了这么多关于他已死作品的论文而感到羞耻。诺贝尔先生，那位右翼炸药专家，他的文学国度里站满魂灵，但我终究还是要为我凭良心写下的一切负责。告诉那位瑞典先生，我拒绝领奖，为了不背

---

[1] 原文先后以西班牙语和英语重复相同内容，此处保留英语原文，将西班牙语译出。

弃我自己。""你最好还是自己去和他说。""等时候到了，我会的。但现在我得把月桂枝给剪了。"他耸耸肩，回答道。两人爆发出一阵大笑，场景化作碎片，像一片被石头砸破的彩色玻璃花窗。舞台随之沉入无梦睡眠的黑暗。

"谎言，全是谎言！"他在座上怒气冲冲叫道。

"为什么是谎言呢？"他的幽灵问，神情介于震惊与困惑之间。

"因为这一切，我所看到的这全部的一切，都是对业已发生之事的残酷嘲弄！"

"你对你自己说的话确定吗？为什么要这样大喊大叫呢？真的，小伙子，你就算不惊醒无辜的死者，也会把我给惊醒的。"

"这是讥讽，是个天大的玩笑！"

"我认为它是场很忠实的表演。不知道你为什么这样抗议。"

"我不是你的梦，你这可怜虫！"他几乎没注意到，自己开始对这位新入侵者以你相称，"我那个下午搭上了去安达卢西亚的快车，因为某种意义上，我被迫必须那样做。"

"谁会迫使你呢？"

"迫使我的正是你所拒斥的命运。也就是说，我感到自己践行着经历过两回的命运，一回是在那一天，另一回是在遥远的过去,比钟表和日历还要古早的时代。"

"你彻底疯了!我为什么会梦见你这样的一个疯子,还长得和年轻时候的我如此相似?这才是唯一的嘲讽。我真希望我已经醒了。来吧,再叫大声点,把我叫醒吧!"

("我想我是疯了。但您并不是在噩梦中梦见了我,事实上,您只存在于我的幻觉之中。")他想起自己对另一个鬼魂,那个脑袋光秃泛粉、太阳穴黑如烟熏、架着眼镜的鬼魂说过的话,不由得放低了声音,最终几乎是在窃窃私语。幽灵凑近他的脸,努力跟上他的话。

"我到了格拉纳达,接着又到了圣比森特庄园,正好赶上让他们杀我。叛军得胜,报复开始,我躲进了罗萨莱斯家。但他们甚至追到那里逮捕了我。('和我说什么你的笔比别人的枪危害更大。')一个名叫鲁伊斯·阿隆索的男人似乎是抓捕我的那些人的头儿。他把我带到省政府,给了我一份汤,握了我的手,然后把我丢在一间墙壁遍布挠痕、闻起来有干涸血味的房间里。我可以详述曾发生过的每一瞬间;但我更想长话短说,因为每个受害者都羞愧于他所受的折磨。相信自己合该牺牲的人,才会为牺牲而自豪。他们没有折磨我的肉体,我猜是多亏了罗萨莱斯家的人调停。至少佩佩·罗萨莱斯是这么对我说的,在我死前不久他来看过我,承诺会让我重获自由。好色嗜酒的他想必心里对我很鄙夷,不为我搞同性恋，而为我很贞洁。但他压下了这种鄙夷，离别时拧了拧我的脸颊，对我说：'晚上安心睡一觉，孩子，明天我们所有人都会在家拥抱你，而我会吻你这边的脸，只要你保证不拧我的屁股。'我向他微笑，发假誓说我会祈祷军队的胜利。他看了看周围，尽管那褪色的房间里只有我们两人，然后，他在我耳边说：'别为任何人祈祷，孩子，因为我们都得下地狱。这场战争像河流一样将西班牙分成两半，两边都只有杀人犯在尽他们的职责。'当时的省长单独讯问了我，具体内容与你无关。除佩佩·罗萨莱斯以外，堂曼努埃尔·德·法雅在罪行发生的前夜也来看望了我。他来是为了请我原谅他曾恨过我。但我也不再多说，因为我们谈了些什么并不关你的事。我彻底原谅了他，且什么都不愿忘记，因为我知道，在永恒中，怨恨是种全然无用的感情。我如果恨杀害我的人，会像憎恶我父母曾生下我一般荒唐。结局我留下不说，就算你想篡改它，它也属于我，不能出让给别人。想象起来很难，描述起来却容易。悬崖边缘，几颗背后打来的子弹，然后是致命一击，打碎死者的头颅。"

"完全一致！"入侵者赞同道，"没有比这更明显的巧合了！"

"巧合？你在和我说什么呢？"

"你所说的一切，我都曾在美国的住处想象过许多次。也就是说，我想象过如果那个下午我没有遵循本能走下开往安达卢西亚的快车,我将在格拉纳达经历怎样的命运。一开始只是个游戏,后来变成一种执迷。我甚至明白你拒绝评论这场滑稽戏的某些片段,是在暗示些什么。我也是,连对我自己的妻子都不愿提起。但有一天我会把它诉诸笔端,只为我自己。一个直白坚定地拒绝了那个炸药专家设立的奖项的人,总可以为自己找些无伤大雅的乐子。"

"够了,够了!我不会再容许你这样歪曲我的悲剧!"

"你打算怎么阻止呢,倒霉蛋?什么时候梦管起做梦者来了?"幽灵停顿片刻,耸耸肩膀微笑起来,"你该不会在原谅了你想象中的杀人犯之后,却企图消灭我吧?"

"我什么也不企图。如果我无法挣脱我的失眠,或者,如果他们不想让我从失眠中解脱,那我只想一个人待着,和我的回忆一起。"

"我走,我走。"幽灵打了个哈欠,"梦和肉体一样,最终都归于厌倦。是醒来的时候了,或许我还能写写我们的争论。你难道从没构想过一部无尽乃至无穷的自传,不仅记载我们曾是什么人,还记载我们本可能经历的种种命运?这才是唯一适合每个人人生的传记。在我们的自传中,将会涵盖我们两人,还包括有着我们相貌的许多人,天知道将组成多么庞大的一群。"幽灵伸个懒腰,用尖尖的指关节揉着眼睛,"所有人聚在一起,像从同一个骰盅掷出的骰子。你知道的,孩子,'骰子一掷,不会改变偶然'[1]。身份的变形及其奥尔特加式的结果[2]可以有无穷的偶然组合。比如说，我们俩在那儿就像同一片沙漠中一对相向的镜子，虽然我们各自来自不同的时间。你停滞在我年轻的时候，我没登上去往格拉纳达的列车的那一天。我呢，则被我如今的衰老锁住。"

"那沙漠呢？"

"我管那片沙漠叫我的梦，你则唤它作地狱。或许我俩都有道理。"

老人的身影模糊了，好像被某人用指肚擦去，偷走身量、轮廓与特征。老人最终消失，大厅与座位上都不留一丝痕迹。又一次只剩他一人。他环视周围，舞台变成空荡的黑，台唇开向无垠，仿佛天穹中央挖出的一条隧道的入口。他听到，或者自认为想象出了脚步声，在雪花石膏色的光芒照耀的走廊中荡起。顿时，他确信自己在死者眼盲或彼此隐形的螺旋中与世隔绝又遭到遗弃，或遭到遗弃又与世隔绝。他的双身，那些鬼魂们消失以后，他被渺小感压得喘不过气。永恒是最大的嘲弄，是比瞬逝的生命更加无理的荒谬。在那审判前无法转让的池座中，他不过是一系列无穷无尽的被判失眠的影子中一个观看着他的过去的观众。或许第一个影子，他最遥远的祖先，也曾见过舞台上栩栩如生演出不久前的时代，

---

[1] 原文为法语，来自法国象征主义诗人马拉美晚年诗作题目。
[2] 奥尔特加-加塞特认为人是周围环境造就的结果。

那时他的祖先仍是大猩猩或两栖鱼类,身处世界之初的密林,但已有了人的眼神。

他两个老迈的复制品中的第二个,与那女人——在她的眼中,梅利贝娅和阿尔贝蒂娜在蛾摩拉的背后交错——同住在美国的那一个,对他说,他在格拉纳达的牺牲不过是自己的一个梦,鲁伊斯·阿隆索、罗萨莱斯家、黄色床罩、钢琴、耶稣圣心像、萨利纳斯的译本、安古罗大街上方的窗户,还有巴尔德斯的审讯,这些也都是梦。在那两个胡言乱语,呈现出他可能的老年的鬼魂间,白发散乱、面容黝黑的那一个更叫他讨厌。他猜测那人来自的美国与他所认识的美国大相径庭。他认识的是那个失业者、乞讨者、排队求一份掺水汤的人的美国,绝望的美国,妓女的美国,自杀的美国。在他的预言中,有朝一日将会被如藤蔓般攀缘至最末阳台的咝咝作响的眼镜蛇吞噬的美国。(兄弟,能施舍一分钱吗?[1] 撒尿人群的美国,呕吐人群的美国,假扮管理员的黑人们的美国,用勺子挖出鳄鱼眼睛敲打猴子屁股的哈莱姆王的美国,空荡天空下砖头与石灰夹道的美国,埋在犹太人墓地的月亮的美国。)一整个美国处在天启末日边缘,等待着博斯再世,趁毁灭前将它画下。("……达利那时

---

[1] 原文为英语。

还很年轻，没有像我多年以后将认识的哈莱姆王[1]一样作管理员打扮，但的确穿得像个新兵。那时他的画笔还未臻完美，努力模仿着所有人，自然，从毕加索开始，一直到马蒂斯[2]和夏加尔[3]。他带着安普尔丹[4]口音，拿腔拿调地对我说：每个画家都呼应着他的环境，就像每个孩子都从构成子宫的汁液、盐分、钾碱、鬼火、彩票与大提琴中汲取营养。我在这儿，在卡达克斯，不可能画得像在佛兰德斯的博斯一样。而我不经意地给了他建议，将那个画技拙劣的小兵变成这个疯癫自毁的世纪里最具独创性的画家之一：你恰恰应当坚持学习博斯。你将在这追求中穷尽一生，但你最终将会发现连你自己都未曾注意的潜藏在你血液之下的伟大画家。）那个美国，是的，在它盛大的悲剧中宏伟而不可磨灭的美国，从海岸延伸至海岸，从大洋延伸至大洋，有着脓液和癣斑、虮卵和疮痂的美国，变成了另一个美国，花园中种着月桂，卧室挂着熨平的淡色窗帘，瑞典文化专员通知炸药专家的文学奖颁授的美国。

他同情起了在本该被子弹夺走的暮年中试图扮演他的那个呆子。他想那人是生活在另一座不曾言明的地狱

---

1 洛尔迦有同名诗歌《哈莱姆王》(*El rey de Harlem*)，歌颂居住在曼哈顿哈莱姆区的黑人。
2 亨利·马蒂斯（Henri Matisse，1869—1954），法国野兽派画家，以用色大胆闻名。
3 马克·夏加尔（Marc Chagall，1887—1985），犹太裔俄罗斯-法国艺术家。
4 安普尔丹（Ampurdán）是位于西班牙加泰罗尼亚自治区赫罗纳省东北的一个历史地区，达利家乡菲格拉斯（Figueras）即位于这一地区。

中，因失去了自我身份而再也无法写作。讽刺而又矛盾的是，那座地狱并非真正的地狱、失眠的螺旋，却是他自己生前最害怕的地狱：对他在人间曾是的一切的否认。他像从前许多次一般，又想起与阿尔贝蒂和玛丽亚·特蕾莎·莱昂在马克达城堡脚下的对话，与此同时，正值脆弱而又不可思议的青春岁月的三人也出现在舞台上，与起绒草和雉堞一同再现。阿尔贝蒂坦白不知在两种恐怖间做何选择，一种是对自己死后命运的无知，一种是漫无尽头的永恒。他立即回答，他的恐慌则有另一个名字：在无人之地丧失他从未成为过的自我。假如第二个幽灵的命运，从只是表面上无关紧要的一件事——及时放弃前往格拉纳达——开始就可以预见的命运，能够实现，他将仍旧活着，住在一个与他《诗人在纽约》所描写的大相径庭的美国；但同时他也将成为一个不同的人，和写就那部诗集，或者，在这种情况下，和写就他其他任何一部作品的作者都不同。如果他的身份被剥除，如同扔掉一件尺寸不合的旧西装，他将时不时做永远徒劳的梦，梦见自己死在别人的手上，于格拉纳达完成在戏剧和诗歌中预言过的命运：在两首骑士之歌中，在《被传讯者谣》《梦游人谣》《惊奇》中，在《观众》中，在《血婚》中。一桩苦刑，不仅能证明他亲笔书写描述的命运，更能确认他作为诗人、先知和殉道者的普世声名。

纵使年老体衰，无力写作，被放逐到花园里种着修枝月桂（月桂树已砍尽[1]）的美国地狱中，他仍能继续梦想着他的命运，他的被捕，梦想着无尽的螺旋本身。他梦想着自己在创作才华的巅峰被害。接着，他迷失在池座或弧形的走廊中，直至注意到那座奇妙的建筑，影子们观看着自己的回忆却互不可见的巴别塔，不是别的，正是永恒本身。他同那个有着半是梅利贝娅半是阿尔贝蒂娜的眼睛的女人在一块，总在梦中怀念着曾经历过的每一瞬间，无论记忆令它们在舞台上重演多少次。他还绝望地渴求着虚无来终结失眠。在那些噩梦中，他根据黑暗的剧场大厅推断出某些死者已被审判和赦免，根据桑德罗·瓦萨里的池座和舞台猜测生者的回忆会提前上演。他永远在装着威尼斯护窗板的大窗下做着梦，最终将在沿走廊向上的第三片池座中见到他自己。那片池座附属于有朝一日终将属于瓦萨里的剧场，此时瓦萨里在人间，仍不知道他未来作为死者的回忆正在剧场中预演。他一次又一次走过那段通向被诅咒的大厅的道路，心里明白它的恐怖。那片池座与其他的池座外表无异，但在坟墓般的寒冷中结了白霜，他将坐在那里看见拉纳瓦巨岩上庞然的十字架，它夹在神甫门和圣胡安山之间，位于安放着天启挂毯的教堂之顶。"四个活物各有六个翅膀，里外布满了眼睛。他们昼夜不停地说：圣哉！圣哉！

---

[1] 原文为法语。《月桂树已砍尽》（*Les Lauriers sont Coupés*）是法国作家爱德华·迪雅尔丹（Édouard Dujardin，1861—1949）的代表作，属于早期意识流小说。

圣哉！……"

对一个幽灵的回忆令他想起另一个：那个近视、易怒、秃顶粉红光滑如一块奇异斑岩的幽灵。那个声称自己在近半个世纪后仍躲藏在安古罗大街——起初为恐惧丧生，如今则因厌恶世界和它的虚空——的幽灵。（"假如你还记得我们曾是什么人，假如你还保留着我们应有的尊严，你也应当掉转过身，背对那样一座大丛林，和我一起关在这里。"）据那个脾气暴躁的幽灵所言，地狱是罗萨莱斯家的二楼，在一个无比遥远的夏日，他们将他藏匿在那里，好让他远离放肆罪行的报复。全世界都以为他死了，失踪了，而他对此略感满足，因他只剩下愤怒与怨恨两种激烈情绪。他的保护者兼狱卒将他关在一座与他相似的巢穴中，认为自己是在拯救他，但现在却无法令他复活，正如此前无法将他供出。此外，老人自认为永恒，并表示也梦见了螺旋中的他，老人恰恰需要梦见他，免得自己发疯。（"你被锁在我的睡梦中，就像他被锁在我清醒的时刻，你会继续在这样的夜里出现，让我能和路易斯之外的人说说话，不至于被孤独逼疯。"）他被恐惧攫住，怕自己真的发了疯，此前和鬼魂对话时，他也好几次有这种感觉，**为何不装疯以求宽赦？**他自问，那个心不在焉、沉溺于孤独中的老人将他称作自己的梦，难道说得并没有错，难道老人也梦见第二个幽灵，那个在地球另一端，在一个扑朔迷离的女人与一座种着月桂的花园之间生活的幽灵。

噩梦与幽灵叫他想起一个活着的人,他曾见过的在里昂咖啡馆和鲁伊斯·阿隆索谈话的那个人。("我梦见……在我眼前,它是一道无尽的螺旋,其中有一条铺着地毯的走廊向上延伸。一些剧场的门开向走廊,每一间剧场都属于一个死者。在其中一间的池座里等待着审判的,正是您逮捕,并且据说还是您举报的那个男人。")鲁伊斯·阿隆索那时恼怒起来,回答说自己并非告密者,逮捕他不过是奉别人的命令。他宕开思绪想起阿隆索的抗议,预感事情将永远得不到澄清。对他本人,这一黑暗阴谋的受害者而言,这些都无所谓,并非因为他忘记了自己的被捕与被枪杀,更不是因为他宽恕了他们,而是因为地上的一切,包括个人的悲剧,在永恒中都遥不可及,就像从大海的视角遥望海滩上的马、蚂蚁和人群。

桑德罗·瓦萨里自己也同鲁伊斯·阿隆索在道德秩序上拉开了距离。纵使两人坐在一张桌子上,瓦萨里可说是用一根无形的教鞭和阿隆索划清了界限,好像后者的在场恼人却又无法避免。采访的开始以洛林十字为标志,打从那时起,瓦萨里就占据着绝对的主导地位。他让鲁伊斯·阿隆索坦白了或许到那时都未曾揭露过的事实,而当他认为阿隆索在撒谎时,就对阿隆索的话充耳不闻。然而,到了最后,他却不再显得那样自信。瓦萨里对鲁伊斯·阿隆索说自己梦见地狱舞台时从未在台上见到他，气都没换又立即改口，承认曾在一场噩梦中见到诗人由拉法埃尔·马丁内斯·纳达尔陪伴着登上安达卢西亚快车，而鲁伊斯·阿隆索探出走廊窗外，假装不知诗人的存在。他纠结地思考着桑德罗·瓦萨里和鲁伊斯·阿隆索，觉得两人在满是痴醉情侣和读着沙沙作响的报纸的顾客的里昂咖啡馆中的会面，以及他本人在地狱中和两个双身的对话，这些情境间存在着相似之处，像用不同语言在同一张羊皮卷上书写的同一个文本。三次对话中，都是一个表面上良心无愧的老人面对一个代表其深藏的真相的年轻人。除开距离与变体，其巧合不能不令他惊讶。他甚至自问，鲁伊斯·阿隆索和桑德罗·瓦萨里之间的对话（"他们对您做了什么，鲁伊斯·阿隆索先生？""他们诋毁我。是的，先生，他们写作、出书来诋毁我。"）会不会从未发生过。换句话说，作一个明显的学院派提问，这一切难道不都是他自己的想象，在有朝一日将属于死后的瓦萨里的剧院舞台中上演？他甚至为三场幻影，即里昂咖啡馆的幻影，以及他的幽灵们的显形，找到了一个潜意识的起因。这三者不过是他与他父亲之间，他的同性恋倾向和老人家长式的大男子气概之间永远不可解决的争执令人愧怍的不同版本。

但他几乎立刻改变了想法，因为一切再明显不过。他和他父亲之间的争执，从他在安古罗大街被捕的那天起就已然解决。实际上，从来不存在什么争执。（"孩子，为了你我愿意付出一切,甚至包括你的母亲,你的弟弟妹妹!愿上帝宽恕我吧!千万要小心!我绝不能没有你,不能,不能!")尽管要到他的妹夫已被枪杀,而他的父亲真真切切害怕也失去他的时候,他的父亲才敢于向他坦白。证据确凿,因此他意识到他的整个推理,或更确切地说,整个推理的尝试,都被打到罗萨莱斯家的那通电话推翻了。几天以后,在残酷又荒诞的殉道之终,他被像头害兽一般杀死。这件事倒是毋庸置疑,他对自己讽刺地说。其他事情在他看来却可待商榷,不那么确定。从那时开始,问题就不再是学院式的了,而是在不同的语境下被重新提出。有没有可能死亡不过是虚无,简简单单的虚无,就像路易斯·布努埃尔以他所执迷的无神论许多次预言、宣称的那样?("死亡,亲爱的,不过是永永远远的聋与盲,阿门。没有视觉也没有听觉,其他的感觉也就瘫痪石化。")他受那番话的影响,在为桑切斯·梅希亚斯所作的挽歌中将死亡描述成一群默然的狗。不,就算是写在最短的括弧或者一条匆促的批注中,那句诗的来源也要更加复杂。他不情愿地向自己坦承了实情。在桑切斯·梅希亚斯被牛顶伤之前,他和阿尔贝蒂与玛丽亚·特蕾莎曾去过费尔南多·比利亚隆[1]的庄园。

---

[1] 费尔南多·比利亚隆(Fernando Villalón,1881—1930),西班牙诗人、牧场主,与西班牙著名诗人胡安·拉蒙·希梅内斯以及后来的"二七一代"成员过从甚密。诗歌极富想象力,被拉法埃尔·阿尔贝蒂称作"巫师诗人"。除诗歌外,对斗牛、通灵术、天体演化学等领域亦相当感兴趣。

令他不安的是，那三人聊起了招魂术，而费尔南多仿佛被睡意支配一般，吹嘘起自己能召唤死狗的魂灵。那是一个平稳静谧的夜晚，繁星密布如马刺，空气中有茉莉和薄荷的香味。忽然，比利亚隆沉重地喘息起来，滑入睡梦之中，而地平线上荡起了狂怒的群狗的嚎叫声。那位灵媒牧场主兼超现实主义诗人醒来时，叫声停息了，快得与响起时一般。比利亚隆什么也不记得，看到他们满脸恐惧还很惊讶。

那时发生的事应当被归为一种集体幻觉。尽管他知道自己是在用一套理性主义话术描述，但还是宁愿这样相信。狗和人实际上都在熄灭为沉默的声音与嚎叫里终结。他就是这样永远走到了尽头，是的，永远，当他们在那个罪行之夜从背后用子弹打碎他的身体，让他滚落悬崖之时。没有失眠的意识，没有螺旋中的地狱，没有观众的坐席，没有雪花石膏的光芒中陡升的走廊，没有台唇，没有舞台，没有台上复苏的记忆，没有鬼魂，没有驶入站台的火车车窗上的黄金字样，没有审判，没有可能的救赎。只有死亡，而死亡是虚无。可是，对，对，可是，他不能否认无可争辩的明显的事实，因为救赎和审判显然是存在的（**为何不装疯以求宽赦？**）就像以灼热熔化的黄金字样通知他出庭辩护的火车车窗也是存在的，那些字样清晰一如他的双身的幽灵，一如走廊与池座的雪花石膏般的光芒下、为彼此不可见的群影们表演回忆的台唇和舞台。矛盾的是，这一切都不可否认，正如死亡宽广无垠的宁静中彻底的湮灭不可否认。归根结底，如同某次费尔南多·比利亚隆，那个自称同时活在生者与死者之间的男人亲口对他所说的，重要的不是存在或不存在，而是知道自己是什么人。

从"我"到"他"，或者说得更准确些，从他到桑德罗·瓦萨里，那个头发平贴头皮、脸颊有划伤的男人。他相信自己正缓慢揭示着自身的真相，犹如达利一层层揭去他的拼贴画[1]上的宣纸，直到展露出遵从卡尔德隆式的艺术魔法、或出于构想或自行涌现的结构，其中全部的梦都是人生。在那发生诸多罪行的悬崖边，他的彻底的死亡，肉体的，灵魂的，欲望的和记忆的死亡，都是可能的。如此，他曾是的一切——藏在他父母卧室的一岁时的照片里打扮成小女孩模样、骑着混凝纸做成的小马的男孩，在丽池公园打着针织领带的少年，达利的情人，桑切斯·梅希亚斯的同伴，付钱让吉卜赛少年亲吻自己、尔后又为憎恨他们而憎恨自己的鸡奸者，他的诗句与戏剧的作者，给贝蓓和卡里略·莫拉朗诵《观众》、弄得他们惊怒交加的游吟诗人，将《祭坛圣体颂歌》献给曼努埃尔·德·法雅、以为是取悦他却侮辱了他的虔诚的诗人，在伊登梅尔湖上方看见极光、在曼哈顿的沥

---

[1] 原文为法语。

青上看见长条彩虹的男人——这一切一切，他的一切，将只化为一把在泥土中沉默腐烂的骨头。

桑德罗·瓦萨里对鲁伊斯·阿隆索说他不打算写一本书，而只打算写一个梦。"我今年四月一日做的一个梦。我梦见了地狱，在我眼前，它是一道无尽的螺旋，其中有一条铺着地毯的走廊向上延伸。一些剧场的门开向走廊，每一间剧场都属于一个死者。在其中一间的池座里等待着审判的，正是您逮捕，并且据说还是您举报的那个男人。"到这时，鲁伊斯·阿隆索激烈地抗议起来，宣称自己没有举报过任何人。桑德罗·瓦萨里或许并不相信，但同意了阿隆索的说法，继续讲述自己的噩梦。可能他死后发生的一切都不过是那个颊上带伤的男人、头发抹平的绅士的梦。或者，更准确地说，根据那人对鲁伊斯·阿隆索作的坦白，是那人想要写下，可能已在写下的一个梦。在这种情况下，他只拥有他的作者出借的声音和实体，于比利亚隆这样相信招魂术的牧场主兼诗人看来，这想必是理所应当的，就像死者拥有鬼魂一样。那个一边在本子上画下洛林十字，一边在里昂咖啡馆听鲁伊斯·阿隆索坦白秘密而不正眼看他的男人，或许刚在某年四月一日上午醒来，就已经开始在同一个本子上勾画螺旋。之后，瓦萨里在螺旋上彼此间隔不远的四点间画出与十字的叉形近似的形状。第一点将是他在永恒中的剧场，第二点将是那个被赦免而摆脱了失眠的陌生人的大厅,第三点是为瓦萨里到来之日准备的池座,第四点则是那个他不知晓或不愿想起名字的人的观众席,面对着上演天启的舞台。自此以后,如路易斯·布努埃尔某天向他引用的雷内·克莱尔[1]的话一般,那个脸上有伤的男人的梦已变成一本书,只差将它写就。

他自己明白,梦和文学之间的界限尽管有形,但却无比脆弱。他曾对赫拉尔多·迭戈说过,诗人是迷失在灵魂黑夜中的存在,他在夜里盲目地狩猎,却不知道自己的猎物是什么。诗句,连同它的内容与形式,是如何以及为何从这样的不确定中诞生的,谁也不知道,至少他自己将永远不知道。当时他用了一种如今看来过于卖弄的说法,说他只能确定一点,即他能够夜夜摧毁帕特农,第二天早上再将它由平地重建。在桑德罗·瓦萨里按他命运的尺寸建造的地狱里,他则有其他确定和疑惑的事情。他首先自问,在那本毋庸置疑将写着他名字的书中,他究竟拥有多大的自由,假如他能以某种方法实现自由的话。他的行动,他的感受,他的反思,究竟是属于他,还是已被早早预见,犹如他在《被传讯者谣》里预言了阿马尔戈的命运一般?记忆的演出中插入的讯息——**迎接审判,为何不装疯以求宽赦?**——究竟是他的创造者给出的真实建议,抑或仅仅是一场可怖的赛鹅

---

[1] 雷内·克莱尔(René Clair, 1898—1981),法国导演、作家,与布努埃尔在美国相识。

图[1]中引他走向纸张与词语的地牢的虚假捷径？假如他有机会同桑德罗·瓦萨里交谈，假如未完全成形的创造物能够在地狱中和他的传记作者争辩，他将只请求瓦萨里对他公正，就像他对待自己笔下的角色一般公正。在他出版诗集，首演戏剧，而意料之外的名声总是比他先行一步的日子里，他从不认为自己比他的诗歌和戏剧中那些脆弱无防的人更加优越。那脆弱的无助属于他笔下的吉卜赛人、雕像、谁也不认识的死者、无法做母亲的女人、被黑色哀愁摄走心魂的姑娘、盲眼的死去的女人、被刀子捅伤的走私犯、浑身长着蘑菇的黑人、被压扁的松鼠、弥诺陶、被顶穿脏腑的斗牛士、魔灵[2]、面具、井中淹死的小女孩、喀迈拉和了不起的鞋匠婆，也属于他本人。或许他受公众欢迎，甚至受憎恶他鸡奸行为的人们的欢迎，正是由于他与他的角色隐秘共享的那份脆弱。如此，溢美之词将只是他命运的硬币一面。另一面则是从背后被子弹射杀，他们这样做，或许是为了验证他究竟是血肉之躯，还是他书中的一个造物。

忽然间，他感到无比疲倦。他几乎是饶有兴趣地好

---

1 赛鹅图（juego de la oca）是中世纪开始在欧洲广为流行的一款棋盘游戏，通过掷骰子决定前进的格数，依照棋盘格子的不同图案前进、后退或停止，先到达终点者胜出。棋盘上标志性的鹅图案代表前进（或后退）两倍于点数的格子。
2 魔灵（duende）一词最开始的意思为"房屋的主人"，由"dueño"派生而来，后演变出"居住在房屋中的精怪"的词义。洛尔迦则将"魔灵"延伸为一种原始激烈的创造力量，构成他创作美学的重要部分。

奇自问，这疲倦是发自他本人，还是由那位铁面人物，桑德罗·瓦萨里加诸其身。无论是哪种情况，假如他既不必反悔也不必在审判中得到赦免就可以入睡，那么他定能沉入无尽的梦中，像一个潜入湖中，在世界中心撞上一面盲镜的人。从湖与世界，这些以虚幻语言写就的假设密文，他回到瓦萨里和他——假如他是个确确实实存在的作家——都无比笃信的螺旋上。他对自己说，或者说，他认为自己猜到了，他的创造者将不满足于指出他的小说在其中展开的四个剧场，还必须记下情节，将其也分成四幕。这四幕的名称显现在他面前，如他的生或他的死一般显而易见：**螺旋、被捕、命运、审判**。

EL JUICIO

审判

门闩滑动，开门的正是先前在省政府门口想用滑膛枪打我的那个士兵。("你这无赖，你怎么敢？还当着我的面！")我起初吓了一跳，旋即陷入深深的恐惧，从仍翳在那对眼上的孩童般的水光认出他来。

"从那儿滚出来，狗娘养的，省长先生要讯问你！"

"省长先生？……"

"算你运气好，娘炮。省长有副圣人心肠。要不是我奉他命令，要把你全须全尾带去他办公室，我现在就像踩蝎子一样把你踩死，他妈的赤色分子，这样我们还省了枪毙你的子弹呢。"

"我要见佩佩·罗萨莱斯！佩佩昨天说今天就会放了我！我要见佩佩·罗萨莱斯！"

"佩佩·罗萨莱斯因为藏匿你，今早就被我们枪毙了。你马上就能在地狱里见到他了！"

我猜测他在撒谎，尽管我并没细想。从他扭曲的笑容和潮湿的眼睛里能读得出来。与此同时，他抓着我一条胳膊,把我推向敞开的门。

"不!佩佩还活着!他昨天来这里,跟我保证今天就带我回他家!"

我被自己的声音吓了一跳,因为反驳时音调都在颤抖。("晚上安心睡一觉,孩子,明天我们所有人都会在家拥抱你,而我会吻你这边的脸,只要你保证不拧我的屁股。")我信了他,昨晚我自被捕以来第一次睡着。睡着而没有做梦,好像我生来目盲,或方才失去了所有记忆。睡着,无视此前令我如狂怒的弥诺陶般以头撞墙的受折磨者的嚎叫声。睡着,虽然是在地上,头枕着一条胳膊,因为在这间被充作我的监牢的房间中甚至没有床铺。

"对,老兄,你说的都对。"我的喊叫似乎缓解了他迟钝的残忍。在我的恐慌中,我如受神示,猜出这如今武装起来的男孩原本来自一个山村,在那儿他曾受嘲弄,被扔石头、吐唾沫。"我们会吹起预备号,向你缴械,而你会顶着华盖从这儿出去,圣母一般。"

"佩佩还活着!佩佩不会抛弃我!他马上就会来释放我!你们要对他负责的!"

"那行吧,我们对他负责。往前走,娘娘腔,不然我用枪托打断你的腰。我看你这对屁股,还挺像阿尔拜辛[1]的小婊子。"

---

[1] 阿尔拜辛(Albaicín)是格拉纳达市西部的一个区,毗邻阿尔罕布拉宫,地势较高,街巷蜿蜒错综。

又是走廊和省长私人办公室的门前。又是那个胡子稀疏的士兵看守在门边。又是墙上湿痕意外勾画出的手影戏的模仿。露出缺牙微笑的士兵和哨兵说了一会儿话,按响湿迹下边的门铃。他没等里边回答,就推着我打开了门闩。

"遵照大人的命令,把您让我带来的人带来了。"

一张覆着厚玻璃、放着凸花皮革墨水台的雕花桌子后,一个黝黑瘦削的男人站起身来,他穿着军服,两眼泛红,睡意蒙眬,两只手苍白嶙峋。他抬起一只手,为我指桌子对面的一把香蒲椅子。

"请坐,我是巴尔德斯少校。"

他打了个手势,那小伙子听命退下,走时关上了门。省长跌坐在一张石榴红天鹅绒的安乐椅上。在一个饰有两只互相扑打的金鸡的镀金墨水瓶旁边,放着一张折了好几次、折得很小的报纸,上面有一则用红笔圈起的简讯。

"我恳求您,读读这个,然后和我谈谈您的看法。"

我默默读着,尽管我的嘴唇为每个单词颤动,好像我正是在这张日报、这则消息里艰难学习字母似的。报纸是韦尔瓦[1]的,新闻上有我的名字,后边跟着一句评论给标题收尾:"他们已在自相残杀。"新闻里说,在每个清晨都出现在马德里街头的无数尸体间,有人找到了我的

---

[1] 韦尔瓦(Huelva)位于西班牙安达卢西亚自治区西南,在军事政变后很快被佛朗哥军占领。

尸体。"赤色阵营内部已经瓦解到如此地步,甚至连自己人都不尊重了。《吉卜赛谣曲》的作者和阿萨尼亚[1]是同道中人,有着相同的政见、文学立场和摇摆的性取向,但这并没能救得了他。"

"好了,您觉得我们的报纸怎么样?"省长坚持问道。

如被捕那日在罗萨莱斯家那样,我展开变成两个人。一个冷冷地想着我的那首诗,诗里无名的哀叹讲述着同样无名的故事。故事关于一个陌生的死者,胸膛上插着匕首,出现在一盏被风摇撼的小小街灯下。("街灯是怎样地颤啊,妈妈!")没人敢直视他被死亡和黎明打开的眼睛。比起罪行本身,比起对村中某人因着黑暗未知的缘由变成了杀手的可怕确信,令他们更恐惧的是他的无助,一个永远迷失在他们之间的异乡人。如悖论一般,要到了何塞·巴尔德斯少校的办公室,我才能注意到一首十三行的诗里蕴育着我永远也无法写出的一部悲剧。那情景并非蓄意设计,但戏剧性十足。我已不可能将它搬上舞台,这点令我愈发对自己的命运感到绝望,促使我之中的另一个男人,我愿称之为凡俗之人的那个男人,做出了可鄙的回答:

"假如我在马德里被战火波及,或许这就会成真。我向来真心支持军人们!我愿意为起义献出一切!"

---

[1] 曼努埃尔·阿萨尼亚·迪亚斯(Manuel Azaña Díaz, 1880—1940),西班牙左翼政治家、作家、记者,曾先后担任西班牙第二共和国的总理和总统。

"我原本期待您回答些别的。"巴尔德斯耸耸肩,"或者我已不再从任何人那儿期待任何东西。我只想睡到一百年后再醒来。"

"一个世纪后?"

"或许那时最终审判已经到来,我们所有人都要在上帝面前为自己负责。"他的表情已非暗示而是断言,"无论有没有最终审判,您觉得一个世纪以后,人们还会记得我们的战争吗?"

他是我的法官,我的刽子手。我确知这点,正如我确知每分每秒都在明示佩佩·罗萨莱斯无法再拯救我。然而,在他的无依无靠,在点燃他眼睛的失眠和他双手病态的绵软中,有什么阻止那个凡俗之人,不让他说些懦弱的蠢话,什么从战争的废墟中将诞生崭新的西班牙的根基之类的。我听见我之中的另一个径自回答:

"恐怕不会,因为在福音书中死人埋葬他们的死人,何况各位正是这场争斗中基督徒的那一方。"

"我几乎完全同意。"他拿起报纸,揉成一团,扔进废纸篓,"死人将会埋葬他们的死人;但死人的谎言会活得比他们更长。未来,当人们想起这场本应只是一次政变的战争,叫他们惊讶的不会是我们的牺牲,也不会是我们的罪行。他们只会惊愕于我们的谎言,诸位的谎言,这个西班牙的谎言。"

"我们活该有这种命运。"我忽地低声说。

"毫无疑问。"他再次表示赞同,语气十足确信。随后,他摇了摇半被睡梦吞噬的脑袋,好像被先前的思量耗光了最后力气:"我有没有和您说过,这不是我们第一次见面?"

"我不觉得我以前见过您……"

"当然了。您没注意到我,也没理由注意到我。我不只看见了您,还观察了您好几个小时。"

"上帝啊,在什么地方?你们现在又要把什么可怕的罪名安到我头上?"那个占据我一半身体的凡俗之人起初的恐慌现在转变为同样强烈的好奇。他从一种感情切换到另一种感情,一如跨越没有墙壁的房间。

"没有什么罪名。另外,您没看见我也正常,因为我不过是个无名小卒。不过是个隶属军事干预部队的地位低微的少校,因被怀疑不爱国,而被共和国埋没在格拉纳达,做一个军需官。甚至这些身份都只体现在我的制服上,如果没了这件制服,我就会像是一丝不挂,像是从未出生。我申请休假,去马德里待了一周,治疗我的一处溃疡,去时赤条条没有躯体,也就是说,穿着平民服装。在格兰大道的一间咖啡馆里,我碰见了您,马上认出来您就是报上照片里的那个人。我觉得很奇妙,竟在那儿偶然遇到您。之前和您说过,我从共和国成立起就一直住在格拉纳达,但我从没在格拉纳达见过您。我立即明白过来,只有偶然才能令我们相遇,因为我们生活在一个极小城市的两个相距甚远的世界里。您的世界，我此前听过风言风语，猜测过大致模样，而在那天早上，两个陪伴您到格兰大道咖啡厅的度周日的吉卜赛小伙向我揭示了它。我还要继续说吗？……"

"那是桑切斯·梅希亚斯在曼萨纳雷斯被牛顶伤的几个月前，我记不清究竟是几个月了。"

"不错，正是如此。那个桑切斯·梅希亚斯走进咖啡馆，走到您几位身旁，好像他是不由自主地、羞愧地跟着各位似的。我也马上认出了他，因为他上过报纸，也因为我看过几次他的斗牛。从我坐的那张桌子，我听着你们所说的每一个字，而且并不为此羞愧。一开始，我作为军人的尊严还责备我，尽管我穿着无名小卒或说平民的衣服。接着我就对自己说，如果您是这么一个人，却和那些吉卜赛人一起招摇过市，那我也可以堕落到偷听您和他对话的地步。尽管对话内容私人，两位却喊得很大声。我希望您原谅我……"

"我没法为任何事原谅您，巴尔德斯少校，因为我已经是个死人了。我甚至搞不懂我怎么还活着。我更不理解这一切都是为了什么。"

"抱歉，我可能太啰唆了。我实在是有好几夜没睡了，很难说清我的想法。"他举起手掌放到太阳穴上，过一会儿又叠放在上腹部，抚摸着军大衣。（"……我申请休假，去马德里待了一周，治疗我的一处溃疡。"）他的手前所未有地苍白：白得像条煮熟或冷冻的鲅鳓鱼。"桑切斯·梅希亚斯，那个有着炽热的勇气，如松树一般的男人，乞求您恩准他待在您身边，而您坚持拒绝他，斥责他明明是"阿根廷女郎"的情人，却和一个外国女人谈上了恋爱。他请求您允许他陪您去吃午饭，而您干巴巴地回答：'没人邀请你。'"

"他说餐馆是公众场所，他也可以上那儿喝咖啡，他想去就能去。他走出去，在街上等着我们，然后跟在我们后边。他在餐馆靠里的另一张桌边坐下，要了一杯曼萨尼亚雪利酒。"

"没错！真是难以置信，您记得所有一切，唯独忘了我，我那时也跟在两位后边，一路跟到餐馆，仿佛我是两位的影子。影子或狗。您在那儿把吉卜赛人赶到了街上，呼唤桑切斯·梅希亚斯。'行了，兄弟，告诉我你想吃点什么，再给我讲讲夏天的斗牛怎么安排。'他犹豫着，比起饱含疑虑更像疲惫不堪，走到了您桌边，接受了您的邀请。"

"我还是不明白……"

"您不知道我那时多崇拜您。我也说不好您的威严和您的同情心，哪个更让我震撼。或许比起您对那个巨人单纯的支配，还是您的慈悲更让我尊重，因为我向来有发号施令的天赋，自战争爆发以来，这一点在这里，在格拉纳达，已经得到了充分的证明。至于同情，我从未感受过。无论对邻人还是对我自己，我都从没有过同情。"

"对您自己没有，对我也没有。"

"正是，对您没有，对我自己也没有。不，先生，我们俩我谁也不同情，虽然我承认，您胆怯却有同情心，因此胜过我。另一方面，您也得承认，慈悲在这个国家，在这场战争里，并没有意义。我们所有人的任务，诸位的和我们的任务，就是毫不手软毫不动摇地彼此歼灭，直到我们之中的一方失去杀人的能力。我不觉得难过，也不谴责这件事，因为我们都只是完成命令，遵照道德准则行事而已。假如我们必须像狼一样互相吞食，那么我只希望我们不要像人一样彼此诓骗。"

到如今我也没法说谎了，另一个我，绝望而惊恐的那个我，迷失在灵魂孤寂的某片沙漠中。我是我自己的主宰，一如那个清晨在马德里面对伊格纳西奥的时候，尽管现在是巴尔德斯令我得以掌控自身。在这种临终之人在自己正中心发现一把手术刀的平静里，我意识到我的诗里那个被匕首捅穿的陌生人正是我自己。我死在某个村庄的主路中央，这村庄同时也是整个世界。人们凑近我大睁的眼睛，想着我究竟是谁，为什么被杀害。直到此刻，我才终于清晰地意识到诗歌隐晦的自传性。一个人写一首十一行诗，只为给吉他曲配上歌词（"吉他为隐蔽的痛哭泣，为遥远的黎明哭泣"），但实际上却记录了他自身的命运，揭露了他的死，签下了他的遗嘱。

"您确实把一切真相都告诉我了吗,巴尔德斯少校?"

"不,不,这还不是全部的真相。"

"您还向我隐瞒着什么?"

"我的嫉妒。"

"您的嫉妒?"

"那天我对您和桑切斯·梅希亚斯所感到的嫉妒。那时我问自己,现在我再问一遍,为什么非得是我认出两位,而两位却无视我。为什么命运选择您和他这两个截然不同的人,给予两位远播的声名,却不肯给我呢?您对此有答案吗?"

"不,我没有答案,您也无权向我要一个答案。"

"您当然没有答案。您要怎么向我解释这种不公?我要向您做一番会让您惊讶的坦白,但您可能也没法理解。就算是在此情此境,我也愿意将我的命运与您的交换,因为您是您。您理解了吗?我的命运换您的命运!"

现在我之中的那个凡人沉默了,而我也沉默了。假如他这会儿不是远在我的心灵之外,假如他忽地带着他的恐慌闯进我的声音,我将会以另一番蠢话来回应这荒唐的发言。我会对巴尔德斯说,他,也就是我,也愿意用我的命运换巴尔德斯的命运。为了继续活着,我身体里的那个凡人将十分乐意地变成一个杀人凶手,这座城市的绞架与尖刀的领主,在战争中,他内心唯一的准则是憎恨邻人也憎恨自己。但我却回答:

"我不愿意,少校。我们是很不同的两类人。"

"我清楚得很!我不是在说别的!您这类人注定留名青史。我这类人死了也像从未活过。或者,我们从未存在过还更好些。您想象一下,某人半世纪以后将会写一本关于您的书。他将试图想象这场讯问,就这么叫吧,这场将被认为是我强加于您的讯问。'巴尔德斯,'他将会说些类似的话,或干脆就直言不讳,'不过是一个粗俗的杀人凶手。'我就是为此而生,我的先生,为了在半个世纪后被随便一个什么人叫作粗俗的杀人凶手。

"但本不该如此。不,先生,本不该如此。真正的不公,最可怕的不公,并非我们在格拉纳达犯下的罪,或您那一方在马德里作过的恶。假如骰子以另一种方式落下,假如这是个文明国家,在这里或那里杀人的人都会去工作,要么去办公室,要么去妓院,他们将变成连在梦里也无法杀害任何人的正直好人。真正的不公是像我这样的人,生来要成为什么人,却注定只能做无名之辈。

"不管您信不信,假如这里是个文明地界,我将成为所有人崇拜的英雄,而非一个杀人凶手。现在他们在背后这么叫我,未来还将公然如此称呼我。十六年前,当我还是个中尉的时候,我以为自己理所应当地走进了历史的大门。您看啊,我当时在萨拉戈萨休假,正是一年之初,在最冷最多风的一月的一个黎明,卡门军营的军队掀起了叛乱。我和一对宪警最先到达,围困住了他们。

拜托，请相信我，尽管听起来纯属胡诌。区区三人，也就是那两个宪警和鄙人，就足以从附近的房顶围住他们近一个小时。我们都擅长射击，也懂得保持冷静。一旦有士兵从窗户或门厅里探出头来还击，我们就一颗子弹让他解脱。我父亲到达以后对我说：'孩子，保持火力，希望你能达到我的期望。''我的上校，'我回答，'我已经达到了阁下的期望。现在我想达成我自己期望的目标。'于是他低声道：'他妈的，这也对！我真是生了头猛兽啊，小伙子！'多余的话我就不说了，因为那一天本应成为我的荣耀之日，后来却变成了愤恨与懊悔之源。我父亲把实际指挥权转给了我，像一位平庸的画家父亲悄悄地将调色板传给成了天才艺术家儿子。我打出很准的一枪，让带头叛乱的士兵之一受了致命伤。军营的门打开了，我迅速登上叛乱营地，用枪指着他们，让他们在院子里列队。谁也没吭声，因为那天上午，引用后来我父亲对我说的话，不谦虚地说，我就像是战争之神一样。

"我认为鲁登道夫[1]在大战[2]中也是以类似的方式夺取了列日要塞[3]。您看到了，他在德国得到了和我们这儿的圣

---

[1] 埃里希·鲁登道夫（Erich Ludendorff，1865—1937），一战期间的德国将领，率军参与列日战役和坦能堡会战，并取得胜利。
[2] 此处指第一次世界大战。
[3] 列日要塞是为防御德军进攻而环绕比利时列日省列日市修建的大型防御工事，于1914年的列日战役中被攻陷。

费尔南多大十字勋章[1]相等的荣誉，之后还被提拔为了元帅。没什么，像我们之前说的，这个国家永远也成不了一个文明的国家，我们落后于文明理性的世界一千年之久。您知道我让卡门军营投降之后得到了什么奖赏吗？不，您当然不知道，因为这世上就没人知道！一个可悲的红十字而已。对，先生，尽管这难以置信！一个红十字而已，就好像我是救了将军危在旦夕的波斯猫，或者教了他最宠爱的孙子乘法表。一个红十字而已，还假惺惺地找什么借口，说那时没有别的奖赏！"

他疯了。尽管此前他一直隐藏着疯癫，现在却陷入了狂怒。他迷失在怨恨——服从与纪律此前让他无意识地遗忘了的怨恨——深处。正是这场战争令他得到权力与名望，尽管他追寻它们时本想做英雄，得到它们时却成了刽子手。一座城市绝对的主人，被不眠所耗尽，发狂地枪毙着人们，在战败者身上向社会的蔑视复仇，他明明击败了卡门军营，这个社会却没能让他成为鲁登道夫。他的精神错乱促使那个凡人回到了我身体里。他回来了，这回不为恐惧而因愤怒而颤抖。他狂怒的女性化的声音将我的声音拔高到了叫喊的边缘。

"您是想告诉我，我之所以被捕，是因为十六年以前您没得到圣费尔南多大十字勋章，而只得到了区区一个

---

[1] 圣费尔南多大十字勋章（Cruz Laureada de San Fernando）是西班牙的最高军事奖章，嘉奖个人或集体在战争中的英雄之举。

红十字章？还是说，我即将被杀，是因为过去某天在马德里您嫉妒上了桑切斯·梅希亚斯和我，而我根本就没有注意？我出生在这世上又有什么错，我们生来如此不同，难道是我的过错？"

"我的先生。"他回答的声音忽然变得平静，尽管还含着某些怨怒，"您现在在这里，跟我在一块，也不是我的错。抓您的是鲁伊斯·阿隆索，那时我在前线上，他有没有得到贝拉斯科中校的同意，我还没调查清楚。我只能向您保证，我没有下令抓您，而且我还是在战争之前从一份报纸上才获知您回到格拉纳达的消息……"

"这一切都是个错误，一个丑恶的错误。"那个凡人又哀叹起来，"您为什么不放了我？"

"等到了时候。您指责我逮捕了您，我有义务也有权利为自己辩护。您看看我是不是和您的逮捕无关。佩佩·罗萨莱斯来怪罪我的时候，我什么都不知道，就对他说：'佩皮尼齐[1]，如果这个鲁伊斯·阿隆索抓了你的朋友，还闯入了你父母的家，你就把他带到旷野上，给他四发枪子儿了事。'"

"您为什么那时不下令放了我？"

"等到了时候。等到了时候。格拉纳达到处都是冲动行事的人，他们自行发动战争，而且比起上前线战斗，

---

[1] 佩皮尼齐（Pepiniqui）和佩佩（Pepe）均为何塞·罗萨莱斯的绰号。

更爱在后方屠杀。假如我天光一亮就放了您,他们又会抓住您,在墓地的围墙前把您给枪毙了,那我就阻止不了了。"

"您可是省长。您的权威呢?"

"我没什么权威。我希望上帝眼睛没瞎,能注意到发生的事。"

"您只希望上帝没有瞎?"

他叹了口气,闭上了眼;但很快又睁开了,像是害怕不经意间睡着一样。他突然盯着我的眼睛,低声嘟囔:

"当我告诉您,我愿意用我的命运换您的命运时,我并没有说谎。我得了癌症,快要死了。自从战争开始以来,昨天我头一次有机会去看会儿医生。他和我说话开门见山,这份坦诚让我很感激。'我的少校,'他说话时看着我,就像我现在在看着您一样,'您需要的不是一位外科医生,而是一个忏悔牧师。几周或者几个月之内,结局就会到来。从现在起,我能给您开的只有我这儿没有的吗啡。'"

他说鲁伊斯·阿隆索在他不知情的情况下背着他逮捕了我,这点是真是假,我永远也没法弄清了。但我确实知道,他对我说他快死了,这点并非说谎。我以为是疲惫将他整个吞没,但疲惫只是耗尽他的东西之一。他泥土般的面色,有如刀和三角板刻画出的五官,他缓慢而有时凝滞的神情,都让他看起来像个已经死去、在冰冻之下变为土色的卡斯蒂利亚人。

"我不是您的忏悔牧师！"另一个我只能给出这样的回答，"我不知道您是不是在您的死亡面前认了命。我就会一直反抗我的死亡，因为它是一个不可理解的错误。"

"我也不是想忏悔！"他喊道，"确切点说，我现在还不想忏悔。等时候到了我自然会做。"

"那您想从我这儿得到些什么？"

"说说话。就只是说说话。"

"为什么要和我说话？从进入省政府开始，我就谁也不是了。"

"因为我过去曾嫉妒并尊敬过您，程度比对桑切斯·梅希亚斯本人更甚，也因为我料到您不会不听我说话。"

"您尽可以同您的士兵和家人们去说话。"

"家人，我是没有的。我在这世上孤身一人。"他断言道，既不因孤单自怜，也不因独立自矜。他的语气仍同之前一样，坦率得近乎冷漠，像在承认自己不通某门外语。他以同样的语调继续道："我不和我的军官或士兵们说话。我给他们下命令而他们服从，就像我服从奎波[1]或佛朗哥从塞维利亚下达给我的命令一般。"

"比如说，您随时都可以处死我。"

---

[1] 冈萨洛·奎波·德·里亚诺-谢拉（Gonzalo Queipo de Llano y Sierra, 1875—1951），西班牙军事家，陆军中将。1936年7月摩洛哥军队叛变后，奎波在塞维利亚发动政变响应。此后，他被佛朗哥任命为南部军队总司令，统领安达卢西亚地区的部队。

"我想是的。不费吹灰之力。"他耸耸肩,他的疲惫之中飞掠过一道厌烦的阴影,"但我叫您来不是为了这个。"他并无讽刺地解释道,"我也不是想谈论您,谈论佛朗哥,谈论奎波,甚至某种意义上,也不是想谈论我自己。不,先生,我们所有人,以及这场战争,实际上都不过是云彩、蚂蚁、虚无。"

"您想和我谈论上帝,巴尔德斯少校。"

他睁大眼睛看我,在现时亮起的虹膜周围,泛起血丝的眼白中满是惊愕。我第一次有勇气叫出他的名字("巴尔德斯少校"),好像我或者那个凡人——我不确定究竟是哪一个——寻到了为他驱魔的力量。我同样是第一次意识到他并不想枪毙我;意识到这个被癌症蛀食、因失眠发狂的刽子手,得到奎波和佛朗哥许可的城市绝对主宰,这个如路易斯·罗萨莱斯近乎哭泣着告诉我的,在这些日子里安排和批准了成百死亡的杀人犯,决定将我放出他的鹰犬和行刑队的手心,个中原因他与我都永远无法弄清。宣告我得救的消息,或许从他们闯入安古罗大街的房子逮捕我时就已模糊地预感到的消息("狗日的,这小王八羔子,和我说什么你的笔比别人的枪危害更大。"),将我遣至一片无人之地,在那里,我面对着即将获得自由的确信,有时平静,有时犹疑。

在我心中发生了另一件事,令我大为光火:那个凡俗之人转过身来,表现得大为不同。他壮起胆,莽莽撞撞地咋呼起来。他以懦夫的喜悦激动着,认为自己将会得救,无论代价如何。他的怖惧和恐慌先前令他说出他祈祷军人们的胜利,现在又要把他引向坚强根本无法理解的轻率之极端。我唯一恐惧的是他的放肆,因为我意识到如此的胆大妄为不过是一种未被察觉的自毁欲。

"您是怎么猜到的?我提都没有提,您怎么知道我说的是上帝?"

"现在这都不重要了,少校。请继续吧。"

服从的成了点着头同意的少校,而发号施令、抬高音调的变成那个凡俗之人,他的语调装腔作势,带着安达卢西亚口音,在马德里度过的那么多年只是更确定更强化了这口音,与这个饱受折磨的男人毫无个人特色的口音形成对比。

"您信教吗?"他问我,并非全然心血来潮。

"我信,但自记事以来就没有奉行过教规。"

"我总是奉行教规,但我从未真正信教。我周末上教堂,因为一名军队长官需要在社会正统面前履行这些职责。我复活节行圣餐礼,因为我从小到大在洛格罗尼奥[1]就这么做。我在非洲时,在战前演说里称上帝之名,或许是妄称,后来我在萨拉戈萨又一次称他的名,为说服那两个宪警,应该就靠我们三人来拿下卡门军营。然而现

---

[1] 洛格罗尼奥(Logroño)是西班牙北部拉里奥哈自治区的一个城市,为巴尔德斯少校的家乡。

在我想起，当我们镇压反叛时，我忘了为我们的胜利感谢上天。就这些，不多也不少。没什么大不了的，是吧？"

"不只如此。您在被授予红十字章时，以及在马德里见到桑切斯·梅希亚斯和我以后，都私下与上帝争执。"

"没错，先生，这也是真的！您怎么会知道？您读我就像读一张摊开的报纸。我与上帝争执，说得一点没错。我知道他永远也不会回应我，却还是向他要理由时，用阁下称呼他，像是在向他讨要被拖欠的薪水似的。您觉得怪吗，觉得好笑吗？"

"我什么也不觉得。继续。"

"'阁下，'我在萨拉戈萨对他说，'您很清楚，很少有军官在既无保证又无生还希望的前提下冒险做出此等英勇之举。我承认，当时我没被杀，是多亏了阁下，因为在我独自一人用枪口指着叛乱士兵让他们投降后，能够从那种危难中幸存，又毫发无损地逃脱，只能说纯属奇迹……'"

"您有没有停下来想过，如果当时您被杀了，或许国王就会在您死后为您颁发圣费尔南多大十字勋章？"

"我当然停下来想过！我不是个缺乏想象力的人！"

"即便如此，您也无法理解您在这世间的命运。我也无法理解我的命运。"

"'阁下，'我继续对着黑暗说，'您那时将生命给了我，像是讽刺。为了迫使我接受那屈辱的施舍：一枚简简单单的红十字章。为了让全世界在奖章颁发后再次将我遗忘。如果要付出这种代价,我宁愿选择死后被永远铭记。'"

"您并未等上太久,因为战争让您成为了格拉纳达的主人。您进入了历史的大门,巴尔德斯少校。"

"我进了一扇我从来不愿进的门。"他从袖口取出一块方格手帕,擦去额上的汗水("我得了癌症,快要死了。"),"我在非洲杀了很多人。多到数也数不清。我从来没有在意过那些死亡,因为死的都是摩尔人,而按照我个人的标准,摩尔人比吉卜赛人还要低贱。我惹您生气了吗?"

"我听着呢。"

"假如您在狼谷[1]和阿努瓦勒[2]见过我们士兵的头颅被用斧子砍下,堆在烈日下边招苍蝇,您就会完完全全地理解我。"

"有可能;但我仍不确定。路易斯·罗萨莱斯告诉我,在你们身旁作战的也是摩尔人。他们还是依照他们的传统,用斧头砍脑袋吗?"

"要是他们得到允许,真这样干我也不吃惊。我正

---

[1] 狼谷(Barranco del Lobo)位于北非,今西班牙海外飞地梅利利亚市附近。1909年7月27日,西班牙远征军在狼谷大败于里夫地区的柏柏尔人军队,伤亡近百,史称"狼谷惨剧"。
[2] 阿努瓦勒(Annual),位于摩洛哥西北部,梅利利亚市西北60千米的城镇。1921年7月,西班牙殖民军队在阿努瓦勒惨败于里夫人军队,死伤万余人,史称"阿努瓦勒惨剧"。

要说这个，谢谢您提醒我。或早或晚，我们存在的全部理由都会在战争之光的照映下得到解释。我从来、从来没有想象过会发生战争，更没想象过我会成为格拉纳达的省长。我们准备发动起义时，都坚信政变几乎不需流血就能成功，共和国政府一吹就倒，像座纸牌城堡。您的朋友佩佩·罗萨莱斯是最乐观的，或许因为他最天真。'你瞧，巴尔德斯，'他在密谋筹划的日子里对我说，'我们马上就能掌权了，接着就发动国家工团主义革命。'我觉得很不舒服，一个文质彬彬的小少爷，尤其是他这样一个喝曼萨尼亚雪利酒喝到眼睛都金了的小少爷，居然用'你'称呼我，好像我们是亲戚似的。只因为这是长枪党的一个愚蠢习惯，我才勉强接受了。'你看，佩佩，'我回答道，'对我来说，什么国家工团主义就像踢在我肚子上的一蹶子。我不懂政治，也不明白为什么我们要阻止一场革命，再发动另一场。我参与进来，是为了让西班牙能拥有和平、秩序和工作。换句话说，为了让这个国家沿上帝规定的方向，以军队般的纪律前进。原谅我这么直接；但其他东西对我来说都是危险的高谈阔论。如果我们长枪党人要变成属于我们的这个西班牙的共产党人，我现在就把证件还给你们，就此滚蛋。'"

"但这里没有和平也没有秩序。也没有工作，唯一的工作只是消灭邻人。"

"也没有政变，尽管佩佩·罗萨莱斯那么乐观。"他耸耸肩,"只有一场将会比我更长命的战争。战争还要持续好几年,而我呢,已经是风中残烛了。"

"一场为您带来您苦苦追求的名声的战争,还为您带来了随名声而来的不朽,尽管是经由意想不到的道路。请允许我再说一次,"另一个我冷嘲地指出,"您可以说上帝对您很讽刺;但您却不能责怪他不公正。"

他再一次看向我的眼睛,固执地将手掌按在墨水台里。他似乎咕哝了些什么,薄嘴唇半张地颤抖着。可以说在蛀食他的癌症之后,随之而来的是一次心肌梗塞:用我小时候平原地区的老人家的话说,魂给冲撞了。

"我不会责怪他不公正,因为我知道他已经疯了。"他极小声地嘀咕道。

"抱歉,您说什么?"

"我说上帝疯了,而且自从战争开始以来,我就从未对他掩饰过我对他疯癫的确信。'我从未向阁下要求过格拉纳达,阁下却将它给了我,还一并把抵御赤色分子的任务交托给我。'我向他祷告过许多次。'我想我做得并不太坏,因为我们占领了它,还没让他们给夺回去。多亏阁下,我所期待的日子也到来了:那一天,所有的人都承认我,热忱地叫着我的名字,像叫一个富有的、无所不能的亲戚……'"

"您和上帝谈话时别看着我,巴尔德斯少校。您说这些话时别看着我,否则我没法相信您。"

他没听见我说话，或假装没听见。他五官上仍挂着冷漠的表情，继续着那可怕的短祷。然而，他低下了头，看着自己桌边上的双手。

"'但如果是以这种代价，如果事先问过我，我是永远也不会接受我的荣耀的。'"他继续道，语调丝毫未变，"'不，与这种代价相比，我宁愿选择死亡和遗忘。'"

"您不得不付出什么代价，少校？"那个凡俗之人问道，倒像真的变成了他的忏悔牧师。

"太过高昂的血的代价，可又是太容易满足的代价。"他望着自己的手说，"为保证我们能够活下去，不得不让数百人在三周内死去。我盲目地下达枪毙命令，一次又一次。有人向我举报黑色小队[1]背着我犯下的罪行，我却视而不见。他们或是要解决一桩年代久远的争执，或是要完成个人复仇，或者干脆只是为了保持杀戮的习惯。佩佩·罗萨莱斯某个下午闯进我的办公室……"声音悄然破碎，他摇了摇头。

"佩佩·罗萨莱斯来做什么？"

"他用手背一把推开试图阻拦他的卫兵，一脚踹开门，扑到这张桌上，用拳头猛地砸起桌面。'我想知道你要怎么制止那些杀人犯的罪行？你要允许这些群氓用

---

[1] 黑色小队（Escuadras negras）为安达卢西亚地区对由长枪党党员、卡洛斯主义保皇派、西班牙自治右翼联盟成员等右翼分子组成的准军事组织的称呼。内战爆发后，黑色小队负责在各地进行政治清洗，镇压、逮捕、杀害左翼人士及佛朗哥政权的反对者。

他们的罪孽玷污我们到什么时候？''佩佩，坐下来听我讲。'我很冷漠地回答他，'这些你口中的群氓，他们杀再多人，造成的牺牲也比我不情愿地下令处决造成的要少。在这儿没有时间来审判任何人。如果我看着一个囚犯的名字犹豫不决，我就给塞维利亚拨电话询问，而那边总是命令我打上四颗枪子儿把囚犯枪毙。我极少撞上熟人，因为朋友我是没有的，你也不算。那种时候我也会拨电话给塞维利亚，告诉那边，我要释放这个人，我来为此负责，也没人会质疑我的决定。这是一场至死方休的战争，假如我有得选，我愿在战争中承担任何任务，只除了像杀老鼠或杀摩尔人一般处死西班牙人。我偏偏摊上了这个，而不是别的任务，因为这就是上帝的旨意。或许我和黑色小队的人唯一区别只在于，他们很享受杀人这件事，而我一想到枪决就难受。但我们都是为了完成同一个不可逃避的责任：保卫公民。'他低下头，皱着眉，怒火已被压下，问我他在格拉纳达能有个什么位子，鉴于他生来做不了刽子手，也做不了杀人犯。'佩佩，'我回答，'要光耀新西班牙，你要做的头一件事就是把你身体里的酒劲睡过去。'"

"您对上帝大概不会像对佩佩·罗萨莱斯一样说话。"

"不会。那天我对上帝说：'阁下大概是在漫长岁月里发了疯。'就是这样，像您听到的一样，'阁下大概是在漫长岁月里发了疯。'我那时不知道我要死了。我知道我病了,因为我总是病恹恹的;但我没想到结局来得这么快。那位医生决定告诉我真相以后,我回到了这间办公室。我下了命令,除非有新的指示,谁也不许打扰我。我拔掉所有电话线,再次开始祈祷。'我时日无多,应当更相信自己。阁下年老发了疯,自己却还不知道。相反,我知道我要死了,因此必须告诉您,您疯了。'

"巴尔德斯少校,我不是上帝,只是一个被追捕、被关押的无辜的人。我只想再次恳求您告诉我,我为什么在这里,您忏悔又是为着什么。"

"我以为您已经猜到了。"他嘟哝着,并没从手上抬起眼睛。

"我猜不到,因为我也从没想象过您这种人。"

"那么,您走吧。今晚我就打电话给塞维利亚,告诉他们明天我就放了您。您一走出省政府,您的命运就不归我管了;但我希望您活得比我更长。"

他说的是实话,而这实话意味着我能活。然而,那个凡人突然意识到他在双重意义上无能为力——从此刻起,他将无法再写作,而如果不能写作,他也无法生活。他的冷漠很大程度上也感染了我,在这仿若一个陌生人的谵妄或我过去的恐慌一般与我无涉的夜晚。这夜晚遥远如由我父亲道出的我妹夫的死。("孩子啊,跟我保证你会万事小心!我甚至要听你发誓,对,我要你发誓!")

"您不会放了我,也不敢杀了我,因为您还没告诉我，为什么要单独讯问我。或者您为什么要假装讯问我，因为您实际上并没那么做。"

"我许诺了佩佩·罗萨莱斯。"

"不止如此，您清楚得很。"

"我马上就要去见我的造物主了，那时我会回应他的所有指责。他的最后一项指责当是，我在见到这场战争和我在其中的命运时确信了他的疯狂，还真诚地为此谴责他。无论有没有吗啡，死亡于我都近乎无关紧要；但我害怕他的判决，倘若我没有罪。即便您不愿相信，比起荣誉我还要更尊重正义……"

"您的正义还是别人的正义？"

"正义！这话又是什么意思？您别打断我，否则很快我就不知道自己要说什么了！您看，一个完全相信自己即将死去，还敢称上帝为疯狂的男人，八成是个疯子。每天我在镜前刮胡子，都会看着自己的眼睛，对自己说：'巴尔德斯，你疯了，毫无疑问。审判时刻已经不远，当它到来，当上帝注视着你，就像你现在在镜子里面对着自己，你只有一条辩护词……'"

"那就是告诉他，在指责他疯癫时您已经精神失常。"

"没错。随后我得出结论：'任何一个我愿意向其吐露我意图的聪明人，都必将证明这一点。'好极了，您就是这个人。肯定地告诉我吧，说我丧失了理智，这样我就能良心安稳地死去。"

"我不知道您的上帝是不是个疯子,因为我们谈论的无疑是不同的神。"

"只有一位上帝,他的权柄是不可分割的!"

"不管怎样,我都会思索,比起因您称他疯癫而惩罚您,您的上帝难道不是更可能要您对您枪毙的人们、对您任由他们被杀的人们给出解释?归根结底,您马上就要死去,人们没法再为那些罪行向您追责。那么上帝,您的或我的上帝,应该将正义放在荣誉之上,就像您一样。"

"我不为任何人的死亡负责。您难道什么都没听明白吗?我下达枪毙的命令,允许如此多罪行的发生,这正是上帝的旨意。我不理解这样离谱的安排,因此才叫他疯子,而我既然把他叫作疯子,我自己大概也已经疯了。如果我在审判中这样为自己辩护,那我不过是说出真话而已。"

"不,巴尔德斯少校,您说的不是真话,因为您内心是赞同的,而且您所有的行为都能得到一个合理的解释,它们都发自最初的怨愤:一个对自己不满,对周遭世界也不满的男人的怨愤。"

那个凡俗之人现在口气疲惫,似乎马上就要像件空西装一般委顿于地。可以说,他现在全靠从里边用一只手撑着我,才没有倒下。在我的灵魂深处,他的手像死人的手一般冰冷。

"我还以为您会尽力理解我!"

"我很理解您。或许某种意义上,我们并不像您的上帝和我的上帝一般不同。您很怕死，像我一样。怕自己不再存在，生前却只做过格拉纳达的刽子手。我们一次性了结这桩喜剧吧。把我送回那间充当牢房的屋子，或者随便怎么处置我。但别要求我叫您疯子，因为您没疯，而且上帝，无论是我们两人谁的上帝，与我们同样心知肚明。"

"这是您的遗言吗？"

"假如叫您疯子就能免于一死的话，那么您的上帝想必也会让您免受审判，因为您相信他精神失常。无论如何，说谎都改变不了我的命运。"

"我的先生，我也对您说我的遗言。"他半是受伤半是恼怒地回答，但仍没有抬起眼，"我告诉过您，我会和塞维利亚那边说明天放了您，明天您就自由了。"

"巴尔德斯，我不怀疑您的话，也不怀疑您的理智。无论如何，您对我做了坦白，我也应该对您坦白。我们是一场戏剧中的一部分，这戏剧的起因与结局都超越我们之上，因为在无比遥远但又与我们所在时空一模一样的另一个时空中，它已上演过无数次。从您的口音可以听出来，您是卡斯蒂利亚人，大概理解不了我想告诉您的事情；但任何一个吉卜赛人，或者任何一个安达卢西亚出身的宪警，都能完全理解我的意思。当我离开马德里前往格拉纳达，一位朋友陪我去正午车站。他坚持——这坚持适当而不过度，因为他也是我们戏剧中的角色——让我留在马德里,在马德里他能保护我,掩藏我。我一时动心要听他的话,但突然被一种确信击中,从前已预见并演出过的事情不容歧异。我来到了格拉纳达,知道尽管我想躲藏,我还是会在这里被捕。"

"我已经倦了。"他叹了口气,弯起瘦削的脊背,"我没怎么听懂您说的话;但我不能接受您这种宿命论。假如您说的是真的,那么我们的舞台将永无止境,而这场战争将重复一场已发生过的相同战争。这毫无意义。"

"正如您所说,虽然我本来也没期望您能理解我。您太过理智。在上帝面前,您永远也掩藏不了这点。"

他在墨水台上方交叉双臂,额头沉进肘与腕之间。沿发缝分开的头发在头颅中部变得稀疏,长长的新近变白的发丝染灰他的双鬓。

"我不行了。"他咕哝道,"按您的预感,现在这场戏又该怎么演呢?您趁我昏昏欲睡夺过我的手枪,给我一发子弹?假如我是您,我就会这么做。"

"不是这样的,我们也不能互换角色。归根结底,我们还是像我们各自的上帝一样不同。"

"那您把卫兵叫来吧,让他把您送回牢房去。"他艰难地嘟囔着,话语被睡意吞没,"要不了很久,明天您就能回到罗萨莱斯家里了。告诉士兵们,半小时以后叫醒我。"他的话越来越难听懂,但我敢发誓,他在正要沉入睡梦中时忽然嘟哝,"您辜负了我。您不愿相信我疯了,也不愿给我一发子弹。替我向佩佩·罗萨莱斯问好吧。"

"好极了。"那个凡俗之人赞同道,但这会儿他变得茫然无措了,"我猜从现在开始,我该感谢您开恩放我一条生路了。但我也不知道自己是否真的有了生路。离开马德里时,我相信我的每一步都已被预见。现在我什么都不能确定了。难道我们不是无意之中偏离了预先的安排?难道我们不是执意要在唯一可能的结局之外,再即兴创造一个新的结局?"

他没有反驳,也没有回应。他在桌上趴着睡着了,滑入梦乡如一块石头滚下斜坡。军大衣下,他的脊背不时颤动,咽下一声无意识的呻吟。接着,他就彻底不动了,甚至可以说,他穿着衣服潜入了一片隐形的深海。

 看啊看啊看啊就像你从前那么多次在这间地狱大厅的舞台上看见过的那样[1] 看啊哪怕你不想看哪怕你那么多次不情愿地想起 你来看啊我身体里的凡人那个当巴尔德斯请求他认定自己发疯时就不再害怕了的男人 是的看啊我身体里的凡人你甚至陪我到这螺旋的深处 看啊别用手绢遮住你的脸庞 你在献给伊格纳西奥·桑切斯·梅希亚斯的挽歌里也请求不要遮盖他的脸让他的脸露在外面让他的眼睛被看见像看见冷硬的空气像看见你那首十三行

---

[1] 接下来的一长段,在原文中都没有逗号或句号,只用大写字母提醒读者句子与句子的分界,因为中文没有大小写之分,所以用空格隔开句子。

诗里的无名死者的眼睛那首诗正预示着你现在所见的一切 看啊不要迷失在偏离的记忆里也不要迷失在切线般的诗句中因为那个清晨地上的一切都已结束凡俗之人一切对你而言都已结束对我而言都已结束我是你的面孔或背后你的正面或反面一切对我们创作并署上我的名的诗歌而言都已结束 你永远不会知道鲁伊斯·阿隆索有没有举报你 不会知道当他说自己奉那位没有面目也几乎没有名字在你的悲剧中出现又消失宛如从未存在过的贝拉斯科中校之命时是在撒谎还是坦白 你永远不会知道巴尔德斯有没有像承诺的那样打电话给塞维利亚("我的先生,我也对您说我的遗言。我告诉过您,我会和塞维利亚那边说明天放了您,明天您就自由了。")告诉他们他要放了你 你永远不会知道塞维利亚是不是回答说他应当马上杀了你因为天知道是什么的原因因为你是赤色分子是同性恋是诗人是共济会分子是吉卜赛人是犹太人是费尔南多·德·罗斯里奥斯[1]的朋友因为你给人民阵线投了票因为你要求释放普列斯特斯[2]或只像鲁伊斯·阿隆索对米格

---

[1] 费尔南多·德·罗斯里奥斯(Fernando de los Ríos,1879—1949),西班牙社会主义政治家,政治法教授。1931年至1933年间先后担任西班牙第二共和国司法部长、公共教育与艺术部部长。曾做过少年洛尔迦的老师,与其成为好友。1929年,费尔南多·德·罗斯里奥斯说服洛尔迦与他一同前往纽约以改换心情,间接促成了诗集《诗人在纽约》的诞生。
[2] 路易斯·卡洛斯·普列斯特斯(Luis Carlos Prestes,1898—1990),巴西革命家、政治家,曾任巴西共产党总书记。普列斯特斯1936年武装起义失败被捕后,洛尔迦曾公开声援普列斯特斯,要求巴西政府尽快将其释放。

尔·罗萨莱斯说的那样因为你的笔比别人的枪危害更大无论如何尽管你无法确切地解释但你后来预感到巴尔德斯至少说了一部分真话无论如何再不会了再不会了因为一切现在都已结束 他们用脚踢开用枪托击开那间用来关押你的房间的门 那个有着孩子眼睛的士兵和另一个与他一模一样的士兵如此相像如同相对的两面镜子映出同样的影像他们闯进你的牢房把你按在墙上用针茅绳子反绑你的双手割疼你的手腕 你朝他们大喊省长先生不会容忍这样的暴行省长先生向你保证过是的他向你保证过明天就会放你自由而其中一个士兵你不知道是想用滑膛枪打你的那个（"你这无赖，你怎么敢？还当着我的面！"）还是另一个一巴掌抽在你嘴上 凡俗之人你尝到上腭和舌头的血味先于尝到那一击啮人的苦楚 血的味道像中国墨和冰面上的碎玻璃 两声相同的大笑迎接你疼痛恐慌的尖叫 现在你想成为伊格纳西奥了即使你不过是我的面孔或后背我的正面或反面凡俗之人 成为伊格纳西奥是的因他向来勇敢地挑战死亡（"如果非得有具支离破碎的尸体被抬进家里，我希望是我而不是我儿子的尸体。"）即便他曾在你面前受辱低头像一头重伤的公牛 他们又推又踢把你揉过走廊楼梯和门厅而你（"Je ne suis un pédéraste! Je suis une tapette!""我不是个鸡奸者，搞搞清楚！我是个娘娘腔！"[1]）哭泣又祈祷只令他们鄙夷 满是冷漠的蟋蟀的

---

[1] 原文括号内法语在前，西班牙语译文在后，此处译出西班牙语，保留法语。

八月中旬异常的寒夜在外面等待着你 你跪倒在地乞求他们看在上帝的分上行行好把你送回牢房让你和省长先生谈谈 你再一次重复你曾祈祷军队的胜利你准备好为他们的事业献出一切包括你的生命 一辆黑如凌晨本身的别克在车道上等着他们将你拖向那辆车 他们打开一扇后车门把你扔到罩了布的座位上 像在梦中无征兆但又灵巧地转换时间或人物一般你想到要不是在省政府拒绝饮食你现在会害怕到失禁于是你称赞了自己的谨慎 别克里有两个双手反绑在背后的男人一个在你身边一个在前排的折叠座椅上在他旁边在另一个没有靠背的连体座椅上你认出了胡安·特雷斯卡斯特罗 两个突击队队员坐到前面一个握方向盘另一个支着把毛瑟枪低着头或睡着了 特雷斯卡斯特罗手里也拿着把手枪尽管他现在似乎将它丢在膝头 坐在你对面的囚犯眯起眼睛看你叫出你的名字 接着他问你是不是那个作家 你点了点头而他低声平静道"我是帕科·加拉迪 您旁变（边）[1]这位朋友是华金·阿尔科利亚斯虽然站（咱）们都汗（喊）他卡贝扎（萨）斯[2]他是斗牛场上的同伴和我一样是短扎枪手他们没有枕（审）判就要谋杀我们因为我们是无政府主义者他们带着枪逮捕了我们"卡贝萨斯请你原谅因为他的手被绑在后腰上只能

---

[1] 下文中所有仿宋字体部分原文中均为斜体，是作者故意使用错音、省音的不标准方言表达，中文以近音字代替，在第一次出现时括注原义。
[2] 正确说法应作"卡贝萨斯"（El cabezas），字面义为"头"。

越过肩膀来看你 之后他仿佛你们是去郊外吃下午茶一般继续说道"我见过桑切斯·梅希亚斯差点就在他的班子里斗牛了 当他知道我是从格拉纳（格拉纳达）来的时候他对我说恁（您）是他的好朋友而且是个谢（写）谣趣（曲）的天才不过写的是现代版本""你们给我打住吧！"特雷斯卡斯特罗嘟囔"这又不是狂欢晚会"加拉迪嘲笑他"你们都要杀了我们而且已经把我们蛇（折）磨得奄奄一息了像您这样的一个希尔·罗夫莱斯手底下的蠢笨小少爷还能对我们捉（做）些什么？搜（受）了这么多的苦再打可就不痛了连枪子儿也变成恩德""可不！"卡贝萨斯表示赞同"说得多好！我们就算被帮（绑）着也比您更强！"可以确定的是特雷斯卡斯特罗闭了嘴转过身打了一个手势让队员发动了车辆 你们沿着女公爵街向上穿过大将军街 你们渐渐将宵禁下荒芜沉寂的格拉纳达抛在后头 星星在上方闪烁明亮直到在最初的灯光中熄灭 假如有人从那些遥远的世界眺望你们大概会像你们看脚底踩死的蚂蚁 然而假如一只蚂蚁对你说"我思考，我感觉，我和你一样终有一死"你会像现在他们毁灭你们一样毁灭它吗？ 格拉纳达落在后头你们开进了乡村 有橙花和薄荷的气味 青蛙在蛙群中歌唱 一颗流星掠过挡风玻璃 你忽然绝对地确信自己是在经历一场滑稽戏 纵使表面上看起来如此这般这些人并不会真的杀死你们 特雷斯卡斯特罗这个人民行动党的知名党员在场更助长了你突然的信心 你再次看见他在罗萨莱斯家的院子里半羞愧半鄙夷地望着鲁伊斯·阿隆索吃小海绵蛋糕和加奶咖啡的下午茶脖子上系着的餐巾在蓝色工装胸前展开像一个围嘴 这个男人生来不是杀人的料 他能做的不过是在连屋顶上都布置了人的突击队的保护下去逮捕别人比如你就像是信仰审判[1]必须有观众一样即使他做不了刽子手 他和你们一起上那辆别克为了不让这场对处刑的嘲弄变为现实 所有这些都是巴尔德斯为了你排演的一出残酷喜剧 到了最后一刻当那些鹰犬假装要一枪击中你们后颈射杀你们特雷斯卡斯特罗就会像上帝派来的天使一样拦住他们找些荒唐的借口下令将你们送回省政府 最后一刻从庄园打电话给省长接到命令或干脆陀思妥耶夫斯基式地揭露一切都不过是一个恶意的玩笑你们三人你加拉迪卡贝萨斯是毫不知情的主角"省长仁慈至极这一次决定放你们一条生路虽然你们余生都要在狱中注视着无比虔诚无比军事化的新西班牙繁荣开花而那正是你们这些革命的自由主义的马克思主义的共济会的犹太教的卑鄙之徒曾听从俄罗斯的命令而意图阻止的事情"到了省政府他们将再一次将你带到巴尔德斯面前 你将发觉他面色愈发青白被失眠和缺觉两种酸液腐蚀到极致 他确实得了癌症很快就要死去 正因如此他强加于你们的那个野蛮玩笑大概令他分外愉悦"您是

---

[1] 信仰审判（auto de fe）是宗教裁判所组织的公开悔罪仪式，通常应用于被判有罪的异端者或异教徒。

做戏剧的人"他说道像之前一样不看您的眼睛"告诉我您对我这场幕间剧对我的导演有何感想 您现在信不信我疯了信不信在上帝的审判中我的疯癫将是对我的无辜最好的证明?"他们甚至可能做得更加可怕在你面前杀掉加拉迪和卡贝萨斯("他们没有枳判就要谋杀我们因为我们是无政府主义者他们带着枪逮捕了我们")而赦免你带你回巴尔德斯那里 这么一来或许你根本不能理解他的问题一个执着要证明他的疯狂的垂死之人的问题因为在这讽刺的受难之路尽头当他们嘲弄般地给你一条生路你自己也发了疯变得暴怒 流星熄灭了我们经过了蛙群穿过一座小桥 然后月光勾勒出公路两侧的橄榄树林"我们这是路过哪里?"卡贝萨斯看着田野高声问道问题不朝向任何人"这是贝罗河[1]上的桥"加拉迪回答他而特雷斯卡斯特罗和队员们一言不发"我们在忘(往)比兹(斯)纳尔[2]村开我妈妈是那儿的愿她安系(息)现在格拉纳忘我们的南边远去了"河与橄榄林那边的一阵嚎叫打断了他 渐渐地你认出了回忆中被夜色模糊的景象 堂胡安·曼努埃尔·莫斯科索-佩拉尔塔[3]大主教宫就在比斯纳尔 费尔南多·比利亚隆在自家庄园召唤死去群狗的鬼魂把拉法埃

---

1 贝罗河(Río Beiro)是流经格拉纳达省的赫尼尔河的一条支流,起源于比斯纳尔市区,在格拉纳达市近郊汇入赫尼尔河。
2 应作比斯纳尔(Víznar),格拉纳达省城市,位于格拉纳达市东北,一般认为洛尔迦在此被害。此处作者故意讹作"Vísnar"。
3 胡安·曼努埃尔·莫斯科索-佩拉尔塔(Juan Manuel Moscoso y Peralta, 1723—1811),秘鲁教士,曾任格拉纳达大主教。

尔玛丽亚·特蕾莎和你都吓坏的几天之后他们三人和你一起回格拉纳达你走这条公路把他们带到比斯纳尔欣赏那座十八世纪的建筑 在正午车站你确信现在过去将来将融为同一种更高的现实但你在这儿并没预料到如今你们被迫体会的悲剧与嘲讽 你记得很清楚一开始在装饰着巨大门钉的大门前后来又到了宫殿带柱廊的庭院里你和他们讲述格拉纳达大主教莫斯科索-佩拉尔塔是出身阿雷基帕[1]的克里奥尔人的孩子 玛丽亚·特蕾莎和拉法埃尔惊讶而敬佩地听你说莫斯科索的一个侄儿马里亚诺·特里斯坦·德莫斯科索和一位逃离大革命的法国贵妇生了个私生女 那个女孩弗洛拉·特里斯坦[2]将成为保罗·高更[3]的外祖母而她的一句话"全世界无产者,联合起来!你们失去的只是锁链!"十分幸运地被恩格斯和马克思抄进《共产党宣言》里 费尔南多·比利亚隆沉默着收起他的目光收起宽展的人性好像他不在此处而且离你们所有人都无比遥远 类似一种舞台耳语当拉法埃尔为宫殿花园里的玛丽亚·特蕾莎拍着照片时你问费尔南多在那无尽的沉默后他经历了什么 他将一只手掌按在胸口对你说"你还记得我召唤那些死狗时你们听见它们从树林里响起叫声

---

1 阿雷基帕(Arequipa),秘鲁第二大城市,位于秘鲁南部。
2 弗洛拉·特里斯坦(Flora Tristán,1803—1844),法国秘鲁裔社会主义作家、思想家,女权主义者。她在著作《工人联盟》(*L'Union Ouvrière*)中率先提出"全世界无产者,联合起来"的口号,后被马克思引用。
3 保罗·高更(Paul Gauguin,1848—1903),法国印象派画家。

吗？现在我听见它们全都在我的胸中嚎叫""还有多久能到比兹纳尔？"卡贝萨斯问加拉迪他的声音中窜过一丝颤抖"矮（哎）我们差不多已经到了 要不是这么晚了我们刚刚那一灰（会）儿就能看见瞪（灯）光"别克停在宫殿门前 特雷斯卡斯特罗下了车有那么一会儿他好像在犹豫是要走向队员还是默默离开 最终他走了连口也没开 在那栋建筑门口他和一个站在那儿的卫兵交谈接着带门钉的大门在他背后合拢 突击队的士兵于是一起转向你们像被同一个弹簧驱动"我们不是自愿的我们从不想做这个"拿短滑膛枪的那个说"他们怀疑我们支持共和国所以才逼迫我们干这差事"他口音和巴尔德斯一样像个老卡斯蒂利亚人 或许他来自洛格罗尼奥或者是坎塔布里亚山区[1]另一个点头同意"我总是祈祷能变成个狂怒的疯子我宁愿那样"加拉迪朝脚下吐了一口唾沫"一条真汉子比起从背后打死手无寸铁的人宁愿先给自己来一枪""可不！"卡贝萨斯同意道"说得多好多有道理！""我俩都结婚了我两个孩子还很小"开车的那个士兵说"我不能害他们没人照料流落街头 拜托你们理解""我有个女儿我会良信（心）很按（安）稳地死去因为我知道她有朝一日会看见绝对自由的共产主义在这个国家实现""就是！就是！我也有个儿子希望他能原谅你们因为你们是狗而狗

---

[1] 原文字面义为"山区"（La montaña），是历史上对西班牙北部多山的坎塔布里亚地区的称呼。

并不知道自己在捉些什么"你想告诉他们今晚谁也不会杀死谁罪行的时刻还没有到来 或许是昨晚或许明天将再次被提起但他们永远不会在这个凌晨杀死你们 有些时刻被预定杀害无辜者另一些时刻被选中举行撒旦狂欢来增添一个只期盼被上帝视作疯狂的男人的荣耀 然而声音溺亡在你的喉咙里如一条灰烬河流 你的心在喉咙里跳得这样厉害你甚至害怕它将要绽裂如一颗石榴又或者在熔岩般烧灼着你灵魂的血液里瑟缩("死还是不死。这是个问题。斗牛场是座剧院,如果是莎士比亚定能彻底理解")有人要求桑切斯·梅希亚斯简短精确地形容一下斗牛时他这样回答 死还是不死 在"阿根廷女郎"认为自己被情人抛弃的那段日子里有天下午她叫你去她家遣退了侍女厨娘还有年老的熨衣女工 她与你二人独处肯定地说她确信自己已经失去伊格纳西奥因此不想活了 你想要用那些陈旧谎言安慰她又在一再重复中感到厌烦可鄙这时她突然抱住你吻了你的嘴说她那下午打算和你这个小男孩睡觉 是的她一直以一种遥远但持续的方式渴望着你就像在你夏日午睡时或在外面雪落纽约雪落巴黎而你在化妆室里画眼妆感到孤独感到离家遥远时每年几次侵扰你的那些念头 渴望是的从《蝴蝶的妖术》[1]首演失败的那段日子起就开始那时你还是个那样纯真那样严肃的愣头青打

---

[1] 《蝴蝶的妖术》(*El maleficio de la mariposa*)是洛尔迦的第一部戏剧作品,由"阿根廷女郎"主演。1920年3月22日在马德里首演,不幸反响惨淡。

着蓝领巾有着向来属于你的一双摩尔人般的眼睛 她忽然问你你有没有和哪个女人睡过觉而你打了个手势否认告诉她你只和男人睡过但并没说你爱过一个剩下的都由金钱买来 她回答说你不必因为她叫作倾向的东西而羞愧因为人人来到这流泪谷[1]时是什么样就是什么样你不必为生来是个同性恋负责正如不为为被生到这世上负责在这两件事情上他们都没问过你你是想做个大男人还是只想简简单单活着我的孩子啊他们最好就是不要费劲生下我们或者至少不要没有征求我们同意就生下我们叫我们之后这样受苦 那时你没法回答就像现在一样因为词语如火炭一般燃烧接着在空虚中化为灰烬而心脏似乎每跳一下就要破裂或变成耗尽了的多孔的石头如同那些被琥珀捕获的鸟的化石它们的存在早于人类踏上大地你在看见极光的前一晚曾在伊登梅尔湖见过它们一次 你无法告诉她你爱她胜过爱生命尽管这是真的但你永远无法和她睡觉也无法和任何女人睡觉因为在你无耻的内心深处你会觉得自己像是和母亲乱伦 你逃下楼梯话语在上腭后石化"阿根廷女郎"的喊声追逐着你 那一晚她又打电话给你重复她远离伊格纳西奥的怨怒和绝望但她从未想要提起那个下午在她家里发生的事或从未发生的事 现在宫殿的门打开特雷斯卡斯特罗手里拿着手枪回来但这回低垂脑袋步

---

[1] "流泪谷"的说法出自基督教,指的是尘世的苦难。参见《旧约·诗篇》第八十四篇:"他们经过流泪谷,叫这谷变为泉源之地;并有秋雨之福盖满了全谷。"

履匆匆像是刚刚收到终结这场滑稽戏的命令或是有人责骂他在这场如此荒唐的游艺中扮演的角色 他钻进别克一把关上门 车辆发动左边仍是橄榄树但公路另一边升起了茂密的松树林 你感到迷茫因为你从来不曾从这块田野上经过比斯纳尔 从来不曾直到这个不可思议的凌晨 橄榄林那边传来的水声不再令你迷茫但加拉迪像从你脸上读出心声般说道"那是始于富恩特格兰德[1]的艾纳达马尔髓（水）渠[2]"而卡贝萨斯以冷漠得无与伦比的语气补充"听着像脏（涨）水了虽然今年冬天雨下得不多""我说过了给我闭嘴"特雷斯卡斯特罗重复道没有看向他们"去你的吧！"加拉迪喊道"该闭嘴的是您，有种的话最好千碎（脆）点杀了我们！"特雷斯卡斯特罗垂下眼目光迷失在他紧抓着被遗忘了的手枪的膝头 每次道路拐弯他的膝盖都会挤到你的膝盖 他的膝盖圆而坚硬像楼梯平台处的圆形把手 忽然仿佛有两只手扯开流云满月在天上显现 照白了水渠和卡贝萨斯光洁的面庞 茉莉和夜香木的芬芳在水中复苏 然而在这片田野上不存在过度 一种公正的节制感统治着天地尽管四周仿佛燃起白热的火 很快这种节制的谨慎也会迫使特雷斯卡斯特罗这样的怪物屈从 他将把手枪放回口袋下令返回省政府（"省长仁慈至极这一次决定

---

[1] 富恩特格兰德（Fuente Grande）是西班牙安达卢西亚自治区格拉纳达省阿尔法卡尔市下属的一个镇，毗邻比斯纳尔。
[2] 艾纳达马尔水渠（La acequia Aynadamar）横穿阿尔法卡尔、比斯纳尔和格拉纳达市，建造年代可追溯到11世纪以前。"艾纳达马尔"一名源自阿拉伯语，意为"泪泉"。

放你们一条生路"……）就算是一场为了摧毁三个毫无防备的人而编排的将他们推到永恒的刀刃上又在悬崖边上拉住他们的滑稽戏也得服从一定的限制（"虽然你们余生都要在狱中注视着无比虔诚无比军事化的新西班牙繁荣开花"……）你知道爱会在人与人之间牵起几条蜘蛛丝假如它们能被看见定将如现在的月光一般闪耀 当死亡将那些蜘蛛丝分开它将成为每条丝线松脱末端上的一条鲜血之线 你确信你不会死去因为你和你在圣比森特庄园的母亲之间的蛛网仍不会断裂 你现在甚至会改写一句聂鲁达的诗说同样的月亮照白不同的树 你曾是庄园中的孩子早于认识人类早于逃离"阿根廷女郎"早于撞见阿尔拜辛的女巫早于在大马车和古镜穿过的秋天从打开的钢琴里找到无词的浪漫曲早于你发现你创造另一个词语世界的能力这词语世界有着它的圣地亚哥之路[1]它朝圣的吉卜赛人它披着花边的性倒错圣人它的忍冬和阿尔拜塞特[2]的折刀远远早于你迷惑地听阿尔贝蒂说燃烧的羽毛落在这世上而一只鸟会为一朵百合死去 更早以前 更早以前 更早以前 你曾是个梦游的孩子住在圣比森特庄园 另一轮满月从你卧室敞开的窗户把你带去那些被照亮的田野而没有惊醒你 你意识到自己活在睡梦中意识到自己行走在铂

---

[1] 圣地亚哥之路，前往天主教圣地之一西班牙北部城市圣地亚哥-德孔波斯特拉（Santiago de Compostela）的朝圣之路，也称"圣雅各之路"。
[2] 阿尔瓦塞特（Albacete）位于西班牙东南部，是卡斯蒂利亚-拉曼恰自治区阿尔瓦塞特省的首府。阿尔瓦塞特生产的折刀相当有名，洛尔迦常在诗中使用这一意象。

金的梦境世界里 庭院里的泉中一条啜泣的鱼在摆动泉水淙淙正如今夜的艾纳达马尔水渠而同样的夜香木和茉莉在静止的空气中聚拢它们的香气 你觉得自己在辉光的照耀下从轮廓模糊的微笑的死者间走过他们随着你的脚步分向两边正如此刻快乐的被害者们知道你们将继续活着于是为你们分向两侧 你走到了生满睡莲的苗圃蓄水池旁赤身进入水中 你失足溺水而仍没有醒来你向一个更深的梦滑去在那里明月照耀的世界全变成金色 如被锤打的铜一般的古老金色 被风摇曳的麦田的金色 圣母纸牌的纯洁金色 百合花下遗失的婚戒的金色 铸刻着你与你母亲的侧面像仿佛你们是一位国王和一位王后似的十三枚硬币的金色 多年之后将在你写安东尼托·艾尔·坎波里奥[1]之被捕的诗歌中完好无损地重生的被切开的柠檬的金色 天上的太阳在水中倒映出的另一个太阳的金色 当你走向那火焰的中心一只手臂探入水中拉住你的手将你带回空气里而这个凌晨就像是对当时奇迹的戏仿 特雷斯卡斯特罗将恩准你们活下去 那是你的母亲同样赤身裸体同样在梦游她与你由那丝线的蛛网相牵那些丝线会是白银的颜色假如爱能够看见 她把你抱在怀里你们两人在那儿啜泣声音安静好不要从梦中惊醒 如今你确信当初那夜你在水池中预感到自己不会死去因为白银的网尽管不可见却将你拴

1　安东尼托·艾尔·坎波里奥（Antoñito el Camborio）是洛尔迦诗中的人物，是一个年轻的吉卜赛小伙，在两首诗中分别被宪警抓捕和死于一场械斗。

在生命上就像现在将你拴在给予你生命的人身上 别克在路边一栋屋子前停下 一座有三扇门和好几扇落地长窗的两层楼别墅"我认直（识）这儿"加拉迪叫道"他们管这儿叫'夏令营'因为学校里的孩子夏天都到村这边来 我想现在各位是把它当屠宰场用了"说完他转向特雷斯卡斯特罗 后者没有回答从车上下去猛地关上门 接着他几乎分毫不改地重复了在大主教宫前的行为 特雷斯卡斯特罗和守在"夏令营"门口的两个男人交谈其中一位并无多少敬意地给他打开大门"机不可失时不再来"加拉迪对突击队队员们说"发动汽车我们四个全速离开这里"他们面面相觑似乎犹豫许久 他们大概没参与巴尔德斯的密谋因为司机难过地摇了摇头"不要让我们做这样的牺牲 我告诉过你我的同伴已经结了婚我也一样还有两个孩子 我们也多希望能放走你们或者和你们一起逃走！""不可能的"拿着毛瑟枪的队员表示同意"别再折磨我们了 他们马上就会抓住我们把我们所有人都弄死""放弃吧加拉迪"卡贝萨斯劝道"你和一对蜷蛇桌（说）话都比和这两人说话强 请求他们原谅你伤害了他们脆弱的良信吧等着他们用一颗子弹让我们节（解）脱就像我们从未冒犯过他们那样""你说得有导（道）理"加拉迪妥协道"这家伙的孩子会有个孬种爹" 士兵们假装没听见他们的话而加拉迪转向你"我很敬佩您因为尽管您不熟悉这种险惊（境）您却如此有尊严地面对了它 卡贝扎斯和我不一样我们是短

扎枪手 在斗牛常（场）上人会习惯近举（距）离面对死亡最后几乎忘掉它的存在 渐渐地被顶伤和掀翻变得比最终被牛角捅使（死）更可怕""确实"卡贝萨斯赞同"这位先生比我们更有尊严地忍受了一切只以蔑似（视）和岑（沉）默回应他们 我们也应该这样做"接着他转向你对你说"您别担心只是一瞬间的事儿只要我们的好士兵们知道怎么履行职责遵照上帝的旨意熟练地杀人 我二二年和格拉内罗[1]的斗牛班子在一块那天'波卡佩纳'用牛角捅死了他 事情就是如此 格拉内罗也是位像您一样的先生甚至学过小提琴拉的琴简直是天籁之音他就像四（是）不好意思啊一个娘娘腔 谁也没听他提过女人也没见过他看她们 假如有人在他缅（面）前梯（提）起她们他就会像个见习休（修）女一样脸哄（红） 但在斗牛常上没人比他更勇梦（猛） 他对自己对公牛都比何塞利托更果敢他的勇气比桑切斯·梅希亚斯更冷静更节制 他得到了他影（应）当得到的死亡只有一刹那没受什么苦'波卡佩纳'钉进他一边大腿把他甩到了围栏上 在围栏边它捅了他三似（次）其中一次犄角插进眼睛撕裂了脑子 我们抬走他时他丧失了意直（识）到了医疗站就死了"你想告诉他们死亡是这场为省长可能的疯狂添彩的恶毒喜剧里唯一无须惧怕的东西（"您太过理智。在上帝面前，您永远

---

[1] 曼努埃尔·格拉内罗·巴利斯（Manuel Granero Valls，1902—1922），西班牙斗牛士，1922年5月7日死于公牛"波卡佩纳"角下。

也掩藏不了这点。") 但你的声音仍石化在喉咙里 来自其他时代的词语的残迹它们来自灾难以前的时代来自将要审判巴尔德斯的上帝尚未用神怒之火夷平所多玛和蛾摩拉杀遍这片满是无知之人与流氓无赖的大地的时代在那片大地上对所有受害者莫大的嘲弄是只有刽子手保留着理智 像是理性道德美德公正尊严("这位先生比我们更有尊严地忍受了一切只以蔑似和岑默回应他们") 荣誉邻人祖国宗教权利进步文化革命这样的词语在这里有了和其他国家天差地别全然相反的含义 所有为人们彼此交往而发明的词语现在在你喉咙里变成化石变成蝎子蜘蛛蜂蛇鱼还有消失物种的侧影 告诉他们我们在这场测验里不会失去生命但或许的确会失去理性 告诉他们或许自明天起在巴尔德斯的恩赐下你们三人将被当作完美的疯人样本在一个玻璃笼子里展示在这片大地上理性只是杀人犯所独享的不可转让的特权 但你的声音哑默或许将哑默至永远 像在那些噩梦里一样梦中沙漠将你们的双腿淹到膝盖拉住你们阻止你们不让你们走向一面镜子而是将你们抛下深渊先在一口井壁间窒息你们的声音然后在齿间舌尖压碎它们 此外他们似乎也并不期待着你的回答好像他们能从你的眼里读出与你所思所感全然相反的内容("我很敬佩您因为尽管您不熟悉这种险惊您却如此有尊严地面对了它") 人活在这世上难道注定不能相互理解？你在你哑默的绝望中自问 现在"夏令营"的大门又一次打开特雷斯卡斯特罗口袋里揣着手枪从那边回来 另一个像你们一样双手被反绑的男人在他身边一瘸一拐地走过来 他年近六十体格庞大肩膀宽阔额头近乎光秃 他走近时在别克车灯下你看出他衬衫胸口全是血迹嘴唇变形好像被人打碎牙齿"你往卡贝萨斯那儿挪挪让这人坐到你旁边"特雷斯卡斯特罗对你说现在语气几乎彬彬有礼 你往角落的卡贝萨斯挪去之后新来者努力服从他的指令 他想要侧身钻进车里但一切努力都徒劳无功 他一条腿是假肢原先的肢体或许已从膝盖以上截去他无法弯曲那条假肢也就无法进去"如果不把我松开的话我是进不去的"他平静地断言并没确切地指向任何人好像要上天来见证他的确无能为力"再试试"特雷斯卡斯特罗坚持"我试过了不行"他的嗓音堪称强健一如他的脊背尽管由于还不习惯用破碎的门牙说话他的词与词间漏出一丝奇怪的哨声 特雷斯卡斯特罗犹豫了一下但还是从口袋里掏出一把折刀切断勒伤那陌生人的绳索 他合上那片闪亮如月光下一条鱼的刀刃将折刀放回口袋两手都在抖 那瘸子比他高壮他本能地离远了几步 突击队队员们似乎心不在焉背对着他们好像你们悲剧中这崭新的一幕与他们无涉 那个脸被打坏前额宽阔的男人长时间地揉着自己的手腕而特雷斯卡斯特罗没催也没打断他 他侧身站在车门口抓住假肢膝盖在空中把它抻开 接着他滑进别克坐到我边上用两只手折起假肢它尖响如新切开的坚硬粉笔划过黑板如老旧不堪的铁

钥匙插入缺油的锁孔 他坐在座位上胯骨挤着你向特雷斯卡斯特罗打了个嘲弄的手势请他坐到加拉迪旁边的空座位"有请刽子手阁下坐到他的受害者和朋友中间"特雷斯卡斯特罗听从了他现在比我们所有人都要害怕 他用手绢擦干额头跟脸颊打一个手势命士兵发动引擎 车吱嘎作响像受伤的动物呻吟最终猛地启动摇撼了我们所有人"出什么事了?"特雷斯卡斯特罗烦恼地问道 方向盘边的突击队士兵耸耸肩膀"我不知道 这辆别克老得很了 可能是化油器可能是转向器 都出了毛病""行吧行吧 往前开吧什么也别弄坏"他语气强硬好像他或司机真有能力控制似的 金属腿的男人微笑着摇摇头"刽子手阁下令我想起执意要拦住海浪的克努特大帝[1]"他对加拉迪说 接着他自我介绍"迪奥斯科罗·加林多·冈萨雷斯 普利亚纳斯[2]的一位老师"华金·阿尔科利亚斯替所有人回答了他但令你惊讶的是加拉迪并没应答 华金低声把同伴此前和你讲过的一切都告诉了他也告诉了他他是谁 普利亚纳斯的老师将靠着你的脑袋向远处移了移向你问好语气近乎兴高采烈"我让小学校里所有的孩子都读了您的《深歌集》大多数孩子自然买不起但我自己用机器复印了那些诗让他们把其中

---

[1] 克努特大帝(995—1035),丹麦国王。传说他为了反驳大臣提出的"君权无限"的观点,故意来到海滩,在群臣面前命令海浪停止。海浪当然没有依从他的命令,反而几乎将他吞没。之后他下令回到王宫,从头上取下王冠,献给一幅受难基督像,表示真正的统治者是上帝而非人间的国王。
[2] 普利亚纳斯(Pulianas),西班牙安达卢西亚自治区格拉纳达省的市镇,毗邻格拉纳达市。

许多背诵下来 他们为什么抓您?"他肿胀的嘴唇艰难地咧出一个微笑然后补充道"我多希望是在别的场合见到您留给我们的时间更加充裕" 这次又是卡贝萨斯他大概自认有义务帮你们三人回答"加拉迪和鄙人被抓的罪名是危险的无政府主义者 我们确实是而且很自豪 但这位先生我不知道他们为什么要杀了他 我猜是因为他的名声因为法西师(斯)主义憎恨穷人和有才能的人""四天前大约晚上十点两个武装的长枪党人在我普利亚纳斯的家门口冒出来并非完全在我意料之外"迪奥斯科罗·加林多·冈萨雷斯说道没怎么理睬他"透过窗户我看见另两个长枪党在门前停着的一辆车里等着直到最后他们也没有上来 顺便一提门口两个长枪党极有礼貌地介绍了自己请求我允许他们搜查屋子因为这是他们从省政府接到的命令 我没办法只得同意另外请原谅我不得不加一句很讽刺的话我对他们说他们在一个可怜的小学教师屋里是找不到什么能引起他们兴趣的东西的 其中一个人问我那么难道在二月选举人民阵线胜利之后人们没有从我屋前游行经过大喊'老师万岁!巴雷拉斯去死!'我说一点没错虽然我管不着他们在人行道上喊些什么 我没说在选举宣传里我曾公开演讲支持人民阵线因为横竖他们也没问我 我呢先生们向来支持共和国但是我从没想过要做英雄做殉道者我只想做个教书匠 我在我们的刽子手先生们面前坦白这一切是因为破罐破摔或是因为'你们可以夺走我的生命但夺

不走更多'这话是卡尔沃·索特洛先生在议会上说的说得很潇洒那时他还没被刺杀我向来很尊重不同的观点尤其尊重我对手的尊严"只有你知道今晚谁也不会死去而加林多·冈萨雷斯是巴尔德斯以你为主角构思的滑稽戏中最后一个茫然无知的演员 然而在省长和他癌症的背后另一场同样未曾预料的狂欢节玩笑正在你眼前上演它的背景是别克车而演员还是这些 之前雄赳赳气昂昂的加拉迪现在缩进沉默之中而同你一样了解真相的特雷斯卡斯特罗在这满月照水渠之夜的阴影中看起来很憔悴好像他预感到由于一个尖刻的错误最后被枪杀的将是他自己 卡贝萨斯似乎忘了他自己很快将被杀害尽管他确信这结局无法避免但他转而对普利亚纳斯的老师的故事表现出热忱的兴趣"他们在你房子前骂他去死的那个巴雷拉斯又是谁?"他问加林多·冈萨雷斯"或许是那个举报了我的人虽然说来话长我得简单点跟你讲 爱德华多·巴雷拉斯是普利亚纳斯市政府的秘书也是当地的地头蛇 两年前我刚到那儿的时候他给了我一间和牲口棚差不了多少的房子我去省政府进行了抗议尽管《理想报》是份右翼报纸但却站在我这边报道了我的努力 这一切只换来了巴雷拉斯的深仇大恨因为最后我厌倦了在盖章纸上提交申请而去租了四天前他们来搜查的那间公寓"他们当丝(时)逮捕了您吗?"卡贝萨斯追问"不孩子当时还没有 看起来我们还在路上那我就从头到尾给你详细讲一遍吧 搜查结束

之后那些长枪党人对我说他们确实没找到什么会危及我的东西他们到时在报告里也会这么写 他们补充说如果四十八小时的期限内没有人来逮捕我我就可以认为自己自由了 我记得他们走前有个人问我我是怎么想的我想他说的是政治观点 我回答说这些事情很私人我不觉得我有义务对任何人坦白因为重要的是一个人的行为而不是思想 或许你不会相信但他认为我是对的""那个气（期）限最后怎么样了？""过了两晚就过期了 但搜查过去五十四小时之后其他长枪党人来到了我家里这次不讲半点礼貌又是扇耳光又是推搡地逮捕了我 剩下的我就不和你讲了因为你自己应该也知道况且我的牙齿和衬衫已经讲述了一切 在受尽棍棒和酷刑和审讯之后我终于有幸见到了巴尔德斯少校本人美丽的格拉纳达的新省长 他只跟我讲了一小会儿话就为了再问我一次我的政治观点如何而我对他说了和当初在我家里对那个长枪党人说的一模一样的话 他说无论如何他都不怎么在乎因为在这座城里在这个省里所有的教师都是赤色分子 这真是个蠢观点但确实是个观点尽管我到最后也没勇气告诉他 现在这成了我一生中唯一后悔的事"当发言结束汽车突然咳嗽呻吟在一个弯道尽头停住"你停下来干嘛？"特雷斯卡斯特罗冲司机大喊 突击队队员转过来耸耸肩"我没停 是这破车坏了 我们从夏令营出来以后它就彻底不行了""努努力修好它吧 我们不能永远待在这儿"两个士兵下去拿步枪的那个把枪靠

在排水沟旁的一棵树上 加拉迪眼中闪过另一丝猫科动物般的光但很快又埋回消极寡言的状态里 特雷斯卡斯特罗打开车门一只脚踏上地面好像准备一旦要与我们独处就飞快逃离 加林多·冈萨雷斯挤出一个疲惫的微笑"克努特大帝怕我们呢 迟早他要跪着祈求我们原谅就像电影里那些刽子手所做的那样"特雷斯卡斯特罗移开视线用脚探探地面但什么也没有回答"克努特大帝,你怕些什么呢?怕我徒手掐死你吗?"普利亚纳斯的老师继续道"事实是我确实做得到年轻时我能用手指掰弯一枚银杜罗用手掌掰弯一根铁器 只需一眨眼的时间 突击队的狗腿子甚至来不及拿到他的毛瑟枪冲我开火 但我不会试着这样做 我已经知道了我们这儿的所有人头上都有火药味你也一样克努特因为总有一天你会在一整支行刑小队前为杀害我们或许还有其他的很多人而偿命 到头来我也只不过是缩短你去地狱的路程 这种殊荣我可不要因为尽管我在这儿夸夸其谈我也并不想缩短哪怕几分钟的生命 我先前已经对你说过我不是个英雄也不是个烈士 我只是个普普通通的共和国派一个其实话不多的小学教师尽管你可能会不相信""喝(嚯)!话不多,可说得多好啊!"卡贝萨斯赞扬道 接着他无法克制讽刺的冲动补了一句"堂迪奥斯科罗假如他们让您说话就不会绞死您了""我们谁也不会被绞死因为这位克努特和他的狗腿子们都是善良的文明人"

老师迅速回道"我可以跟你打赌,他们只用一颗打在后脖颈正中央的子弹就能迅速解决我们"他用右手打了个手势好像一瞬之间就抹去除我外所有人的存在他艰难地支着假腿转向我"在这种时候我谈论打赌也挺有意思的鉴于我生命中唯一剩下的就只有生命而我留给这世界的只有我的两个儿子他们已经长大成人能够自力更生 我从来不是个爱幻想的人以前也想象不出这样的时刻 假如我能预先知道的话或许我就会表现出另一种姿态虽然我也不知道是怎样的姿态 现在我理解了米什莱说起过的那些法国贵族他们在最后一夜在绞刑架的阴影下激情洋溢地赌着他们已没有的钱和已失去的产业"他微笑着点头同意他自己的思考"没什么 可惜我们竟是在这儿相见我本想和您谈谈诗歌谈谈许多别的东西 很遗憾没有另一个世界让我们能静待着永生愉快地交谈"

迪奥斯科罗·加林多现在大概在这螺旋的某座剧场里要么就是已被赦免在虚无中沉睡因为天国将属于他这样的人 然而尽管他出演了其中的角色但你从你的池座上观看着的这部戏剧归根结底还是属于你主角非你不可 当我再次看见你在别克里双手被缚坐在卡贝萨斯和普利亚纳斯教师之间加拉迪沉溺于忧愁特雷斯卡斯特罗转过脸躲开你们的视线而两个突击队队员努力修着汽车一切都在那一轮遥远无比的月亮下就在此时我想问你我的

肉体凡胎在一个比这月亮——你的舞台上正上演它的虚像——更遥远的凌晨被谋杀的人你在想什么 只在你我二人之间问问你自己你是否真将这一切想象成巴尔德斯构思的罪之戏仿还是说在你心底某个与我共享的失落房间中你不曾承认也没有发现很快你们就会如牲畜一般得到解脱 就我而言回首往事我很确信假如你坚持要把一切想成一个一口咬定自己疯了的杀人犯的嘲弄那么你的自我欺骗不过是一种绝望的手段你借它抵御疯狂借它让自己尚能有尊严有理智地死去而不必向能叫你发疯的压抑恐慌低头 如一个登上断头台却不关心自己的命运只坚信有朝一日同样清晰的法则将统治人类的历史和天上的星体的启蒙者一般赴死 如拉瓦锡一样赴死只是举个例子尽管你是位超现实主义诗人你谈论月亮泼洒的冰冻的蜜谈论无垠面孔的海洋之高烧谈论一片变作大象的天空谈论饮血的燕子谈论一颗鞋子形状的心谈论生锈钥匙的风景中的一只烟雾手套 现在突击队员中的一个不是开车的而是拿毛瑟枪的那个心不在焉地捡起他的枪低着头走到特雷斯卡斯特罗边上后者仍用脚探着地面好像随时准备逃开你们所有人"没法子"队员对特雷斯卡斯特罗说"我们修不好车子""什么意思？你们为什么修不好？"特雷斯卡斯特罗不耐烦了"得要一个技师来修 但我和我的同伴都不是技师""再试试看""我告诉过您没法子"士兵在胯上

擦着手掌"或许是个小毛病也可能出了大问题 不管是哪种我们都搞不清""那我现在怎么办呢?""那就是您决定的事了 我们听您派遣"特雷斯卡斯特罗气冲冲地钻出车子 你认为或愿意以为他是想延长这场滑稽戏 你对自己说不消一会儿这些假装成你们刽子手的人就会迎来耻辱的结局 特雷斯卡斯特罗将会下令走回"夏令营"你们将被囚徒的绳索拴着鱼贯而行顺公路向下沿水渠倒走来时的路 一个士兵在你们前边一个士兵跟随在后特雷斯卡斯特罗则殿在最后 或者这未完结的丑恶悲剧在结局还能有另一个变体 或许他会命令士兵中的一个很可能是那个司机回到"夏令营"让他们从那儿派辆车来把我们带回格拉纳达("省长仁慈至极这一次决定放你们一条生路")那时天色已亮夜的喧响皆已消隐 啾鸣的啼啭的吮吸的跟在爬行的啮咬的窥伺的后边 唯有从艾纳达马尔来的水渠将一如既往不理睬人类和他们的罪行或者那变作自身模糊映像的月亮将从蓝色的天空上继续漠然地注视你们 现在特雷斯卡斯特罗转过身来用颤抖的手攥紧手枪 他圆睁双眼嘴唇颤抖扑向打开的车门冲加拉迪大喊"你给我马上下车!"在我们刚刚经历的过去的几小时或临终的永恒里加拉迪一直沉默着现在他的声音听起来大不相同 它破碎激动断裂或者向恐慌的深渊沉落"我吗? 您是在叫我吗?""还能叫谁,蠢货! 立刻下车! 我命令你!"加拉迪在椅子上蜷成一团似乎正逐渐将脑袋缩进双肩之中 他牙齿咯咯作响颤抖如水银中毒"出来！出来！"特雷斯卡斯特罗狂吠道"帕科！帕科！至少让他们看到我们是作为男子汉死去！让他们看看我们死时也保持着生前一贯的样子！"卡贝萨斯大喊道 迪奥斯科罗·加林多·冈萨雷斯闭上双眼嘟囔了些谁也听不懂的话 或许是祈祷或许是诅咒 或许两者皆有"帕科！帕科！永远不能让他们嘲笑我们赴死的样子！帕科我的兄弟啊帕科我的令（灵）魂啊！不要在现在退说（缩）！不要投降啊！"卡贝萨斯喊得如此大声以至于喉咙上的血管都鼓胀起来甚至可以说他马上就要挣断绑着他手臂的绳索 加拉迪甚至像没听见他的声音他对加拉迪的放弃感到绝望转向特雷斯卡斯特罗"狗娘养的东西你先杀了我吧我教教你该死的时候怎么死！先杀了我吧！拜托你！""这不是大喊大叫的时候卡贝萨斯"迪奥斯科罗·加林多·冈萨雷斯突然说道他没有睁开眼而激动的卡贝萨斯也听不见他说话"像男子汉一样死去不是靠大喊大叫而是靠保持尊严""出来！出来！他妈的立马给我出来！"特雷斯卡斯特罗还在咆哮他手里抓着手枪魔鬼附体般暴跳如雷 加拉迪蜷曲如钩缩在座位上什么也不回答 月光照耀下他的目光在胸膛上方闪亮 当特雷斯卡斯特罗试图抓住他的衬衫他踢了特雷斯卡斯特罗一脚逼他后退"帕科！帕科！别退说别放弃！永远别让他们说我们死

得像个胆小鬼！""像个男子汉一样死去不是靠大喊大叫而是靠保持尊严""滚他妈的尊严"卡贝萨斯大哭着回答"我们本来像兄弟一样！本来像兄弟一样！"你啊凡俗之人我之中的另一个我你感到一种令你惶惑茫然的绝对的平静 如你所预感的那样一切都曾是一场戏但最后如在斗牛场上那样人真的会在戏中死去("佩佩-伊略上了年纪，发了福，还得了痛风，有人劝他放弃斗牛，你知道他说什么吗？**我会从这儿走着出去，走大门，手里捧着我自己的内脏。**")死亡是一场完结的演出最后的要求 比起死亡出现之突然以及迫近的杀戮之野蛮你自己近乎麻木的无动于衷让你更为惊怖 当你在地狱舞台上看见自己当你的鬼魂回到那个罪行之夜你不理解为何在那最无法转圜的时刻你却那样冷漠 或许你决定认为一切都是虚无而人们对于虚无一无所知 或许作为戏剧人你认为每个角色都自有要求这些要求在排练时无法预见但在最终的演出里却无可避免 甚至你可能已预料到永生不是别的正是另一场戏将所有的回忆搬上舞台等待着失眠终结 特雷斯卡斯特罗忽然对司机打了个手势 突击队员抓住加拉迪两腿的膝盖部位将他拖出汽车"你们先杀了我吧！你们先杀了我！"另一个短扎枪手还在叫喊 迪奥斯科罗·加林多·冈萨雷斯不再试图说服他重又摇了摇头躲回自身之中同时念起了不信教者的祈祷文"永远不要啊帕科！永远永远永远不要!"(**我会从这儿走着出去，走大门，手里捧着我自己的内脏。**)加拉迪双手被缚着在地上翻滚滚到了特雷斯卡斯特罗脚下 有那么一会儿他的尖叫声盖过了你们所有人甚至吞没了水渠的响声"恩卡尔纳！恩卡尔尼塔[1] 我的小女儿啊！恩卡尔纳信（心）肝宝贝别抛下我！恩卡尔纳孩子啊别抛弃你的父亲！把当初僧（生）你时我给你的生命再给回我一点吧！"突然另一个队员（"我们不是自愿的我们从不想做这个"）把毛瑟枪托架在肩上开火

---

[1] 恩卡尔尼塔（Encarnita）是恩卡尔纳（Encarna）的昵称。

一阵无声的风，如在别克中摇撼加拉迪的那阵风，将他带到了提前上演桑德罗·瓦萨里记忆的大厅。舞台上波罗的海的天空笼罩着栖息在青铜国王与王后肩膀上的冷漠的海鸥，赤裸洁白的理性在一个似是圣体节的午后取得胜利，瓦萨里在马德里采访着鲁伊斯·阿隆索。在同一片舞台上，现在出现了一座陌生城市的街道，他根据自己一九二八或一九二九年的回忆，猜测它位于北美。

转角处有一根水泥杆，与他青年时期在纽约见过的公交站边的杆子相仿，他在那里见过失业者在圣帕特里克大教堂旁排着长队，后来在蜗牛遍布的芦苇丛环绕着的伊登梅尔湖上目睹极光。杆子上写着那条与荒弃大道交叉而过的街的名字：**布里亚伍德道**。

一辆灰色的汽车驶过布里亚伍德道，停在一栋房子前，房前有一座开满杜鹃花的斜坡小花园。有人鸣响汽笛，桑德罗·瓦萨里从门廊大踏步走下，一位胳膊下夹着皮革文件夹的陌生人从车里出来。两人停下脚步，在一道香桃木篱笆下彼此打了招呼。桑德罗比来访者大约高出半个头，两人年纪则看起来相同。他看着他们出现在舞台台唇，对自己说，他们应该都是五十岁上下，他还出于本能、难以解释地想道，如果那天凌晨他们没有在去往艾纳达马尔的路上将他和加拉迪、卡贝萨斯与那位普利亚纳斯的小学教师迪奥斯科罗·加林多·冈萨雷斯一同杀害，这两人本都可以是他的儿子。那一瞬间他的死亡对他而言不再陌生——曾有许多次他在地狱的螺旋中如此觉得——但仍遥远无比,而导致他死亡的那些人他无法原谅但也无法憎恨,因为一方面,他们完全清楚自身的所作所为,另一方面,他却又不想将他们视作自己的仇敌。他迅速地反刍了一番往事,决定他唯一为之自负——离骄傲只差一点——的事是,他拒绝说巴尔德斯发了疯。

那安了玻璃、拉上窗帘的门廊,或许曾被从前某代的另一位主人当作温室使用。门廊里走出一位小个子的金发女子,年龄模糊难以描述,她向刚到的那位客人打招呼,伸出自己的一只手。他吻了她的两边面颊,但她转过脸去,不肯回吻他。他在台下看着他们,心想她恐怕对这男人是又恨又怕。

"玛丽娜,"男人对她说,"我猜你现在大概不再认为,自从我在大学介绍你俩认识的那天起,你和桑德罗就在我梦中了吧。那以后已经过去多少年了?或许有三十五年了吧,可能还要更久。"

"不。现在我对自己的存在很有自信。"她回答得毫不犹豫,但也谈不上满足,"桑德罗和某个很久以前就死了的人让我有了这样的信心。"她望着高云,它们将天空染成石板的颜色,如同新被雨水冲洗的法式屋顶的颜色。"马上就要下雪了。"

"看着不像啊。"桑德罗·瓦萨里插话道。

"看着是不像；但初雪马上就要来了。"

桑德罗请他们在门廊里坐下。三四个乱糟糟塞满书籍的低矮书架似乎很随意地摆放着。他们在一张涂成黑色的铁桌边坐下，玛丽娜为自己和桑德罗各摆了一杯咖啡。至于新来的客人，她用郁金香形状的大酒杯为他斟上干邑白兰地。池座上似乎荡开一股被时间之风吹拂过的陈年木桶与美酒的香气，他想起他在马德里的最后一日同马丁内斯·纳达尔在耶罗大门喝过的两杯干邑白兰地，那时突击队的车队正沿着公主街向下驶去，小男孩正叫卖着报纸。（"……我把所有的戏剧，当然也包括我自己的戏剧，远远甩开了好几代。你或许很难相信，但我可能超前了好几个世纪。"）

"有一次，桑德罗和我在你家旁边看见《瞎母鸡》[1]里的角色在雪中跳舞。"玛丽娜现在换了种心不在焉的语气，"他们消失以后，落雪的草叶上留下戈雅另一部画作的题目：《狂怒愚行》。"

尽管她的语气十分真诚，那两人却假装没有听见。在一张盖着红桌布的小圆桌上，有一台十分显眼的灰色机器，样子奇怪，形状扁平，附带某种取景器。桑德罗·瓦萨里以一个模棱两可的手势指向它，随后说道：

---

[1] 《瞎母鸡》（*La gallina ciega*）是西班牙画家戈雅的一幅画作。画中几个年轻人在玩"瞎母鸡"游戏，几个人手拉手围成一圈，中间站着一个蒙眼的人，用长柄勺努力触碰周围的人。

"我在马德里采访鲁伊斯·阿隆索的时候,他怀疑我藏了个录音机。他还问我是不是想写一本关于那位诗人之死的书,我对他说我不过是想写下一个梦。我说的是真的。"

"无论如何你都达成了你的目标。"陌生人从皮革文件夹里掏出一沓打了字又用纸板匆匆装订过的洋葱纸[1]。他把它们放在桌上,手掌张开按在封面上。"我读了你的手稿,觉得相当不错。你该拿去出版。"

"我不会出版的。"桑德罗·瓦萨里固执地摇摇头,"尽管我也不后悔写过它。"

"你为什么会后悔?你为什么不想出版它?我不是要做魔鬼的辩护人[2],但我确实觉得这稿子得好好改改。我在边上给你标出了好几段,你或许可以重写一下。我说的修改正是奥尔特加所说的火山石的最后一层,需完成这个步骤,才能令手稿的内容与思想都臻于完善。我把书带去出版商那儿,你之前之后改都行,几天的工夫就能改完。"

"你把它带去谁那儿都行,说是你写的也成,随便你,这样就能出得更快了。我很乐意把这份手稿让给你,因为就像我先前和你说的,我不愿承认它是我的作品,但也不后悔写过它。"

---

[1] 一种有皱褶的半透明薄纸,因看起来像洋葱皮而得名。
[2] "魔鬼的辩护人"(Abogado del diablo)是中世纪起设于教会的职位,负责在封圣程序中提出反对意见,挑出封圣证据中的漏洞,质疑封圣候选人的资格。

"我搞不懂了。你想要我把这稿子当成我自己的出版？你怎么会觉得我会同意这种事？"

"最好还是忘了它吧。"玛丽娜打断了他们，"我们谈点别的什么。"

"不行。"桑德罗·瓦萨里回答道，接着换了种语气对来访者说，"如果你不出版这份稿子，我自己也不会去出版。我会把它放进某个抽屉里，不署名，而未来我的遗产继承人，无论是谁，都会欣喜地发现它。或许那时他们也会认为稿子是属于你的。这样的话，你现在拒绝接受它横竖也没什么用。"

"雪会比我们预想的下得更早。"玛丽娜说，"在这个国家的这片地方，初雪下了就会马上融化，两天之后就荡然无存。雪的颜色是淡粉色的，像陈年的珊瑚和海螺。"

他从地狱的池座上沉默地注视着她。尽管她的外貌似乎停在了遥远的过去的某刻，小巧的五官也并没有被时光的流逝所模糊，但他还是确信，她的年纪应该同桑德罗和那位客人相仿。（"玛丽娜，我猜你现在大概不再认为，自从我在大学介绍你俩认识的那天起，你和桑德罗就在我梦中了吧。"）两个男人似乎都没听见她的评论，仿佛螺旋的剧场里会出现不被注意的旁白。有一瞬间他忘了这两个人，忘了桑德罗·瓦萨里的那个梦——后来被写成一本有关他的人生和他在地狱里度过的日子的书，而只专注于欣赏玛丽娜。布里亚伍德道上旋逝的淡粉色初雪正是这位女子之脆弱易碎的一种不可避的类比,一种必需的相似。

"好极了。"访客似乎让步了,"让我们看看这古怪决定背后藏着个什么秘密吧。或者你更想让玛丽娜告诉我?我猜她也晓得这个秘密。无论如何,我都洗耳恭听。"

"那个秘密很简单,但给你讲比较费劲。"桑德罗·瓦萨里回答道,有一会儿把手放在陌生人的一边膝盖上,"我把它换成个寓言故事讲给你听吧,就像赫拉尔多·迭戈曾经将挽歌写成野兔的形状[1]。想象一下,三个像我们一样的人正在大学的第一年。其中一个,这么说吧,长得最像荒诞地重返青春的你的样子,他在文学系的院子里介绍另外两个人认识,他们分别是年轻的玛丽娜和年轻的我变了形的形象。如果你愿意听我讲这些离题话,为了尽量简短些,从现在起我将用我们的名字称呼这些角色。跟得上吗?"

"至少我觉得我跟得上。继续吧。"

"接下来的情节你比谁都熟悉,所以我只略提一二,把多年里发生的事一次讲完。玛丽娜和桑德罗在一间小屋里萌生了爱情。这小屋正是你借给他们的,位置在巴

---

[1] 赫拉尔多·迭戈曾为故去的西班牙画家胡安·格里斯(Juan Gris,1887—1927)写下《挽歌形状的野兔》(*Liebre en forma de elegía*)一诗,以野兔譬喻死亡。此处引用并颠倒这一题目。

尔卡尔卡桥[1]下，在你直到刚刚都不愿收下的那份手稿里也作为角色出演了的安东尼奥·马查多-鲁伊斯[2]，正是在离小屋不远的地方度过了他在巴塞罗那的最后几个月。像电影里常说的那样，以上内容如有雷同，纯属巧合。"

"我懂了。继续。"

"玛丽娜和桑德罗在巴尔卡尔卡桥下的卧室里做爱时，玛丽娜总感觉有人在透过一面古老的镜子看着她。那是个漫长过程的开始，在此我提前替你总结——后来她渐渐相信，她和桑德罗不过是你永不完结的一部书中的角色。在那以前，许久许久以前，在那段可有可无的佛朗哥时期的大学往事中，在大战后的那些年里，蒙特卡达大街[3]一位和蔼的老婆婆帮玛丽娜流掉了桑德罗的一个孩子。当然了，这位老婆婆也是你给他们介绍的。那时没人知道，玛丽娜从此就再也不能生育了。"

"我们进到第二幕吧。"

"两幕之间过去了很多年，这期间玛丽娜和桑德罗不再见面。她和一位绅士结了婚，他正如前史一般可有可无，并且也算是前史间接的产物。桑德罗在艾森豪威尔任总统年间去了印度，结婚两次又离婚两次。他和第二

---

[1] 巴尔卡尔卡桥（Puente de Vallcarca）是西班牙巴塞罗那市格拉西亚区的一座钢筋混凝土高架桥，建于1923年。
[2] 同指安东尼奥·马查多，鲁伊斯是其母姓。
[3] 蒙特卡达大街（Calle de Montcada）是西班牙巴塞罗那市一条历史悠久的街道，建于12世纪中叶，至今仍有许多中世纪和文艺复兴时期的建筑留存。

任妻子育有两子,两个孩子都在一场车祸里遇难,他却毫发无损地活了下来。从那时开始,他酗酒了很长一段时间,后来又颇有道德感地戒掉了,但却再也没能戒掉治疗的药物,因此失去了他的一部分才华。此前,他曾上过西班牙一次,想确认这个倒霉国家本身从不曾存在过,不过是戈雅-卢西恩特斯一个荒诞不经的梦。那次他与玛丽娜在你名下的一间房子里重逢。不得不指明,这对情人继而犯下弥天大罪,与此同时,那位值得体谅的绅士知趣地消失了,而西班牙的那位考迪罗[1]在和平医院[2]缓慢死去。另一段故事我就省去了,和《不合宜的好奇心》[3]一样,它也插在情节的中间。这故事讲的是一个顶着你名字的人向桑德罗·瓦萨里提议写一本书,但桑德罗没能写出这本书,因为你,或者说得更确切些,你在我寓言中的二重身,亲自写了它。"

"我觉得这一切我都在某个地方读过。"

"或许在里帕尔达[4]神父的教义问答里吧。"

---

[1] 考迪罗(Caudillo)在西班牙语中一般指手握兵权且具有强大的个人魅力,宣扬个人崇拜,实行独裁统治的军事强人。
[2] 和平医院(Clínica de la Paz)是马德里一家公立医院,建于1964年。1975年佛朗哥临终前曾在此接受救治。
[3] 《不合宜的好奇心》(El curioso impertinente)是塞万提斯在《堂吉诃德》第一部中插入的一篇短故事:一位男子因好奇自己妻子是否忠贞,拜托朋友去追求她,反倒促成妻子和朋友的婚外情,最终妻子出走,男子郁郁而终。
[4] 赫罗尼莫·代·里帕尔达(Jerónimo de Ripalda, 1535—1618),西班牙耶稣会修士,著有《简明基督教教义问答释疑》(Catecismo y exposicion breve de la doctrina cristiana)。

"很有可能。寓言故事里没有说的那部分是什么呢?"

"应该由玛丽娜讲给你听;但我不知道她愿不愿意。"他看见桑德罗向那位女士转过身,意大利人那张有着伤疤的脸上显出此前他不曾注意过的尊敬,"亲爱的,你可以为我们的故事再添上个补充诗段。"

"最晚到周五,整条街道将会盖满白雪。"玛丽娜说。黄昏逐渐降临在台唇上,他在朦胧暮色中看着她,觉得好像看见一张皮耶罗·德拉·弗朗切斯卡[1]的画作。她像阿雷佐的圣方济各教堂里画着的一位女子,又像是乌菲兹美术馆[2]《费德里科·达·蒙特费尔特罗和巴蒂斯塔·斯福尔扎的双联画》里走出来的人物。"周日中午它就会被寂静融化。"

"行,我来说吧。"桑德罗继续道,但现在听着相当紧张,"人皆不可识,如戈雅-卢西恩特斯先生《狂想集》[3]中的精妙之语。你和我,我们谁也不晓得玛丽娜在上大学前后曾学过音乐,还颇有一番造诣。至少我是直到写完你拿来的那份手稿才知道的。我之前给她读了,她还给我时什么也没说。几天以后,她要我给她买架钢琴。"

---

1 皮耶罗·德拉·弗朗切斯卡(Piero della Francesca,1415—1492),意大利文艺复兴早期画家。曾为阿雷佐圣方济各教堂创作湿壁画《圣十字架传奇》,并为乌尔比诺领主费德里科·达·蒙特费尔特罗(Federico da Montefeltro,1422—1482)及其妻子创作了肖像画《费德里科·达·蒙特费尔特罗和巴蒂斯塔·斯福尔扎的双联画》。
2 乌菲兹美术馆是意大利佛罗伦萨最著名的美术馆,建成于1581年。
3 《狂想集》(*Los caprichos*)是戈雅于1797年至1798年之间创作的系列版画作品,共有80幅,题材主要为对西班牙社会积弊的揭露与批判,对贵族与神职人员的讽刺。

"一架钢琴?"

"正是。一架沃利策牌钢琴,我们一起挑的,花光了我为数不多的积蓄。等钢琴到了她手上,她才告诉我她要做什么。她想以我的书为灵感来源,谱一首奏鸣曲。"

"一首奏鸣曲。"新来的访客摇了摇头,像在努力理解这个词的真正含义,"我没明白……"

"或许我没说清楚。那首奏鸣曲与其说是以我写的东西为灵感来源,不如说是把它翻译成了音乐。你或许还记得那本书分成四个部分,**螺旋**,**被捕**,**命运**和**审判**。那首奏鸣曲也有四个部分,但标题并不相同,也不是以突击队员杀死加拉迪收尾。"

"那么你怎么能说它是翻译呢?"

"天国之福都是由你这样的人享受啊。"桑德罗·瓦萨里微笑起来,"你有没有想过音乐不只有自己的一套语言,还有它自身专属的意义?要求音乐和文本一致,就像是要求神话只重复历史一样。"

"归根结底,或许只有神话,而历史并不存在。"

"正是,正是。或许你没有我想象的那样笨。正是因此,玛丽娜一将我的书写成奏鸣曲,我的书就消失了。她花了一整年谱写这首曲子,成果呢,你自己来判断。你准备好了吗,还是你想等到明天再说?"

"随你什么时候开始。"

两人都没有费劲去问玛丽娜。他在池座上自忖,她像是已从那两人的意识中消失,好像不可违逆的力量将她献祭给了她那未公开的乐曲。同时他又想,只有一个死了的鸡奸者才会意识到这样的遗漏。当桑德罗开启录音机("……写作、出书来诋毁我。那个英国人还是爱尔兰人,那个偷偷摸摸记录我说的话的人,用一台……您之前跟我说叫什么?……对对,一台录音机。")他在地狱中仍保留的作为人的那部分就立刻将玛丽娜彻底抛于脑后。起初的几个和弦令他茫然。他也解释不清,但当他看着那个宛如皮耶罗画中的女子时,他预想不到自己会听到这样一种精于描绘而令他大感意外的音乐。奏鸣曲开场令人想到一片覆盖整个世界的无人之地,好像空荡荡的星球被生命遗弃,在无垠的空间里寂静地旋转。忽然,如此广袤孤寂地开启的最初的乐章,凝结为孤独中一枚形单影只的音符。一座仿佛位于南极洲一般的迷失的坟墓。一座坟墓,他的坟墓,在无人栖居的冰层与荒原上。音乐的主旋律和调式都令他迷茫。这音乐适合为挽歌收尾,让他想起了他献给桑切斯·梅希亚斯的挽歌的最后一段。那首诗也许称得上是他的巅峰之作,也像奏鸣曲一样分成了四个乐章。但他觉得,对于一首钢琴曲的开头来说,这调子听着太明显,太庄严了。他走神想起他曾写给赫拉尔多·迭戈的一句话:"……我们疯狂地迷恋着糟糕的音乐。"但从任何社会或历史的艺术观念来看,这首曲子都无可指摘,因此他也没必要特意去赞颂它。他只需全神谛听，尽管演奏相当蹩脚，处处出错，演奏者的想法快过手指，手指又因远离键盘太久而技艺生疏。倏然间挽歌变作持续不断充满希望的喊声，纠正了他当初为伊格纳西奥·桑切斯·梅希亚斯之死创作的挽歌，在那首挽歌里，唯有他自己的声音在宣告，唯有一阵微风穿过橄榄林，铭记那位肉体在场灵魂却已缺席的斗牛士。而在这首乐曲里，存在强有力地自我确证，通过自身无尽的死亡——与他的情况十分相似——强调着自身，定义着自身。（"我易逝而匆促的一生里的瞬间，那些不可能的瞬间，正在大厅舞台上演。它们之中的任何一个都比地狱里的永生要来得更好。"）据桑德罗·瓦萨里所言开启了奏鸣曲第一乐章的螺旋，现在在所有记忆的炽热经历前化作碎片。记忆中他在马德里的餐厅里与伊格纳西奥重归于好。（"行了，兄弟，告诉我你想吃点什么，再给我讲讲夏天的斗牛怎么安排。"）一位想象中的尤利乌斯·恺撒在极光下朗诵傲慢的无韵双行诗："宁做乡下第一／不做罗马第二。"马丁内斯·纳达尔在安达卢西亚特快的站台上与他告别，接着沿站台远去，不晓得从此再不能与他在地上相见。他身体里的那个凡俗之人问着巴尔德斯，他们两人难道不是都偏离了既定的安排，正糊涂而又徒劳地临时编造着一个行不通的结局。桑德罗·瓦萨里说自己把关于他的这本书，或作为书的灵感来源的那个梦，分成了四个部分：**螺**

旋、**被捕**、**命运**和**审判**。但这首曲子却横穿了词语划分的界限，玛丽娜几乎一开头就袒露了她的整个意图：将一位诗人的故事浓缩为一个不可化约的整体。第一乐章以赋格收尾，以他的名字为副旋律，快速地说明了乐曲的主旨。乐曲表明，他的小传将不仅仅包括他的生，也包括他的死。依靠永恒展现的生命的另一面，以及比人降生于世还要更早的无法转圜的命运。一个因其显而易见而无甚必要的、学究式的问题，突显了整首奏鸣曲在形式上的目的。能不能把他在正午车站的那种预感，一个地地道道的安达卢西亚人坚信自己的路早在时间开始以前就被丈量敲定的预感，引入永生和一个凡人的传记之中？奏鸣曲进入第二乐章，几无过渡，主旋律仍与之前相仿，但副旋律已然不同。副旋律不断引用着他的诗歌和戏剧，主旋律则将他在格拉纳达和罗萨莱斯之家走过的受难之路呈到耳边。演奏变得更纯熟，对于习惯了第一乐章里费劲的磕磕绊绊的听众而言，甚至显得过分熟练了。他想有两个玛丽娜共存于这个依照皮耶罗的画创造出的女人身上，一个构思了这首无名的奏鸣曲，另一个则为实现它、演奏它所必需。在这两人之间，在一片无人的荒地上——有时他认为同样的荒地也隔开他和那个凡人——游荡着第三个玛丽娜：那个注视天空犹如凝望镜子，似乎还曾见到《瞎母鸡》中的人物在去年的雪上跳舞的忧伤脆弱的生灵。他忘记了玛丽娜，或者说，她的三个形象在副旋律的文学联想里消失了。安东尼托·艾尔·坎波里奥，"鬃毛坚硬的坎波里奥"，被五个宪警逮捕，身后留下一条柠檬的河流。同一个坎波里奥被刀子刺死，对他低声说出的话失落在血淋淋的一击里。已死的伊格纳西奥·桑切斯·梅希亚斯登上一座空斗牛场的台阶，徒劳地找寻着他遗失的肉体。在格拉纳达，看不见的钟每天下午都为一个男孩敲响。月亮行过天空，手里牵着另一个男孩，像他梦游的母亲从水里救出睡梦中沉没的他。一道风信子的光照亮键盘和他的右手，与此同时他的父亲在圣比森特庄园的阴影中凝望着他。从沐浴星光的栏杆高处，一位少女的影子投在水池之上，而他不断重复着曾在地狱螺旋中无数次对自己说过的话："我以为死者都是眼盲的，像我诗里那个吉卜赛姑娘的鬼魂，挨着花园的水池，却看不见注视她的那些事物。"另一个女人疯子般在家中奔跑，被痛苦追逐着，那痛苦倘若可见，将是黑色的。同样的痛苦刺激着一名骑士奔过磁性的山峦，越过十三艘船穿梭的海洋。一个情人信誓旦旦说自己本不想坠入情网，好像爱是出于意志而非激情。为了对自己而不是对那个委身于他的女子负责，为了忠于自己的本心，他在抛弃她之前送给她一个缎子针线盒。一个谐谑的音符，数道重复时自我否认的节拍，表现出对这首诗的刻薄态度。人人尽知这首诗色情露骨，但它的作者其实从未和女人睡过觉，也从没渴望过她们。

("那时你没法回答就像现在一样因为词语如火炭一般燃烧接着在空虚中化为灰烬而心脏似乎每跳一下就要破裂或变成耗尽了的多孔的石头如同那些被琥珀捕获的鸟的化石")第三乐章改变了前一章明快的调性。开头部分尚可说是全由墨色和金色绘成,如同他为了达利不情不愿欣赏过的比克主教座堂[1]中塞特的壁画。音乐如此突然的转变令他再次陷入困惑,尽管他以为自己已经习惯了这首奏鸣曲的种种变化。访客刻意地低声说什么他觉得这曲子和那本仍未出版的书的第三部分相当贴合。桑德罗做了个不耐烦的手势叫他闭嘴。那一刻他明白过来,这首曲子指向的并不是生前或死后的他,而是他那些可能的鬼魂或幻影中的一个,即曾在地狱中出现过的他的第一个双身。("年轻人,这不是地狱,我们也没有死。很不幸,我相当了解地狱,因此可以肯定地对你说,地狱是在地上。说真的,你知道我们究竟在哪儿吗?")那个暴躁的老人说自己在躲藏了近半个世纪的安古罗大街二楼,在漆黑的噩梦中梦见了他。老人躲在那儿是为了不被逮捕;但藏身处最终却变成了按老人的骄傲量身打造的自愿的监牢。乐曲以一种半带嘲弄的修辞表现出,在那位老人的观念中,真正的监狱,或者说真正的坟墓,

---

[1] 比克主教座堂(Catedral de Vic)是位于西班牙加泰罗尼亚自治区巴塞罗纳省比克市的一座天主教教堂。内有西班牙画家何塞·玛利亚·塞特(José María Sert,1874—1945)所作的巨幅宗教题材壁画,以金色和黑色为主色调。

其实是他那以为独裁者死后假装从一种制度变作另一种就能获得自由的不幸的祖国。("……仔细回想一下从前我教你什么是十一音节诗的日子。现在我则要告诉你我们是谁、身在何处。")然而,一个犹如春天泉水不断滴在冬末的坚冰上一般重复着的音符,嘲弄地否认了老人的说法。"你不是我,而只是我被囚禁的梦。"水流低唱着应和,像马查多诗中的场景。"你不过是我的谵妄,因为这么多年来你在罗萨莱斯家中闭门不出,再也没有写出过哪怕一行诗、一部剧。而我呢,尽管胆怯不堪,却不会为了在躲藏中苟且偷生而放弃自我。"泉水解冻为小溪,再化作河流,将那鬼魂冲向下游,也带走它有如即兴喜剧中丑角的挥臂与喊叫,令它减缩为一个在石滩上弹跳的影像,再化为它影子的影子,最终消失不见。几声沉重的和弦响起,堂安东尼奥·马查多行过天空,翻领上落满灰尘,胸前紧抱着他绿色的暖壶。("我喜欢诗歌和音乐。")马查多消失了,水流静止在一片金色沙滩。他幻觉中的另一个自我,那个没有像他一样前往格拉纳达,而是留在马德里,在战争结束时认为己方战败,于是途经法国去了美国的他,双手背后交握挺立在岸边。这个他是三人中最强壮的一个——音乐宣告着这点,而河流在河道里消失,仿佛从未存在过。这个他同那个眼神肖似梅利贝娅的女子走到一起,接受自己潜在的男子气概;这个他拒绝了诺贝尔文学奖,认为它不过是虚空中的虚空，认为自己在美国做大学教授的生活宛如地狱，但却怀着清醒的自嘲，心甘情愿地得过且过。然而，这个他和那位躲藏在安古罗大街的老者一样，都过着虚假的生活。乐曲毫不留情地指出，他对一位真正诗人的脆弱处境抱持着怀疑的自矜和讥讽的蔑视。那位诗人身上还存留着些孩童时期的心性，直到他在他的格拉纳达被害之时，也仍是如此。假如他当初能活上一百年，在他的心中，在有时将他同那个凡俗之人分隔开的无人之地上，那份天真也仍会留存。第三乐章叠加到第四乐章之上，两个乐章融入平行的漩涡，漩涡中他梦见他的某个鬼魂与此同时桑德罗·瓦萨里梦见他们三人。奏鸣曲的最后一部分由一场审判开启，这审判既庄严又近乎欢乐，仿佛是安东尼托·艾尔·坎波里奥和伊格纳西奥·桑切斯·梅希亚斯指控他在两首诗中把他们写死。巴尔德斯、鲁伊斯·阿隆索、特雷斯卡斯特罗和宪警们的形象被一同以粗线条勾出，他不宽赦他们，也不原谅他们。他在奏鸣曲中辨认出自己的声音，那声音仅仅宣告他对他们的同情，因为他，或者与他共存的那个天真之人，打从心底，打从灵魂深处，无法接受任何一个同类的死亡。忽然之间，他的刽子手们全都消失不见，因为——乐曲坦白地指出——归根结底，这些可怜人的永生也包括在他的永生之中，正如安东尼托·艾尔·坎波里奥的被捕和死亡也构成他被人们铭记的部分缘由。对这个出现在他两首诗歌中的角色的回忆仿佛能够反过来塑造玛丽娜的音乐,同时斜地里超越永恒本身。奏鸣曲继续提起他的许多其他诗歌,重复里面的诗句,这些诗如同黄金雨倾盆而下,落在一片无垠的领域上。一名骑士驰往科尔多瓦,心知自己永远到不了这座应许之城,因为死亡将会拦住他的脚步。在既是他的目的地又是他的葬身地的科尔多瓦的塔上,死亡注视着他,犹如一位情人,不久就要走下塔顶,在门扉之前,在无法通过的城墙脚下等待他。圣欧拉丽亚[1]被砍下的双手仍并在一块,像被斩去头颅的祈祷。狭窄而汹涌如水牛的溪流,冲击着在它银色的牛角上裸身游泳的小伙子们。曾在一个满是红色鱼儿的夏日预感到的、属于他死去轮廓的衰老沉默,有着鳄鱼的羞红。在另一个死者的缺席中,钟声与风声一同响起,仿佛他现在无法想起,但或许当初激发了他灵感的一句马查多的诗,诗中法院宫[2]的大钟在沉睡的索里亚上方敲响一点的钟声。月亮在夏夜里下到锻铁车间寻找一个男孩,穿着全由闪亮的晚香玉制成的芬芳的裙撑。死亡将伊格纳西奥·桑切斯·梅希亚斯变成一座灵堂,又将他变作一头深棕色的弥诺陶。他的棺材由马车载着,

---

[1] 圣欧拉丽亚(Santa Olalla)指梅里达的圣欧拉利娅(Santa Eulalia de Mérida),她是戴克里先时期的基督教殉道者,西班牙多地的主保圣人。洛尔迦在《吉卜赛谣曲集》(*Romancero Gitano*)中以她的故事为题材创作了诗歌《圣女欧拉丽亚的殉道》(*Martirio de Santa Olalla*)。
[2] 法院宫(Palacio de la Audiencia)为索里亚市的一栋历史建筑,建于16世纪,原为市政府及监狱所在地,今为文化中心。

沿着马德里的街道缓缓驶往阿托查车站。一幅有着呼啸的铁道、贴满广告的栅栏和因采煤被挖空的土地的新生美国的风景,注视着穿着灯芯绒衣裳、胡子上落满蝴蝶的沃尔特·惠特曼走过。不远处,在另一片为仪式或舞剧准备的立体主义风景中,暗嫩[1]奸污了他的继妹他玛,而他们的父亲大卫王剪断了竖琴的琴弦。黄金之雨降落在大地上,音乐似乎逐渐归于宁静,沿着唯有他孤零零的坟墓存在的最初的孤寂,向着沉默退却。从天上泼洒下的黄金渐渐消隐,仿佛叩头虫和萤火虫在黎明时分消失。在他的坟墓上方,亮起了一束金黄如火焰焰心的独一无二的光。他以为奏鸣曲此时就将结束,不愿承认自己对这样一个中规中矩的收尾感到失望。也就是说,几个和弦逐渐变轻直至消失,如一条灿烂而悦耳的河流将它最后的水流注入一片杳无人迹的无岸的湖中。但玛丽娜又惊艳了他。她让那奏鸣曲的乐章延续下去,直至将它提升至一个崭新的维度。那缄默的孤寂不再与他的坟墓相关,转而变成地狱中清醒并燃烧着的他的意识。现在环绕他的不再是螺旋和无尽的永恒(前提是耐心等待着最后一位死者落座于最后一片池座之中的螺旋并不是那无尽的永恒本身)而是他自己深不见底而又无穷无尽的无意识,所有在桑德罗·瓦萨里书中提到过的事物都

---

[1] 暗嫩,圣经人物,大卫王长子。暗嫩奸污了同父异母的妹妹他玛,他玛的胞兄押沙龙为此向暗嫩复仇,趁其醉酒将其杀死。事见《旧约·撒母耳记下》第十三章。

包含其中。在那儿，桑德罗自己、桑德罗那位没有名字的访客、他的刽子手们、他的父母、他一直以来爱着的朋友们、他从未爱过的情人们、他灵魂与童年的风景、马德里和纽约的垂直透视（"每一间公寓都有燃气""兄弟，能施舍一分钱吗"[1]），达利的卡达克斯、阿尔贝蒂和玛丽亚·特蕾莎在的马克达城堡、《圣拉扎尔车站》和正午车站、马查基托和比森特·帕斯托尔、车站上的俊男靓女、"阿根廷女郎"和埃斯佩兰西塔·罗萨莱斯、比利亚隆召来的狗群和迪奥斯科罗·加林多·冈萨雷斯、加拉迪和卡贝萨斯、马丁内斯·纳达尔和莫拉·林奇夫妇、《观众》和《挽歌》、他地狱中的鬼魂和他正午的访客、那位失业的老演员、伊西多罗·迈克斯和梅蒂奥库罗、捷足的阿喀琉斯和嘲笑着鲁伊斯·阿隆索的何塞·安东尼奥·普里莫·德里维拉、他的梦和所有生者与死者的梦、金拖鞋和疯女胡安娜的凉鞋，全都栖居在诗人的身上，在他之中得到救赎。最终，玛丽娜本人在那儿与他分享着这一整个深不见底又无边无际的世界，宛如一位王后与国王，她的丈夫，分享着全世界一般。

"你现在明白我为什么不能出版你还给我的那份手稿了吗？"桑德罗一边关掉录音机，一边问那个陌生人。

"嗯，我想我明白了。"

---

[1] 原文为英语。

"某种未知的命运，我对它丝毫不了解，只知道它超越了我自身，它要求我写下这本诞生于一个梦的书，好让玛丽娜创作出她的奏鸣曲。我只是个手段，并不是个目的，现在鉴于奏鸣曲已经谱就，我的小说，姑且这么叫它吧，就什么都不是了。"

"这也不能成为你销毁它的原因啊。"

"确实。在这件无关紧要的小事上，我同意你的意见，因为我有些虚荣的坏毛病。所以我才想要你以你的名字出版它，然后把它题献给玛丽娜和我。你不会拒绝的，对吗？"

"假如我拒绝呢？"

"那么，等初雪一落，我就在家里将这小说烧毁。玛丽娜说雪很快就要落了。"

玛丽娜似乎并没听他们说话。她弓着背，伸着臂，双手在膝头交叠。发丝从她的额前和脸侧倾泻而下，遮住她的脸庞，仿佛遮掩着一位忘却了自身所犯罪孽，或是准备为尚未犯过的罪接受惩罚的忏悔者。可以说，她与那个创作了钢琴奏鸣曲的女人有着天壤之别，就好像她们两个中有一个从不曾存在过一般。

"行吧。"访客让了步，"我会满足你的心愿，把那手稿当成我自己的去出版。"他捡起那些打了字的荷兰纸[1]，

---

[1] 尺寸为220毫米 × 280毫米的信纸。

将它们滑进他的皮革文件夹，仔仔细细地合上。他注视着他自己的手，它们与桑德罗·瓦萨里的手一模一样。

"出书时别忘了将它题献给我们。"桑德罗坚持道。

"不会的，我不会忘的。"

"我们能放心相信吗？"

"放心相信吧。"陌生人耸耸肩膀。

"现在我感觉好多了。"桑德罗回答道。他的讽刺是痛苦而犹豫的，仿佛滑过一把剃头刀的刀刃。

"我倒不觉得。"另一个男人摇摇头，"我某种程度上理解，或者说想要理解你为什么不想用自己的名字出版作品。另一方面……"

"另一方面……"

"我想知道你打算拿你的奏鸣曲怎么办，玛丽娜。你也打算销毁它吗？"

男人似乎不敢看向她，好像他也并没期待能从她那儿得到回答。玛丽娜抬起头，做出个难以定义的表情，一对灰眼睛凝望着他。接着，她以极低的声音哼起一支奇怪的歌，与此前的奏鸣曲截然不同。

"销毁它和发表它不过是同一种愚蠢的两面。"桑德罗回答道，"那首奏鸣曲属于我们，只要我们活着，它就将与我们共存。原谅我不得不说得这么浮夸。"

"我原谅你，但我还是没弄懂。"

"我想也是，因为你从没理解过我们，尽管玛丽娜曾觉得在你的梦和你的书之外我们并不存在。"

"我现在有时还这么觉得。"玛丽娜咕哝道。

"我告诉过你,我的手稿不过是一个未被察觉的媒介,只为让她创作奏鸣曲而诞生。"桑德罗并没听她说话,而是继续对那个陌生人说道,"你只要仔细想想过去发生的事,就会得出一个明智的推论。玛丽娜写出那首曲子,这是件合理,而且某种程度上不可避免的事情,而她需要我的手稿来孕育那首曲子,这也有它的道理。为了让你能明白,这次我换句话说,我们从未能拥有一个有血有肉的孩子,但那首奏鸣曲成了我们的孩子。"

"我想到了,但不得不撇开了这个念头。一方面它听起来像种拟人修辞,另一方面又太过于合乎理性了。拟人是种做作的修辞,因此不适用于描述真相。而过度的理性正是……"男人犹豫了几秒,接着高声重复道,"……正是疯狂本身。"

"这就是真相!"桑德罗努力压抑着他的激动,肯定地说道,"这就是真相!你难道看不见吗?"

"说实话,我看不见。"

"那就听我说吧。玛丽娜病了,她病痛的名字没有记载在任何有关心灵的论述中,因为那名字正是你的姓氏。你说她的病是理性过头,或按乌纳穆诺[1]的说法,深受

---

[1] 米格尔·德·乌纳穆诺-胡戈(Miguel de Unamuno y Jugo,1864—1936),西班牙"九八一代"作家、哲学家。

'粗鄙的逻辑'之苦，也许你是对的。那时在大学，当保皇派和长枪党这两个今天几乎已见不到的派别，在钉在公告板上的堂胡安[1]的第一篇反弗朗哥宣言前打得不可开交的时候，你一时兴起介绍我俩认识，自从那天起，你就支配着我们的生活。我说话向来有所保留，但我还是很不情愿地给你讲述了我们在巴尔卡尔卡桥下那间卧室里的情事……"

"没人逼你说出来。"新来者指出，声音深处有一丝不耐烦，"即便是真的，这一切也都太荒唐了，桑德罗。"

"或许最荒唐的正是真相本身。玛丽娜开始相信某人，也许正是你，在那面被岁月染成深紫黑色的镜子后窥视着我们。换作我，我会说事情并非如此，但还要更难以解释。在我坦白之前你已经知道我要告诉你的一切，甚至包括我的坦白本身，虽然我永远无法理解你是怎么做到的，因为谢天谢地，我不是作家也不是魔术师。"

"'爱的举动等同于欲望的举动。'[2]格雷厄姆·格林在他的某部教谕小说里这样写道。即使是博尔赫斯这样一个盲人也会补充，在爱的举动，或者单纯的快感的举动

---

1 指胡安·德·波旁（Juan de Borbón，1913—1993），西班牙国王阿方索十三世之子，国王胡安·卡洛斯一世之父。拥有王位继承权，早年支持佛朗哥政权，在内战结束后要求佛朗哥恢复君主制，但佛朗哥担心胡安·德·波旁会威胁自身统治，因此拒不答应。胡安·德·波旁为此先后发表了《日内瓦宣言》和《洛桑宣言》，对佛朗哥施压，要求佛朗哥恢复君主制并让权于自己。
2 原文为英语。引自格雷厄姆·格林小说《我们在哈瓦那的人》（*Our Man in Havana*）。

中，任何一对情侣都与所有其他的情侣一般无差。"

"我不在乎这些虚伪的老家伙都说过什么。我就不再和你讲玛丽娜在蒙特卡达大街堕胎的事了，虽然我也没法向你隐藏，因为我想，在你以我们俩为主角的平庸幻想里，它早就出现过。我们将忘掉之后的许多年，直接回到佛朗哥考迪罗从垂死到逝世的日子，那时你让我和玛丽娜重逢，并托付我写一本有关戈雅的生平与画作的书。"

"你现在是不是要说，我当时已经知道你不会去写了。"

"你当时已经知道我不会去写了，但当然，你自己却出了本书，讲述我没法写完我的书的故事。"

"桑德罗，比起我自己的人生，我倒更能掌控你们的。"

"可能比起我们的人生，你更难掌控自己的，因为你也不知不觉地屈从于另一个意志。说实话，我也不关心这点，因为自从很久很久以前，我们三人相聚于文学系庭院里的那天起，对我来说，这争执就只存在于我们之间。我要继续吗？"

"随便你。"

"在我忘掉戈雅之后，我梦见了我们那位身处地狱的被杀害的诗人，我和鲁伊斯·阿隆索谈了话，动手写这本书。我的的确确写完了，因此把它让给你。因为它从头到尾都是属于我的作品。"桑德罗将手掌按在置于来客近旁的装有手稿的文件夹上。他坐在池座上，再一次惊讶于两个男人的手如此相似。"我向你坦白，有时在我写作的时候，我怀疑我又成了你的傀儡，你的形象不同的二重身。那时我对自己说：'……玛丽娜说得对。他梦着我努力创作着这本书。我自己是永远想不到要写这么本书的，因为我对那个可怜人的诗歌从来没有多大兴趣，尽管他死后多年人们仍在课堂、舞台和教材上称颂着他的诗作。'"

"那么你为什么写完了它呢？"

"我也没有想到。是为了让玛丽娜创作出她的曲子。我想我之前已经和你说过了。我此前断断续续地听过那首奏鸣曲，没太在意，但当我听到它的完整版本时，我明白过来，它就是我们的孩子，我们的自由，因为你已不再能对我们施加任何权力。我们头一次拥有了背着你创造出来的、属于我们自己的某样东西。令我们得到永恒的自由，将我们变成自身唯一存在理由的某样东西。"

"你说的这一切，我该怎么解读呢？"

"你爱怎么解读就怎么解读。或许把它当作一个爱情故事。注意，现在变成是我在向你揭露我们的现在和近况，而不是相反。那些于巴尔卡尔卡桥下度过的下午过去以后，我们生活的境况与我和你坦白的那些迥然不同。尽管在某种意义上我知道，你不需要在镜子后窥视也能知道这点。现在我也知道，无论再发生什么，都会是件好事，我还知道我们不会再见面。"

他坐在座位上，感觉听见了舞台上结局的静默，突如其来，且无法转圜。与此同时，在某次突然的犹疑中——无论在人间还是在地狱里,他都常常犹疑——他又想,尽管桑德罗·瓦萨里这样说,但或许那些别人的回忆还将永无止境地上演下去。如此,这戏剧之所以忽然结束,或许只是因为一阵突然的疲倦毫无预兆地压在他身上。但他还是看见那个陌生人在舞台上站起身来,拿起了装着手稿的文件夹。

"我想你们是在请我走了。"

"不着急。"桑德罗回答道,仍然坐着,双手展开,做出一个难辨的手势,"我并没让你离开,实际上你可以想待多久就待多久,因为你已再也不能控制我们半分。我只是说我们再也不会见面罢了。"

"也许你说得对。你真的要放弃你的书吗?"

"我心甘情愿把它让给你,不会改变主意。"

"好极了。"客人将一只手放在玛丽娜的肩上。她犹豫了几秒,然后很快地摸了摸那只手,好像摸一座雕像的手一般。

"我陪你走到花园下边。"瓦萨里说,陌生人则耸了耸肩,"你可别在街区出口那些迷宫般的街道里迷了路。快些走。路上别赶上下雪。"

他们一同沿斜坡草地下到香桃木篱笆处,而他发觉玛丽娜一次也没有转头看他们。天空忽地暗沉下来,一种没有风也没有鸟儿的绝对的寂静降临在街道之上。草叶覆上了秋日的棕斑,听不见它生长的声音,但能听见踩过它的脚步声。

"很好。我猜，我们就在这儿永远分别了。"

"我们就在这儿永远分别了。"桑德罗·瓦萨里同意道，"祝你的书出版顺利。"

"我会把它题献给你和玛丽娜的。"

"倒也不必，但你要乐意的话，这么干也可以。"

"我无论如何都会题献给你们的。"

被桑德罗指控像操纵梦中的木偶一般操纵了他们人生的男人拉开车门，将文件夹扔到罩了罩子的座位上，然后关上门。在那寂静中，门的响声宛如一声手枪的射击，玛丽娜颤抖起来，第一次看向了他们。在街道另一侧，一些同样被斜坡上的小花园分隔开的房屋里亮起灯来。甚至可以说，这些灯光是自行点亮的，仿佛在这个只有桑德罗、玛丽娜和那位访客居住的世界里，它们每个下午都要准时地掩饰那些离开的或已远去的人们的缺席。他在池座上暗暗想道："人间很快就是秋天了。"

"你开到布里亚伍德道尽头，然后向右转。过了第一个红绿灯，马上向左拐。"桑德罗·瓦萨里详细地说明。

"我知道，我知道，你别操心了。"

"我一点也不操心。但我跟你说过，这儿就是座迷宫。"

"他们说从迷宫中逃脱的唯一方法就是永远向左走。"

"或许在别的时间，别的纬度，这方法有用，但如今在这个国家行不通。"

陌生人露出微笑，打开另一扇车门。玛丽娜看着他们，云朵似乎在天空中上升，他们短暂地握了握手，冷淡如两个陌生人。之后，出于一种突如其来的共同冲动，他们紧紧拥抱了彼此，接着陌生人钻进汽车，桑德罗渐渐向家的方向走远。随后，车朝着迷宫开去。

台唇前灯光熄灭，舞台上骤然清空。他回忆起刚刚那个拥抱，想到《堂吉诃德》第一部第二十三章里堂吉诃德和卡德尼奥[1]头一次在黑山见面的一幕。他年轻时读到这儿的时候，曾犹疑过要不要追求那当时已初现轮廓的志业。他对自己说，他永远也写不出这么美这么真实的东西。现在他已死去而仍未受审判，身处地狱螺旋之中，终于能高兴地承认，自己的确没写出过那样的东西。与此同时，一阵疲倦忽地占据了他的身体。几个牧人对堂吉诃德讲述了卡德尼奥的故事，卡德尼奥为爱发了疯，赤身在荆棘地里奔跑，有时清醒，有时却疯得要命。这两个疯子（"晦气脸的褴褛汉"和"愁容骑士"[2]）刚一偶遇，堂吉诃德就从驽骍难得[3]上跳下来，走近那个陌生人，将他抱进怀里。卡德尼奥或许是他们两人中更不疯的那

---

[1] 卡德尼奥（Cardenio），《堂吉诃德》中人物，因朋友设计娶了自己的心上人而陷入疯狂，在荒野中流浪，后与堂吉诃德及桑丘在黑山相遇。
[2] 分别是卡德尼奥和堂吉诃德在小说中的绰号，翻译参考杨绛译本。
[3] 堂吉诃德的坐骑的名字。

个，他将堂吉诃德推远了点，看向他的眼睛，以确认自己是否认得对方。或者，卡德尼奥也许是为了确认自己是否能在那对瞳孔中清楚地认出自己，需得这样，他才能确认自己仍然活着。多年以后，他在卡达克斯对达利说，他从未读过，也不相信曾有人写出过比这段更为深刻的文字。卡德尼奥在堂吉诃德身上看见了自己，堂吉诃德也在卡德尼奥身上看见了自己。两人各自都是对方的邻人与镜子：对方的忏悔牧师、映像和证人。尽管要几个世纪以后才会有人注意到，但与此同时，卡德尼奥也是塞万提斯本人，拥抱着他最成功、最举世闻名的造物，并从其眼中认出自己。不，在他短暂一生创作的众多作品里，他从未写出过任何类似的东西。不，他也并不为此后悔。事情就是这样，仅此而已。他感到一阵突然的疲倦，还感到一种平静的顺从。归根结底，尽管他不太情愿承认，但塞万提斯的确决定了他的写作生涯（鉴于再也不写作这个念头转瞬即逝），正如在他死后许久，他促使桑德罗·瓦萨里创作了那本书，又通过桑德罗·瓦萨里促使玛丽娜创作了那首奏鸣曲一般。在许多年、许多个世纪过后，还能以这种方式影响陌生的同类，这才是唯一的、真正的永生。更多的他不再去想，因为那无尽的疲倦阻止了他，此时他缓缓滑向自身的中心，在那里，平静、睡眠和一束虚无般幽暗的光正等待着他。